NON TI AMERÒ MAI

JENNIFER SUCEVIC

TANGLED HEARTS LLC

CAPITOLO UNO

CARINA

"Che diavolo ci fai qui, Fischer?" urla una voce profonda dietro di noi.

Non devo nemmeno girarmi.

So benissimo a chi appartiene.

È come se avessi un sesto senso per quanto riguarda Ford Hamilton, e lo odio con tutto il mio cuore. Se ci fosse un modo per spegnere le fiamme che si accendono in me ogni volta che è nei paraggi, lo farei immediatamente.

Forse mi serve solo un po' di magia vudù. O un esorcismo. O qualunque cosa possa scacciarlo dalla mia mente una volta per tutte.

Sospiro, esasperata. Sapevo che invitare Justin a questa festa sarebbe stato un errore, ma non l'ho fatto apposta. Ci siamo incrociati in mensa un paio di giorni fa, e mi ha chiesto se volessi uscire con lui. Quando gli ho accennato della festa, si è offerto di passare a prendermi, e ora eccoci qui.

Justin si raddrizza stringendo i denti, ma è comunque più basso del mio ex fratellastro. È impossibile non metterli a confronto quando sono uno davanti all'altro. Justin gioca a baseball ed è più slanciato. Ford gioca a hockey, è muscoloso e ha un fisico scolpito. E i suoi bicipiti sono così grandi…

Mi sforzo di reprimere il brivido che cerca di correre lungo la mia schiena.

Non pensarci, Carina. È proprio così che finisci nei guai.

Ogni.

Singola.

Volta.

"Mi hanno invitato."

Ford guarda torvo l'altro ragazzo incrociando le braccia, il che lo fa sembrare ancora più massiccio. La mia bocca diventa impastata.

"Chi ti ha invitato?"

Avrei dovuto immaginare che i giocatori di hockey e baseball sono come cani e gatti. Le squadre sportive della Western non vanno affatto d'accordo tra loro, e fanno di ogni cosa una inutile competizione.

Credetemi, non è affatto divertente.

Cinque minuti fa, quando sono arrivata insieme a Justin, mi è passato per la mente che forse non era stata una buona idea, ma ormai era troppo tardi. Speravo di riuscire a evitare Ford, ma ovviamente non è andata così.

A giudicare dalla sua espressione arrabbiata, il mio piano è fallito clamorosamente.

Inoltre, Justin sembra intenzionato a farlo innervosire ancora di più, cingendomi con un braccio per poi sorridergli compiaciuto. "Lei."

Le labbra di Ford si arricciano in una smorfia, e mi guarda torvo. Se non fossi una ragazza forte, tremerei come una foglia davanti a lui. Mi dice con voce glaciale: "Non avrebbe dovuto farlo. Non è la sua festa. Dovresti fare un favore a tutti noi e andartene."

Justin si volta quel tanto che basta per sfiorarmi la guancia con le labbra. Sembra che stia cercando di svegliare il cane che dorme. "Nah."

La casa è piena di gente, e il ritmo pesante della musica vibra sulle pareti. Ad ogni secondo che passa, la tensione aumenta fino a diventare soffocante.

I miei muscoli si irrigidiscono, e sento che da un momento all'altro scoppierà una rissa. Succede sempre alle feste dei giocatori di hockey. Sarebbe strano se non accadesse stasera.

L'espressione di Ford si incupisce, ma proprio quando sembra che stia per perdere la testa e prenderlo a pugni, sposta lo sguardo su di me e dice a denti stretti: "Possiamo parlare fuori?"

Arrossisco mentre i presenti si girano a osservarci. Per quanto le risse non siano affatto una novità, tutti vogliono assistere allo spettacolo in prima fila.

Lo guardo male, sperando che lasci perdere. "Dobbiamo proprio?"

"Sì." Continua a fissarmi mentre fa un cenno del capo verso la porta sul retro. "Andiamo."

Mi sforzo di concentrarmi di nuovo sul mio accompagnatore. "Torno tra un minuto." Poi lancio un'occhiata al mio ex fratellastro. "A quanto pare, Ford non vuole fare il bravo padrone di casa stasera, e preferisce comportarsi da stronzo."

"Si comporta sempre così," dice Justin facendo una smorfia.

Prima ancora che possa dire altro, Ford mi prende per il polso. Basta questo a farmi rabbrividire fino a rizzare i capelli sulla nuca. Mi fissa, scrutandomi per un attimo prima di concentrarsi nuovamente sul giocatore di baseball. Gli rivolge un ultimo sguardo ostile per poi trascinarmi via. Ford si muove tra la folla come se fosse Mosè che divide il Mar Rosso. Le persone si fanno da parte quando passa, non volendo essere investite. In meno di un minuto, raggiungiamo la porta sul retro e Ford mi spinge fuori, nell'aria fresca della notte.

La sua vicinanza mi fa battere il cuore all'impazzata, al punto da farmi male.

Il suo tocco mi ha sempre fatto questo effetto, sin da quando ci siamo conosciuti, durante l'estate precedente al primo anno di liceo.

E lo odio da morire.

Odio il fatto che sia l'unica persona in grado di farmi annodare lo stomaco.

C'è stato un tempo in cui non mi bastava mai stargli vicino.

Adesso succede l'esatto opposto.

Voglio tenerlo il più alla larga possibile da me, e non è affatto facile, dato che siamo vicini di casa.

Come se non bastasse, è fin troppo attraente. I suoi capelli disordinati color caffè sono arruffati e rasati ai lati. I suoi occhi del colore del miele sono una vera e propria trappola per le ragazze, e lo so perché l'ho vissuto in prima persona.

Non ne vado fiera.

Basta un errore per precipitare nella tana del coniglio e sparire dalla faccia della terra.

La maglietta aderisce al suo petto scolpito come una seconda pelle. Quando esce dal centro sportivo, indossa dei pantaloni che scivolano lungo i suoi fianchi stretti mettendo in mostra il bacino e facendo impazzire le ragazze.

In poche parole, è una sorta di erba gatta per le donne del campus.

Anzi, per le groupie sgualdrinelle.

Dopotutto, ce ne sono tante alla Western, per tutte le squadre maschili. Tuttavia, le fan dell'hockey sono da sempre le più numerose, tutte vogliono uscire o andare a letto con uno di loro. Come può un uomo che sa usare un bastone, far impazzire così tanto le ragazze del campus?

Non lo sapremo mai.

Non riesco a sopportare l'intensità del suo tocco, e allontano bruscamente la mano massaggiandomi il polso, come se mi fossi scottata. Non mi sorprenderei se trovassi l'impronta della sua mano impressa per il resto della mia vita.

Lo guardo torva e faccio un passo indietro, cercando di allontanarmi il più possibile da lui, in un punto in cui il suo profumo di bosco non può avvolgermi e farmi avere reazioni strane.

"Che diavolo di problema hai?" Prima ancora che possa rispondermi, aggiungo: "Sei impazzito?"

Invece di rispondere, mi domanda: "Che diavolo stai facendo con quel deficiente?"

"Non sono affari tuoi."

La sua espressione si incupisce, mettendo in risalto i suoi lineamenti perfetti. "Non illuderti, dolcezza. Le cose che fai *sono* affari miei, e lo saranno sempre."

Basta questo a farmi infuriare. Respiro a fondo, grata del fatto che la rabbia abbia la meglio sull'attrazione che elettrizza l'aria.

Poso i pugni sui fianchi, decisa. "E perché mai?"

"Siamo fratellastri."

"Non è vero. I nostri genitori non sono più sposati." Aggiungo l'ultima parte perché so che gli darà fastidio, e in questo momento non ho altre armi a mia disposizione. "Anche se tuo padre fa ancora parte della mia famiglia."

Lui stringe i denti, e la sua mascella vibra seguendo un ritmo intenso. "E io no?" Cala un silenzio imbarazzante mentre mi guarda negli occhi. Per un attimo mi chiedo se l'abbia ferito per davvero. "È questo che stai cercando di dirmi?"

Mi sento in colpa, mio malgrado.

Quando non rispondo, lui fa un passo in avanti, invadendo il mio spazio personale e confondendomi. Sono alta un metro e settantacinque, ma sono comunque costretta a sollevare il mento per sostenere il suo sguardo fisso. Nell'oscurità vellutata che ci avvolge, rischio di annegare nelle sue profonde iridi dorate.

Perché proprio lui?

Perché non riesco a smettere di pensare a lui?

Mi sento frustrata, perché preferirei non provare nulla per Ford Hamilton. Per quanto desideri che si giri e se ne vada, non ho alcuna intenzione di arrendermi, e resto calma e decisa.

Trattengo il fiato.

"Rispondimi." La sua voce è incredibilmente calma. "Io non faccio parte della tua famiglia?"

Distolgo lo sguardo, concentrandomi su dei gruppetti di persone che fumano in cortile. L'odore disgustoso della marijuana impregna l'aria gelida.

"Carina?!" esclama.

Solo dopo essere riuscita a tenere a bada tutte le mie emozioni, mi costringo a guardarlo. "No."

Un'espressione addolorata attraversa il suo volto per un istante, poi torna indifferente e sorride. "Purtroppo per te, non è così facile liberarsi del sottoscritto."

Ha ragione.

Sarebbe tutto molto più semplice.

Ovunque vada, c'è anche lui. È come una brutta piaga incurabile da cui esce il pus.

Non riesco a sopportare un altro secondo in più, e faccio un passo indietro. Sto per farne un altro, ma lui allunga la mano e la stringe sul mio avambraccio prima di attirarmi a sé, contro il suo petto massiccio.

Mi manca il fiato mentre lo fisso con gli occhi spalancati, sconcertata. "Cosa stai facendo?"

Un tempo, permettevo a Ford di toccarmi ovunque volesse.

Provavo piacere quando lo faceva.

Ora non è più così.

Per quanto adori provocarmi, di solito tiene le mani a posto.

Guarda le mie labbra, eccitato. "Non saprei."

Il suo tono confuso basta a farmi fermare il cuore, ma proprio quando sento di stare per morire per la mancanza di ossigeno, quello si rimette in moto ricominciando a battere dolorosamente, all'impazzata.

Per anni ho fatto di tutto per reprimere quello che sento per lui. L'ultima cosa di cui ho bisogno è che abbatta i muri che ho eretto nella mia anima per tenerlo lontano. Non gli permetterò mai di distruggere quel minimo di istinto di conservazione che ho. È l'unica cosa che mi fa dormire tranquilla la notte.

Poi sussurra qualcosa che non mi aspettavo: "Obbligo o verità?"

Mi agito sentendo il suo alito caldo sulle mie labbra socchiuse.

Riesco soltanto a guardarlo sconvolta.

È un gioco che facevamo al liceo. Ci lanciavamo sfide stupide e gli rivelavo segreti che non avrei mai confessato ad altri. Anche dopo aver iniziato a ignorarmi e tenermi lontana, non ha mai spifferato niente.

Che strano. Nonostante ci punzecchiamo a vicenda, so che non userà mai quello che gli ho detto contro di me. Non l'ha mai fatto.

Inarca un sopracciglio. "Sto aspettando, bellina. Cosa scegli, obbligo o verità?"

Bellina.

Mi chiamava così, tanti anni fa.

Sospiro, tremando. So che dovrei liberarmi della sua presa e andarmene prima che la situazione precipiti. Sto rischiando grosso. Sento il ghiaccio che sta per rompersi sotto i miei piedi. È sempre più sottile. Pericoloso. Si frantumerà da un momento all'altro, facendoci precipitare entrambi nell'abisso, dove non ci ritroveranno più.

"Obbligo."

Stupida.

Stupida.

Stupida.

Sto giocando col fuoco, e ne sono consapevole.

"Abbracciami e fingi che io sia l'unico ragazzo a cui pensi."

Mi si secca la gola.

Quando resto immobile, lui esclama: "Non hai mai rifiutato una sfida."

Non farlo.

Vattene finché puoi.

Invece di ascoltare il mio cervello, poso i palmi delle mani sul suo petto rigido per poi sollevare le braccia e intrecciarle intorno al suo collo, come se mi stessi aggrappando a lui con tutte le mie forze.

I nostri sguardi si incrociano sotto la luce argentea della luna mentre la gente ride e schiamazza intorno a noi. Il mio corpo preme così tanto contro il suo che sento ogni suo respiro. Mi sorprende scoprire che la cosa ha effetto anche su di lui.

"Dannazione, Carina," mormora posando lo sguardo sulle mie labbra.

Il mio cuore batte ancora più forte mentre avvicina il suo viso al mio. Proprio quando penso che colmerà la distanza baciandomi, qualcuno grida il suo nome.

Trasalisco, e mi libero subito dal suo abbraccio. Continuiamo a fissarci mentre mi tocco le labbra con le dita.

"Carina!"

Giro i tacchi e mi precipito in casa.

Al sicuro.

Mi sfioro di nuovo le labbra. Non riesco a credere che sia quasi successo. Non appena apro la porta, la voce profonda di Ford squarcia l'aria notturna e mi costringe a fermarmi.

"Stai alla larga da Justin. Capito?"

Invece di rispondergli, faccio l'unica cosa che posso fare: torno dentro.

CAPITOLO DUE

FORD

Avvicino la bottiglia di birra alle labbra e bevo un lungo sorso fissando quell'esuberante ragazza bionda. Invece di ascoltarmi, continua a restare incollata a quel demente.

Anzi, forse lo fa proprio perché l'ho sparata grossa dicendole di stare alla larga da lui.

Avrei dovuto chiudere il becco.

Se c'è una cosa che Carina ama, è fare l'esatto opposto di quello che le dicono.

Soprattutto se sono io a dirle qualcosa.

Se io dico 'su', lei insiste che è 'giù'.

Se io dico 'nero', lei dice 'bianco'.

Quando era arrivata alla festa insieme a Justin, mi ero ripromesso di stare alla larga da loro, ma è difficile, dannatamente difficile, vederla con un altro ragazzo. Soprattutto quando l'unica cosa che voglio fare è metterle le mani addosso.

Bevo un altro sorso di birra mentre Justin l'attira a sé. Devo flettere le dita e scrocchiare il collo per sfogare un po' della pressione che si è accumulata nel mio corpo e non perdere le staffe. Riesco a controllarmi abbastanza da non precipitarmi da loro e prendere a pugni quell'imbecille.

Non è affatto alla sua altezza.

Io e Demi Richards, giocatrice della squadra femminile di calcio, siamo amici dal secondo anno di università. È uscita con lui per un po' all'inizio del semestre, finché non l'ha beccato a farselo succhiare a una festa e ovviamente l'ha lasciato. Non molto tempo dopo, lei ha iniziato una relazione con Rowan Michaels, il miglior quarterback della squadra di suo padre.

È un bravo ragazzo.

Anche se gioca a football, siamo sempre stati amici.

Durante il primo anno abitavamo persino nello stesso piano del dormitorio.

"Odio dovertelo dire, ma se vuoi farti qualcuna stasera, non riuscirai certo a convincerla con quella faccia," dice Colby McNichols. "Stai facendo scappare tutte le ragazze."

Ridacchio e bevo ancora un po' di birra, ma affogare i dispiaceri nell'alcol non sta funzionando affatto. Sono ancora nervoso. "Chi ha detto che voglio farmi qualcuna?"

Lui sorride, facendo risaltare le fossette. Una ragazza vicino a noi sussulta. Se dovessi tirare a indovinare, direi che si è bagnata.

Alzo gli occhi al cielo.

Non per niente lo chiamano 'assassino dal viso d'angelo'. Non ho mai visto un ragazzo avere così tante donne a disposizione.

È come il pifferaio magico.

Gli basta far vedere le fossette e loro cadono ai suoi piedi senza dover aggiungere altro.

E lui, approfitta del suo fascino giovanile?

Certo. Ogni volta che può.

E perché non dovrebbe?

Da quando lo conosco, è sempre stato single, e dubito che avrà mai una relazione. Se i ragazzi del campus facessero a gara per decidere chi sia il più donnaiolo, vincerebbe sicuramente lui.

Quando Colby le sorride mostrando le fossette, lei sembra sul punto di svenire.

"Sei senza vergogna, lo sai?"

Il suo sorriso si allarga mentre avvicina la bottiglia di birra alle labbra e beve un lungo sorso. "Devo dare alle fan quello che vogliono."

"Incredibile," borbotto.

"Ehi."

Lancio un'occhiata a Bridger. Lui abbassa la visiera del cappello nascondendo la parte superiore del suo viso.

"Che hai? Sembri un agente sotto copertura." Non appena finisco di dirlo, ricordo i messaggi della newsletter del campus. L'ultima volta, suo padre gli ha fatto una ramanzina.

È rimasto di cattivo umore per giorni.

Bridger è sempre stato una persona molto riservata, e finché non è successo quell'incidente, non mi ero mai accorto di quanto fosse orribile suo padre. Ha chiesto a degli amici smanettoni di indagare, ma finora nessuno di loro è riuscito a capire chi sta hackerando il sito dell'università, pubblicando ogni singolo aspetto della sua vita privata. Ogni settimana arriva un nuovo messaggio, puntuale come un orologio svizzero. Mi dispiace per lui, è una situazione terribile.

Stringe le labbra. "Più o meno."

"Scusa, amico. Non ci avevo pensato."

Lui fa spallucce, poi si guarda intorno. Siamo ormai nel vivo della festa, e sento che considera ogni singolo invitato come un potenziale sospettato.

Faccio lo stesso, e scruto ogni volto per capire se stanno guardando nella nostra direzione. "Pensi che il colpevole sia qui?"

"Non ne sono sicuro, ma spero di scoprirlo prima che arrivi un altro messaggio."

"Hai qualche idea su chi potrebbe essere?"

Mi lancia un'occhiata torva. È un'espressione che riserva solo ai nostri rivali in pista. "Ho qualche teoria."

"Vuoi condividerla con me?"

"Non prima di avere qualche altra prova."

"Sembra di essere in una puntata di Scooby Doo," si intromette Colby.

Bridger gli dà una gomitata forte nelle costole.

Basta questo a far sì che Colby scoppi a ridere.

Hayes si avvicina insieme a Maverick McKinnon.

"Risparmiate questa violenza per le partite," interviene Hayes.

"O meglio, per Garret Akeman," aggiunge Maverick. "Quel tizio è un vero imbecille."

"Pare che la pensino tutti così," concordo.

Mi guardo intorno, e vedo che il ragazzo di cui parliamo ci sta provando con una ragazza. È carina, ma non credo di conoscerla.

Faccio un cenno verso Garret mentre si avvicina a lei, invadendo il suo spazio personale. "A quanto pare Akeman vuole farsi qualcuna stasera. Scommetto venti dollari che lei gli darà un calcio nelle palle."

"Chi diavolo sarebbe così stupido da accettare una scommessa del genere?" ribatte Hayes.

Alzo le spalle. "Ehi, stavo solo cercando di guadagnare venti dollari facilmente."

Hayes ridacchia, Maverick stringe gli occhi.

Lancio un'occhiata alla ragazza. "La conosci?"

Mav torna a guardare me, poi di nuovo lei. "Sì. Abbiamo un corso in comune."

Sento di aver trovato il suo punto debole, e la cosa mi fa sorridere. "Bene. Allora non ti dispiacerebbe presentarci? È proprio il mio tipo."

Lo ammetto, il modo in cui stringe la mascella è davvero soddisfacente. "Vai a quel paese, Hamilton. Trova la tua sorellastra." Batte la mano sulla fronte, come qualcuno che si è appena ricordato qualcosa di importante. "Ah, già. È venuta con un altro ragazzo. Brucia, vero?"

Smetto immediatamente di sorridere.

Maledetto.

Prima ancora che possa ribattere, Mav va dritto da Akeman e dalla ragazza che ha intenzione di portarsi a letto.

"Ti ha davvero umiliato," mormora Hayes ridendo.

Gli mostro il dito medio.

Ha ragione, però. Devo essere davvero fuori forma per aver permesso a Maverick McKinnon di fregarmi.

A malincuore, lancio un'occhiata a Carina, e i nostri sguardi si incrociano. Sento una scossa attraversare ogni singola cellula del mio corpo.

Sì, sono decisamente fuori forma.

Ed è tutta colpa di quella bella bionda.

Di quella ragazza che è entrata nel mio cuore tanti anni fa.

CAPITOLO TRE

CARINA

Mi siedo al centro dell'aula, pronta per la lezione delle nove, e apro lo zaino prima di prendere il computer. Un romanzo rosa scivola fuori, e lo rimetto velocemente dentro. Proprio in quel momento, un ragazzo si sistema accanto a me. Mi giro e vedo che si tratta di Cameron Lee.

Sorrido leggermente. Negli ultimi anni abbiamo frequentato un paio di corsi insieme, e mi sono sempre divertita. Oggi la nostra professoressa organizzerà dei gruppi per un progetto universitario, quindi sono proprio contenta che abbia deciso di sedersi accanto a me. È un tipo divertente, e ho bisogno di un po' di leggerezza.

"Ehi Carina, come va?"

Mi volto e lo guardo bene in viso, poi ridacchio. Sembra uno straccio. "Meglio di come va a te, a quanto pare."

Lui sorride leggermente. "Già… Forse ho esagerato ieri sera."

Inarco un sopracciglio. "Di martedì? Wow. È davvero esagerato, persino per te."

Proprio quando sta per rispondere, una voce profonda glielo impedisce. "Alzati, Lee."

Cameron guarda irritato Ford. "Sul serio, amico?"

"Sì. Alzati immediatamente."

Cameron si passa la mano tra i capelli spettinati, poi raccoglie i suoi libri e libera il posto. "A dopo, Carina."

"Ciao." Fisso Ford mentre si accomoda sulla sedia vuota. "Che problemi hai?"

"Nessuno," dice tranquillamente, come se non avesse appena cacciato quel poveretto, e sorride.

Che odio.

Prima ancora che gli possa dire di andarsene, la dottoressa Betsworth si schiarisce la gola e sorride agli studenti dalla cattedra. Si guarda intorno, per poi concentrarsi su Ford.

Alzo gli occhi al cielo quando il suo volto si illumina, e non mi importa se mi vede. È l'effetto che Ford ha sul gentil sesso, persino sulle professoresse, che non dovrebbero comportarsi in modo così ridicolo. Ricordo che al liceo diverse insegnanti gli facevano gli occhi dolci o si avvicinavano a lui in corridoio e gli toccavano i bicipiti.

Credetemi, mi facevano venire la nausea.

E la dottoressa Betsworth non è da meno, anzi, forse è ancora più sfacciata. A volte è come se ci provasse con lui davanti al resto della classe. Non sembra importarle di sembrare poco professionale.

Osservo Ford con la coda dell'occhio: voglio vedere la sua reazione. Ho bisogno che mi riconfermi di non essere altro che un donnaiolo in cerca di attenzioni che vive per atteggiamenti come questo. Lo fa solo per ottenere voti alti.

Tuttavia, lui si limita a sorriderle in modo educato.

Mmmh.

Interessante.

Quando si accorge che lui non ricambia le sue avances, dice in un tono allegro: "Buongiorno! Alla fine della scorsa settimana abbiamo parlato del nostro nuovo progetto, e oggi vi dividerò in coppie. Avrete il resto della lezione per discuterne tra voi."

Prima ancora che lei finisca di parlare, Ford mi prende per mano e le solleva entrambe.

"Io lavorerò con Carina."

Trasalisco e cerco di divincolarmi dalla sua presa.

"Perfetto."

Cosa?

No!

Assolutamente no!

Non basta essere la sua vicina e collega?

Questo è davvero il colmo.

A prescindere da quello che faccio, l'universo continua ad avercela con me. Non riesco a liberarmi di lui.

Ford Hamilton è ovunque.

Mi sta sempre addosso.

La dottoressa Betsworth ha persino l'audacia di farmi l'occhiolino. "Che fortuna!"

La mia espressione seccata dice il contrario.

Ford si avvicina quel tanto che basta perché senta il suo respiro caldo sulla pelle, sussurrando: "Ha ragione, sai?! Sei davvero fortunata a poter lavorare con me."

Mi giro appena e gli mostro i denti ringhiando, poi mi raddrizzo e faccio del mio meglio per ignorarlo.

Tira sempre fuori il peggio di me.

Purtroppo, però, ignorarlo è più facile a dirsi che a farsi.

Soprattutto quando si sgranchisce le gambe lunghe e muscolose, stravaccandosi finché non urta il ginocchio contro il mio. Il suo tocco mi irradia con ondate di calore, io mi allontano immediatamente il più possibile, in modo da potermi concentrare sulla lezione.

"Se continui così, mi farai venire un complesso e penserò di non piacerti."

Ignoralo.

Non.

Parlargli.

"Ah, è questo che stai cercando di fare? Farmi lavorare di più per attirare la tua attenzione? Perché posso…"

Mi giro sibilando e ringhio: "Chiudi il becco! Sto cercando di restare concentrata, e tu me lo stai impedendo!"

"Carina? Hai qualche domanda?"

Mi volto verso la dottoressa Betsworth e scuoto la testa. "No.

Chiedo scusa." Arrossisco mentre i nostri compagni si girano a fissarci.

"Sappiamo tutti che non vedi l'ora di lavorare con lui, ma prima finiamo di parlare degli obiettivi finali."

Stringo le labbra. Se aprissi la bocca per ribattere, mi renderei ridicola davanti a tutti, ed è l'ultima cosa che voglio.

Con la coda dell'occhio vedo le spalle di Ford che tremano mentre ride in silenzio.

In quel momento capisco che non riuscirò a finire il progetto senza strangolarlo.

CAPITOLO QUATTRO

FORD

Non appena termina la lezione, Carina infila il portatile nel suo zaino e si alza di scatto come se la sedia stesse andando a fuoco.

"Ehi," la chiamo. So che le darà fastidio, ma non riesco a resistere. "Non vuoi aspettarmi? Non abbiamo ancora finito di parlare del progetto."

Lei mi lancia uno sguardo fulminante che mi farebbe seccare i testicoli se non avessi una tempra così forte.

Il mio sguardo si posa sul suo fondoschiena rotondo mentre si precipita fuori dall'aula. Prendo le mie cose ed esco anch'io. Carina dovrebbe aver capito che non riuscirà a seminarmi.

Non una volta che ho messo gli occhi su di lei.

È così dal giorno in cui i nostri genitori ci hanno presentati. Sono passati tanti anni, ma non è cambiato nulla.

"Ford, hai un minuto?" mi domanda la professoressa Betsworth.

Stringo le spalle lanciando un'occhiata al mio orologio sportivo. "Scusi, ho un appuntamento con il coach. Possiamo fare per un'altra volta?"

Lei mi sorride comprensiva, cercando di sembrare sexy. "Certo. Ci vediamo venerdì."

Le ho mentito. Non ho nessun appuntamento con il coach. Sfortunatamente per me, se dessi un vantaggio eccessivo a Carina, riuscirebbe a mimetizzarsi tra la folla di studenti del campus.

"Va bene."

Mi allontano, mescolandomi ai ragazzi che attraversano il corridoio. Sono alto quasi un metro e novanta, e allungo il collo per cercare i suoi capelli biondi.

Non appena giro l'angolo, la vedo spingere la porta a vetri e uscire nella debole luce del sole mattutino che cerca di filtrare attraverso le nuvole grigie. Mi basta questo per accelerare il passo e farmi strada tra la folla di studenti.

Quando raggiunge il vialetto di cemento, mi avvicino a lei. "Se non ti conoscessi così bene, penserei che stai davvero cercando di seminarmi."

Si raddrizza e guarda dritto davanti a sé.

La sua palese indifferenza mi fa desiderare ancor più di attirare la sua attenzione.

"Che strano… Perché lo pensi?"

"Oh, non saprei… Forse perché…"

Si ferma all'improvviso, poi si gira e sferra un pugno contro il mio petto. Non lo sento nemmeno.

"Ahi, che male!" borbotta, agitando la mano indolenzita, mentre cerco di non ridere. So benissimo che mi colpirebbe di nuovo e con più violenza se lo facessi. L'ultima cosa che voglio è che si faccia male, anche perché me lo rinfaccerebbe in seguito.

"Perché mi hai colpito?" Mi sforzo di rimanere serio, soprattutto quando mi lancia uno sguardo assassino. È sul punto di strapparmi la carne a morsi.

"Lo sai benissimo! Sei l'ultima persona con cui voglio lavorare!" Un ringhio basso le vibra nel petto. "E adesso siamo costretti a stare insieme per un mese!"

"Ahi." Fingo una smorfia di dolore. "Non è molto gentile da parte tua."

"Beh, grazie a te sono di cattivo umore e mi comporto così."

Inclino la testa osservandola attentamente. "Avresti davvero preferito fare il progetto con Cameron?"

"Avrei preferito chiunque, Ford..." brontola sbuffando. "Chiunque, tranne *te*."

"Sai che avresti dovuto fare tutto da sola, sì?"

A giudicare dal modo in cui stringe le labbra, ha capito che ho ragione, altrimenti avrebbe protestato.

"È un bravo ragazzo," mormora dopo qualche secondo.

"È sempre fatto," rispondo ridendo.

Lei sgrana gli occhi prima di girarsi e allontanarsi. "Sei come un brufolo ostinato che si rifiuta di sparire."

Mi scappa un'altra risatina, e sorrido. "Passi molto tempo a pensare a me, vero?"

Lei scuote la testa, rifiutandosi di rispondere.

"Allora, per stasera... usciamo insieme dopo l'allenamento?"

Per tutta risposta, alza la mano e mi mostra il dito medio, facendomi capire che sono il numero uno nel suo cuore.

Proprio dove voglio essere.

CAPITOLO CINQUE

CARINA

Con riluttanza inserisco il segnalibro nel libro e lo infilo nella borsa mentre Ford guida la sua Corvette Stinger rosso ciliegia lungo la lunga strada rovinata dalle intemperie, prima di entrare nel vialetto e fermare la macchina.

La prima volta che ho visto la villa in pietra con le sue torrette e il portico, è stata l'estate precedente al primo anno di liceo. Avevo letto di un posto del genere solo nei romanzi rosa a cui mi ero appena appassionata.

Mamma aveva conosciuto Crawford al ristorante in cui lavorava. Era stato amore a prima vista. Erano usciti insieme, si erano sposati ed erano convolati a nozze nel giro di otto settimane, promettendosi di amarsi per il resto delle loro vite.

Poi ci eravamo trasferite a casa di Crawford e Ford, diventando subito una bella famiglia allargata.

A differenza di quello che avevo letto nei libri, andavamo tutti d'accordo. Crawford era vedovo da più di dieci anni prima di incontrare mia madre. La sua prima moglie, Sandra, era annegata accidentalmente, e da allora lui e Ford vivevano da soli.

Ford…

Mi vergogno ancora della reazione scontata che avevo avuto quando ci eravamo conosciuti. Mi mancava il fiato, e non riuscivo a respirare per il dolore che sentivo nel petto. Era come se ci fossimo già incontrati, salvo poi accorgermi che avevo sbavato per anni su di lui grazie a delle pubblicità di una marca di abbigliamento di lusso per adolescenti, e quello che indossava lasciava poco spazio all'immaginazione.

Oltre a giocare a hockey, infatti, si dilettava a fare il modello.

Quando ci eravamo trasferite, temevo che non sarei piaciuta a Ford. Dopo tutto, chi avrebbe voluto un'adolescente e sua madre in una casa in cui lui e suo padre avevano vissuto da soli per dieci anni?

Mi sbagliavo di grosso.

Ford era amichevole e simpatico. Mi faceva ridere e voleva davvero passare del tempo insieme a me. Al liceo, mi aveva preso sotto la sua ala protettiva, presentandomi a tutti i suoi amici.

Era così popolare (avevate qualche dubbio?) che non avevo avuto alcuna difficoltà a integrarmi.

Prima del matrimonio, io e la mamma ci arrangiavamo, riuscendo a malapena a sbarcare il lunario. Riuscivo a frequentare uno o due corsi di danza facendo da assistente a quelli per i principianti per pagare la tariffa mensile. Poi, ho potuto frequentare più spesso le lezioni, fino a cinque giorni alla settimana.

Era bellissimo.

Il mio nuovo patrigno, dopo aver scoperto quanto la danza fosse importante per me, mi aveva persino costruito uno studio privato nel seminterrato della sua villa. Era aperto e arioso, con pavimenti in legno e pareti a specchio. Trascorrevo tutto il mio tempo lì, nel mio luogo felice.

Nel giro di pochi mesi, Crawford era diventato come un padre, tanto da rimanere devastata dalla notizia della loro separazione, cinque anni dopo. Temevo che mi avrebbe abbandonata come aveva fatto il mio padre biologico.

Non appena Ford spegne il motore, torno al presente e apro la portiera, felice di poter finalmente uscire dall'abitacolo soffocante della vettura.

La chiudo sbattendo e lui mi segue mentre salgo di corsa sugli ampi gradini di pietra.

"Non mi aspetti?" grida sarcastico. È come se stesse facendo di tutto per infastidirmi. "Sei davvero maleducata."

Sono tentata di mostrargli di nuovo il dito medio, ma sto cercando di limitarmi a farlo solo una volta al giorno. Credetemi, non è facile. E poi, so benissimo che lui prova un piacere perverso nel farmi innervosire.

È come un bambino nel corpo di un adulto.

Preferirebbe ricevere attenzioni negative piuttosto che essere ignorato.

Abbasso l'intricata maniglia argentata della porta d'ingresso, e mi giro a guardare Ford mentre sale tranquillamente le scale continuando a fissarmi.

Appena raggiunge il portico, gli sbatto la porta in faccia.

Poi giro la serratura.

Sorrido, mi sento soddisfatta proprio come quando l'ho mandato a quel paese qualche ora fa.

Crawford si affaccia dal suo studio non appena faccio due passi nell'ampio atrio a due piani illuminato da un enorme lampadario di cristallo.

Il sorriso sincero che mi rivolge illumina il suo volto. I capelli brizzolati e il viso sbarbato lo rendono davvero attraente per i suoi cinquant'anni. Dopo che la mamma se n'è andata, pensavo che sarebbe stata solo una questione di tempo prima che un'altra donna se lo accaparrasse (dopotutto, è davvero un buon partito), ma non è mai successo.

Ho il vago sospetto che sia ancora innamorato di Pamela.

Poveretto.

Non avrebbe mai dovuto sposarla.

In fin dei conti, voglio bene a mia madre, ma non era tagliata per il ruolo di moglie di un politico.

Ciò che amava di più era la sicurezza finanziaria che Crawford le dava e continua tuttora a darle, pagandole gli alimenti con quote cospicue versate direttamente sul suo conto, ogni due settimane.

Questo le permette di continuare a tenere lo stile di vita sfarzoso a cui si era abituata immediatamente.

"Come sta la mia ragazza preferita?" mi chiede Crawford, spalancando le braccia.

Mi fiondo nel suo abbraccio caloroso e mi abbandono alla sua stretta chiudendo gli occhi. Respiro a fondo il suo profumo al sandalo. La sua presenza ha un non so che di forte e rassicurante.

Non riesco a immaginare la mia vita senza di lui.

"Bene, e tu?"

"Oh, non mi lamento. Sono felice che siate venuti per la cena, è una pausa gradita."

"Lavori troppo," lo rimprovero. Tra i suoi incarichi al Congresso e l'impresa edile di cui è proprietario, fa due lavori contemporaneamente.

La porta d'ingresso si apre e Ford entra di corsa.

"Ehi, figliolo," lo saluta Crawford sorridendo.

Per un momento mi chiedo come sarebbe avere un genitore a cui piaccia stare con me, ma cerco subito di non pensarci più. Mia madre è quello che è, e non cambierà mai, a prescindere da quanto lo desideri. Mi ci è voluto molto tempo per rassegnarmi a questa dura verità e abbassare le mie aspettative.

"Ciao, papà."

Quando mi stacco a malincuore da Crawford, lui fa scivolare un braccio intorno alla mia vita. "Pronti per la cena? Sarah ha preparato il filetto alla Wellington con fagiolini al vapore."

Gli occhi di Ford si illuminano mentre si accarezza il ventre tonico. "Il mio piatto preferito."

Crawford gli sorride. "L'ha cucinato appositamente per te."

Attraversiamo il lungo corridoio fino alla sala da pranzo, dove c'è un tavolo di noce lucido abbastanza grande da far accomodare venti persone.

Ed è già successo.

Crawford organizza raccolte fondi e cene a casa sua due volte al mese. All'inizio mi piaceva indossare abiti eleganti e farmi truccare e acconciare da dei professionisti, ma dopo un po' mi sono stancata. Le conversazioni erano diventate ripetitive, e non dovevo fare altro che sorridere e rispondere alle domande su Crawford e il suo programma politico.

Ora che io e Ford siamo all'università, non partecipiamo più così spesso a queste serate, anche se ogni tanto Crawford mi chiede di accompagnarlo a un evento. Dopo tutto quello che ha fatto per me, non gli rifiuterei mai niente. A pochi mesi dalle sue nozze con mia madre, ha aperto un fondo per l'università a mio nome e mi ha detto che, qualunque cosa fosse successa in futuro, avrei potuto usarlo per pagare gli studi.

Gli devo tutto.

Sarah ci saluta e inizia a servire la cena, che ha un profumo inebriante. Lavorava come capo cuoca in un ristorante stellato prima che Crawford la convincesse a lavorare soltanto per lui. Sbocconcello il filetto mentre i due uomini parlano delle elezioni imminenti.

"Allora, Carina, come va la tua coreografia per il saggio invernale?"

"Devo sistemare un po' di cose, ma entro la metà di dicembre dovrebbe essere perfetto."

Sorride. "Che brava! Non vedo l'ora."

Dopo dieci minuti, poggio le posate sul piatto. "Ti dispiacerebbe se usassi lo studio per un po'?"

"Fai pure. L'ho costruito per quello." Inarca le sopracciglia folte lanciando un'occhiata al mio piatto. "Hai mangiato pochissimo. Non ti è piaciuta la cena?"

"Era deliziosa, ma non ho molta fame."

"Vuoi che Sarah ti lasci degli avanzi da portare a casa?"

"Sarebbe meraviglioso, grazie."

Mi alzo e faccio il giro del tavolo, fermandomi accanto a Crawford e dandogli un bacio veloce sulla guancia.

Nel mentre, guardo torva Ford.

Basta questo a farlo sorridere.

Che deficiente.

Poi esco di corsa dalla sala da pranzo e scendo le scale fino al seminterrato. Una volta arrivata allo studio, entro nel piccolo spogliatoio dove tengo pantaloncini e magliette sportive in più.

Mentre la musica risuona, mi posiziono al centro della saletta e ignoro il mondo esterno.

Compreso il mio ex fratellastro.

CAPITOLO SEI

FORD

Il mio sguardo rimane fisso su Carina mentre esce dalla sala da pranzo. Non riesco a resistere, e osservo il suo fondoschiena rotondo.

È stupendo.

Alto, sodo e tonico.

Il suo corpo è come uno strumento affinato da anni di danza.

È una vera e propria opera d'arte.

Sul retro della casa c'è una piscina olimpionica, e d'estate passa molto tempo lì. Vederla con quel bikini succinto è allo stesso tempo il paradiso e l'inferno.

Solo quando mio padre si schiarisce la gola, riportando mio malgrado la mia attenzione su di lui, riesco a scacciare questi pensieri dal mio cervello. Solleva un sopracciglio, come se sapesse esattamente che tipo di fantasie sconce mi stiano passando per la testa.

Dannazione.

Di solito sono molto più attento a tenere nascosti i miei veri sentimenti per Carina. Mi preparo per sentire un suo commento. Odio il modo in cui mi guarda, come se fossi un predatore che aspetta solo l'occasione giusta per approfittarsi di lei.

Mi sento sollevato quando invece mi chiede: "Il nuovo allenatore ti sta dando problemi?"

Mi rilasso appoggiandomi allo schienale della sedia d'epoca. "No. Adesso è molto meno teso rispetto all'inizio della stagione. Stava più addosso a Ryder che a chiunque altro. Mi dispiaceva per lui."

"Sto seguendo i profili social dell'università. A quanto pare adesso le cose vanno bene per il tuo amico."

Annuisco. "È così."

Se continuerà così, dopo questa stagione andrà a giocare a Chicago, e il suo sogno di gareggiare nella Hockey League finalmente si avvererà. È un obiettivo in comune tra tutti i miei compagni di squadra.

Io, tuttavia, sono probabilmente l'eccezione alla regola. Ho sempre saputo che il mio futuro sarebbe stato diverso. Fin da quando ero piccolo, mio padre mi ha detto che dopo la laurea avrei lavorato a tempo pieno nella sua impresa edile per poi assumerne il comando.

Quando i corsi finiscono in primavera, lavoro per lui sessanta ore alla settimana. Invece di rilassarmi in ufficio, imparando l'aspetto economico dell'attività, faccio parte della squadra di operai e vengo trattato come loro. Mio padre non vuole che la gente pensi che non mi sia guadagnato il successo senza partire dal basso. Quanto torno alla Western in autunno, l'hockey e le lezioni mi sembrano una pausa meritata.

Papà è entrato in politica circa quindici anni fa, quando si è candidato come consigliere comunale prima di essere eletto al Congresso. Il suo socio, Peter Bowman, si è fatto carico della maggior parte delle responsabilità relative all'azienda. A maggio, dovrò iniziare a lavorare a tempo pieno nell'impresa.

Certo, so di essere fortunato ad avere la strada già spianata, ma a volte mi chiedo come sarebbe stato poter scegliere il mio futuro.

Sono stato l'unico erede di mio padre per molto tempo, e tutto gravava sulle mie spalle. Adesso, però, c'è anche Carina, e dato che come me sta per laurearsi in economia, papà vuole coinvolgere anche lei nella gestione della ditta. Per me non c'è alcun problema, anzi: se riuscirà a convincerla a lavorare per lui, sarà costretta a restare qui.

Con la laurea così imminente, mi sento come se questo capitolo della mia vita, un periodo in cui non ho pensato ad altro che a Carina, stesse volgendo al termine. Quando penso che potrebbe trasferirsi a Los Angeles o a New York per lavorare come ballerina, mi si forma un vuoto enorme nello stomaco.

Non voglio che si allontani così tanto da me.

È solo questione di tempo prima che un altro ragazzo la conquisti, e francamente, mi sorprende che non sia già successo. So che è inevitabile, e sono pronto per quando accadrà, ma continuo comunque a far scappare quelli che non considero degni di lei.

Nel caso ve lo stiate chiedendo, l'ho fatto con tutti i ragazzi con cui è uscita.

Soprattutto con quel deficiente di Justin Fischer. Abbiamo parlato a tu per tu l'altro giorno, e, inutile dirlo, ora la pensa come me.

"Spero di riuscire a venire alla tua prossima partita," dice mio padre.

"Non fa niente se non ci riesci." Per anni mi ha scarrozzato agli allenamenti e alle partite per cinque giorni alla settimana finché non ho preso la patente.

È sempre impegnato. Si è fatto da sé e non si rilassa mai, né esce a divertirsi. È uno dei motivi per cui Pamela l'ha scaricato.

Per quanto sembrasse apprezzare le cose più raffinate che lui poteva darle, si è stufata del fatto che lui fosse uno stacanovista. Non è affatto il tipo di donna che ama essere abbandonata a se stessa. Non la biasimo per aver trovato un altro uomo, ma non mi è piaciuto il modo in cui l'ha fatto.

"Ti farò sapere." Prima ancora che possa dirgli che non ce n'è bisogno, lui torna sull'unico argomento che non ho alcuna voglia di discutere con lui. "Sembra che Carina stia bene."

Alzo le spalle, appoggiandomi sullo schienale e cercando di mantenere una postura rilassata. "Già."

Annuisce osservandomi attentamente. "Non vi vedete spesso, vero?"

"Andiamo entrambi a lezione di marketing, ma per il resto no, non ci vediamo più di tanto."

È una bugia innocente per farlo stare tranquillo.

"Forse è meglio così," risponde con noncuranza, ma mi sento comunque nervoso e irritato, e stringo i braccioli rifiniti della sedia, affondando le unghie nel legno liscio. "È meglio che non interagiamo più di tanto?"

La sua espressione cambia, come se nelle mie parole avesse finalmente trovato quello che cercava e non ne fosse felice. "Sai bene cosa intendo." Cala il silenzio per un attimo, poi aggiunge a voce più bassa: "Siete fratelli."

È impazzito? Carina non è affatto come una sorella per me.

Non lo è mai stata. Nemmeno quando avevamo quattordici anni.

"Non è vero," sbotto, pentendomene subito.

"In tutti i modi che contano, lo siete eccome. Sarete fratelli per il resto delle vostre vite. Non importa se io e Pamela non siamo più sposati. Carina è come una figlia per me."

Stringo i denti.

È inutile discutere con lui.

Continuo a rimuginare in silenzio, e aggiunge: "Ci sono molte ragazze là fuori. Trovane una. Anzi…" Si china in avanti, appoggiando le maniche della sua giacca perfettamente stirata al tavolo. "Se ti va di sistemarti, dovresti uscire con Jaclyn. Mi chiede spesso di te."

Jaclyn Bowman è una ragazza bellissima, con lunghi capelli castano scuro e occhi dello stesso colore. È minuta e formosa, oltre che estroversa. Come me, lavora da molto tempo alla Hamilton Bowman Construction. Dal momento che resta in ufficio mentre io sto in cantiere tutto il giorno durante l'estate, non ci incontriamo spesso.

Per quanto sia simpatica, Jaclyn non regge affatto il confronto con Carina.

"Non mi interessa la figlia del tuo socio," ringhio. Non riesco a credere che stia davvero cercando di farci mettere insieme.

"Dovresti pensarci. È diventata una giovane bellissima e a modo. Se mai decidessi di entrare in politica come me, sarebbe la moglie perfetta. E poi i vostri figli erediterebbero l'azienda."

"Papà…" Gemo per la frustrazione. Non è la prima volta che me lo dice, e sicuramente non sarà l'ultima. Sembra deciso a farmi cadere tra le braccia di Jaclyn.

Mi sento quasi sollevato quando squilla il suo cellulare e non ho bisogno di inventarmi una scusa per mettere fine a questa conversazione imbarazzante. Lo prende in mano e lancia un'occhiata allo schermo, stringendo le labbra. "Devo rispondere."

Annuisco mentre si alza ed esce dall'ampia sala da pranzo, per poi chiudere lentamente la porta del suo ufficio un minuto dopo.

Finalmente mi rilasso, e fisso il buio su cui si affacciano le finestre a soffitto. Io e mio padre siamo sempre stati uniti.

Litighiamo o siamo in disaccordo raramente.

C'è un'eccezione a questa regola: Carina.

Ci tratta come se fossimo fratelli, ma non lo siamo affatto. Forse spera ancora che Pamela cambi idea e torni da lui.

Ci sono dei momenti in cui ripenso all'ultimo anno del liceo e mi chiedo cosa sarebbe successo se non ci fossero state delle interferenze.

Ma non lo sapremo mai, ed è questo il problema.

CAPITOLO SETTE

CARINA

La mia mente si libra al di sopra della musica mentre salto da un piede all'altro facendo tre jeté, per poi ripetere il movimento. C'è qualcosa nella concentrazione mentale necessaria per ballare che mi permette di rivolgere la mia attenzione verso l'interno, dimenticando quello che succede intorno a me.

La danza è sempre stata la mia via di fuga. Riesco a perdermi in essa per ore e ore, e sono felice di sentirmi stanca alla fine, perché anche dopo una lunga giornata riesco ad abbandonarmi a un sonno profondo e senza sogni.

Sollevo una gamba e salto con l'altra, facendo una spaccata completa in aria. Resto sospesa per un paio di secondi, poi torno a terra. Il mio cuore batte forte mentre l'ultima nota della canzone risuona nella saletta.

Chiudo gli occhi, tornando gradualmente a concentrarmi sul mondo esterno. I miei muscoli sono sempre più rilassati, e inizio a sentirmi esausta. Tutta la tensione sessuale che mi scorreva nelle vene scompare in pochi secondi.

Proprio come volevo.

Ultimamente, allenarmi nella saletta dell'università è l'unica cosa che mi aiuta a raggiungere un briciolo di pace interiore. Nemmeno il mio vibratore preferito riesce ad alleviare le mie pulsioni, lasciandomi sempre vagamente insoddisfatta. Riesco a sfogarmi un po', ma c'è sempre qualcosa sotto la superficie che cerca disperatamente di liberarsi.

È terrificante.

Un applauso lento mi riporta alla realtà. Apro subito gli occhi, e mi accorgo che Ford si è seduto appoggiandosi alla parete a specchio e allungando le gambe muscolose.

Il mio cuore inizia a battere all'impazzata non appena i nostri sguardi si incrociano, e in men che non si dica, la tensione che avevo appena scacciato dal mio corpo torna a prenderne possesso.

Passa un secondo.

Poi un altro.

Lo studio a casa di Crawford è sempre stato il mio spazio privato. Ford ha una sala pesi dall'altro lato del seminterrato, quindi siamo abbastanza lontani.

Non riesco a ricordare l'ultima volta che l'ho visto qui.

Quando andavamo al liceo, adoravo ballare per lui. Mi piaceva il modo in cui i suoi occhi seguivano ogni mio movimento. All'epoca, volevo che si concentrasse solo su di me.

Era molto importante per me.

I suoi sorrisi, la sua gentilezza, i suoi complimenti mi avevano fatto sbocciare.

Questi pensieri invadono subdolamente il mio cervello, ma li scaccio velocemente via. Non voglio restare invischiata nel passato, nel dolore, nella confusione.

Mi schiarisco la gola, cercando di sembrare indifferente alla sua presenza, mentre in realtà il mio cuore è sul punto di scoppiare. È come se lo spazio vasto e arioso dello studio si fosse ristretto intorno a lui, soffocandomi.

"Da quanto tempo sei qui?"

Non riesco a restare immobile davanti al suo sguardo intenso, e mi raddrizzo per poi dirigermi verso la sedia. Prendo un asciugamano piccolo e mi pulisco il sudore dalla fronte.

"Più o meno dieci minuti. Eri troppo concentrata per accorgerti di me." Resta in silenzio per un istante, e la tensione inizia a sovraccaricare l'aria. "Sarebbe potuta esplodere una bomba e non te ne saresti nemmeno accorta."

Non sta esagerando. Il mio corpo era qui, nello studio, ma la mia mente era libera, tra le nuvole.

Quando non dice altro, gli chiedo: "C'è un motivo per cui sei venuto qui?"

Lui alza le spalle con nonchalance, ma intravedo qualcosa di oscuro nei suoi occhi dorati.

Ci penso su per qualche secondo.

È infastidito?

O forse arrabbiato?

La sua voce profonda rompe il silenzio. "Papà ha ricevuto una telefonata e si è chiuso nell'ufficio, quindi sono sceso a vedere cosa stessi facendo."

"Oh."

Proprio quando sto per proporgli di andarcene, lui dice: "Sta cercando di convincermi a uscire con Jaclyn."

Divento subito tremendamente gelosa, ma cerco di ignorarlo prima che lui se ne accorga. "Oh. E tu cosa gli hai detto?"

Mi guarda negli occhi, cercando di leggermi nel pensiero. "Che non mi interessa."

Solo quando mi sfugge un sospiro di sollievo, mi rendo conto che per qualche secondo mi era mancato il fiato.

Prima che io possa rispondere, lui mi domanda: "Obbligo o verità?"

Resto immobile.

Non dico niente, e la sua voce si abbassa. Mi sta sfidando per la seconda volta in una settimana. "Dai, Carina, cosa scegli?"

Mi passo l'asciugamano sul viso e lo guardo con la coda dell'occhio. L'ultima cosa di cui ho bisogno è che lui faccia cadere la mia maschera. So che è una pessima idea e non finirà bene, ma non riesco a trattenermi.

"Obbligo."

Un lento sorriso si allarga sul suo viso, come se fosse soddisfatto della mia decisione.

Getto l'asciugamano sulla sedia, per poi posare le mani sui fianchi. Sono irritata con me stessa per aver ceduto alla sua provocazione. "Avanti," sbotto. "Sbrigati. Qual è l'obbligo?"

"Devi baciarmi."

Sollevo le sopracciglia per la sorpresa.

Inclino la testa e l'osservo attentamente, cercando di capire dove voglia arrivare. "Sul serio?"

"Sì." Anche se sembra rilassato, i suoi muscoli sono tesi, come se fosse un serpente in attesa di colpire la preda. Solo ora mi rendo conto che si è tolto la felpa che indossava prima. I suoi bicipiti scolpiti sono in bella mostra. Basta questa vista a farmi venire l'acquolina in bocca. "Non è che non ci siamo mai baciati prima."

È vero. L'abbiamo fatto spesso in passato.

Ma sono passati quattro anni dall'ultima volta.

"E ci baceremo di nuovo." Il modo disinvolto in cui lo dice tradisce l'intensità del suo sguardo.

Incrocio le braccia al petto, come se la cosa potesse impedirmi di cadere nella trappola che è Ford Hamilton. "Lo pensi davvero?"

Si lecca il labbro inferiore, facendomi eccitare.

"Sì. Ti ho appena sfidato a baciarmi, e so benissimo che non riesci a resistere alle sfide."

Ha ragione.

Dannazione.

Ho ceduto a migliaia di sfide.

Il suo sguardo rimane fisso sul mio mentre costringo i miei piedi a muoversi, avvicinandomi lentamente a lui. Il mio cuore batte sempre più forte, finché non lo sento pulsare nelle mie orecchie. Quando sono in piedi accanto a lui, allunga il collo per continuare a guardarmi negli occhi. Le mie mani tremano quando le poso timidamente sulle sue spalle. Il calore della sua pelle mi brucia le dita quando gli accarezzo il petto scolpito, anche se controvoglia.

Ho fatto di tutto per dimenticare il nostro passato e fingere che non sia mai successo niente, ma quando lo tocco, è impossibile resistere.

Le mie mani si stringono intorno ai suoi muscoli quando mi metto a cavalcioni su di lui, poi mi abbasso finché non ci guardiamo negli occhi e le nostre labbra non sono a pochi centimetri le une dalle altre. Sento il suo alito al profumo di menta sulla mia bocca, e mi sforzo di non avvicinarmi per assaporarlo più da vicino. Quando avvolge la mia vita con le mani, come se volesse tenermi ferma, passo le braccia intorno al suo collo e lo attiro a me, sfiorandogli le labbra.

Mi fermo, e lui ringhia: "Sto aspettando."

Sorrido leggermente. Ford non è mai stato un tipo paziente, soprattutto quando desidera qualcosa. Mi sento sempre più trepidante mentre la saletta si rimpicciolisce intorno a noi.

Non riesco a resistere un altro secondo, e abbasso il viso posando appena le labbra sulle sue. È come una carezza, un sussurro. Lui inclina la testa, alzando il mento come se volesse colmare la distanza tra noi. Invece di dargli quello che vuole, però, indietreggio leggermente.

"Ti diverti a provocarmi," geme.

Accenno un sorriso.

Si sposta, stringendomi contro di lui così forte che sento la sua erezione, e mi bagno.

I nostri respiri si mescolano, diventando un tutt'uno, mentre gli mordicchio il labbro inferiore, strattonandolo con i denti prima di fare lo stesso con quello superiore. Le sue dita affondano nella pelle dei miei fianchi, ma il suo tocco non mi fa male, anzi, mi fa concentrare soltanto su quello che sta succedendo tra noi. Ogni parte del mio corpo è sull'attenti.

Ho avuto tantissimi ragazzi, ma nessuno di loro mi ha mai fatto sentire così viva.

È una sensazione ambivalente, in grado di spaventarmi e contemporaneamente di crearmi dipendenza.

In fondo, in un angolo remoto del mio cuore che non sono disposta a esaminare, ho il terrore che Ford mi stia sfidando per riportare alla luce qualcosa che per anni ho cercato di tenere nascosto. Eppure, questo non basta a fermarmi. Non credo ci sia qualcosa in grado di strapparmi via da lui.

Ed è forse la constatazione più terrificante.

Cerco di non pensarci, e torno a concentrarmi sulla sua bocca. Una volta, amavo il modo in cui mi baciava. Persino ai tempi del liceo, sapeva esattamente cosa mi avrebbe fatto impazzire e dato piacere.

Le sue pupille si dilatano mentre succhio il suo labbro prima di liberarlo con uno schiocco. Dopo averlo provocato abbastanza, premo le labbra contro le sue, e lui geme stringendo la presa. Mi chiedo se prenderà il controllo invece di lasciare che sia io a decidere, ma non lo fa. Apre le labbra quel tanto che basta per permettermi di infilargli la lingua in bocca. Una valanga di ricordi mi affiorano alla mente, e torno a un tempo in cui ogni notte mi infilavo nel suo letto e tra le sue braccia.

Ha lo stesso sapore di una volta.

Molla leggermente la presa sui miei fianchi, e mi attira a sé. I miei seni premono contro il suo petto scolpito. Muovo i fianchi, strofinandomi contro il suo ucccello.

Si stacca abbastanza da mormorare: "Dannazione, Carina. Continua così e verrò nei pantaloni."

Mi viene da ridere. "Magari."

Per quanto l'idea di continuare sia allettante, se non mi tiro indietro adesso, non potrò farlo dopo. Mi lascerò sicuramente guidare dalla passione, ma non posso permettere che ciò accada. Non posso permettermi di essere risucchiata nel suo vortice, come un tempo.

Con un ultimo bacio, lo lascio andare, e i suoi occhi color miele si fissano sui miei per un lungo e silenzioso istante. Non appena molla la presa, salto in piedi e mi allontano il più possibile barcollando.

"Torna qui," geme. Il suono gutturale della sua voce è come un colpo al cuore, e mi sento di nuovo eccitata, ma lo ignoro.

"Mi hai sfidato a baciarti ed è esattamente quello che ho fatto," dico come se niente fosse, senza nemmeno girarmi a guardarlo. "Ora vado a cambiarmi. Ci vediamo di sopra e ce ne andiamo."

Una volta chiusa la porta dello spogliatoio alle spalle, mi appoggio allo stipite, chiudendo gli occhi e respirando lentamente e profondamente.

Avrò anche fatto eccitare Ford, ma credo proprio di essere nella sua stessa situazione.

A quanto pare, stasera il mio caro vibratore si rivelerà utile.

CAPITOLO OTTO

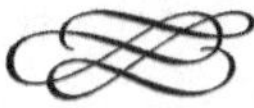

FORD

La porta vibra sui cardini mentre entro nell'appartamento che condivido con Wolf e Madden. È passata un'ora, ma sono ancora sconvolto. Mi ricompongo immediatamente quando li vedo. Madden è seduto sul bordo della poltrona e fissa lo schermo del grande televisore ad alta definizione, mentre il suo avatar scansa un difensore avversario e tira in porta. Quando fa punto, salta in piedi e lancia il controller in aria.

"Tiè!"

Wolf lo guarda. "Fai sul serio? È soltanto un gioco."

"Lo dici solo perché hai perso." Madden si lascia cadere di nuovo sulla sedia e mi lancia un'occhiata prima di farmi un cenno di saluto. "Come va?"

Borbotto qualcosa per poi sistemarmi dall'altra parte del divano.

"Com'è andata la cena?" mi chiede Wolf.

"Bene."

Non mi sfuggono gli sguardi che si scambiano. Di solito non mi danno fastidio, ma stasera, per qualche motivo, lo fanno eccome.

"Che c'è? Ho detto che è andata bene." Non appena finisco di dirlo, mi rendo conto di aver sbagliato a rispondere in modo così scortese.

Avrei dovuto far finta di niente, come al solito. Adesso si prenderanno gioco del mio tono irritato.

Wolf si passa una mano tra i capelli corti appena un centimetro. "Non direi, amico. Perché non ci dici chi ti ha fatto innervosire?"

"Penso che lo sappiamo già," sghignazza quel deficiente di Madden. "Si chiama Carina."

"A dire il vero…" interviene Wolf come se non fossi seduto davanti a lui ad ascoltare quello che esce dalla sua boccaccia. "Credo che il suo umore migliorerebbe tantissimo se se la facesse."

Spalanco la bocca ripensando al suo commento, e la richiudo subito. "Che diavolo state blaterando?"

Madden inarca un sopracciglio scuotendo la testa, come se fossi io quello lento a capire. "Dici sul serio, amico? Vi girate intorno da quando ti ho conosciuto al primo anno."

"Come, scusa?"

"Mi hai sentito benissimo," replica.

Incrocio le braccia al petto e lo fisso, sperando che si convinca a cambiare argomento. Madden e Wolf sono le ultime persone al mondo con cui voglio parlare di Carina.

"Non credo proprio."

Madden alza gli occhi al cielo. "È evidente che hai una cotta per lei. Perché non fai un favore a tutti noi e tiri fuori le palle?"

Ridacchio. "Senti chi parla. Quand'è stata l'ultima volta che sei andato a letto con una ragazza?" Madden diventa subito serio. "Sappiamo tutti cosa fai in bagno per così tanto tempo."

Mi mostra il dito medio.

Non ridi più adesso, stronzetto?

"Forse dovresti trovarti una ragazza, invece di usare sempre la mano," continuo. Non riesco a fermarmi.

Gli angoli delle sue labbra si abbassano ancora di più. "Non c'è bisogno di fare lo stronzo solo perché Carina te lo fa venire duro."

Mi passo una mano sul viso.

Ha ragione.

Mi sto comportando da stronzo, ed è soprattutto per colpa di quella ragazza.

O, più precisamente, di quello che provo per lei.

"Scusa." Inclino la testa all'indietro appoggiandola sul cuscino mentre fisso il soffitto. "Mi fa impazzire," mormoro, costringendomi a dirlo ad alta voce.

Con la coda dell'occhio, vedo un leggero sorriso allargarsi sul viso di Wolf. "Adesso sì che ci siamo."

"Non è vero." Ripenso ai commenti di mio padre. "Sono stressato. Ho solo bisogno di farmi qualcuna."

"Sì, di farti la tua sorellastra."

"Non è la mia sorellastra," brontolo. "Non siamo nemmeno imparentati."

"Tanto meglio," sorride Madden. Ha già dimenticato quanto sia stato scortese qualche minuto fa. È questo che mi piace di lui: non porta mai rancore.

"Per quello che vale, secondo me ti toglieresti finalmente lo sfizio se andaste a letto insieme," si intromette Wolf.

"È una pessima idea, e non succederà mai."

L'unico motivo per cui mi ha baciato stasera è perché l'ho sfidata a farlo.

Alcune cose cambiano, altre no. Non posso dire che non sia stato del tutto soddisfacente vedere quel luccichio furbetto nei suoi begli occhi grigio-azzurri. Forse voleva rifiutare, ma non ci è riuscita.

Wolf fa spallucce mentre Madden inizia un'altra partita, e dopo qualche minuto sono immersi entrambi nel gioco. Di solito, per stare meglio, mi basta ascoltarli parlare del nulla mentre cercano di battersi a vicenda, ma stasera non è così.

Riesco a pensare soltanto a Carina.

E, cosa ancora peggiore, i commenti di Wolf riecheggiano nella mia mente.

Forse ha ragione.

Sarebbe molto più facile andare avanti con la mia vita se andassimo a letto insieme una volta per tutte.

Purtroppo per me, non succederà mai.

CAPITOLO NOVE

CARINA

Sono sul punto di girare la pagina del libro che sto divorando, quando qualcuno bussa alla porta. Lancio un'occhiata accigliata verso l'ingresso, chiedendomi se sia il caso di ignorare chiunque si trovi dall'altra parte. Sono appena tornata dal mio turno di lavoro allo studio On Pointe, e non vedevo l'ora di tornare a casa per leggere. La storia tra i due protagonisti si sta facendo sempre più piccante, e la sto adorando.

Torno a concentrarmi sulla pagina: chiunque sia, può tornare quando non sono impegnata. Venti secondi dopo, bussano di nuovo, in modo più insistente, ma lo ignoro nuovamente. A essere sincera, però, tutte queste interruzioni mi stanno distraendo, rovinandomi l'umore.

Il mio cellulare suona, è arrivato un messaggio. Sbuffo, guardando malvolentieri lo schermo.

Apri. So che sei in casa.

Ford.

Uff.

Avrei dovuto immaginare che si trattasse di lui.

Che rompiscatole.

Mmmh… a meno che non mi stia seguendo, non può sapere con certezza che sono qui.

Arriva un altro messaggio.

Ti ho vista entrare nel condominio dieci minuti fa.

Ripeto, è un vero rompiscatole. Non vedo l'ora che finisca l'anno e ci laureiamo. Lui lavorerà per Crawford, e io sarò libera di andare dove voglio.

Forse a New York.

Oppure a Los Angeles.

Ignoro la stretta la cuore che mi crea l'idea di lasciare l'unica casa che abbia mai conosciuto. Non voglio rimuginarci troppo. Crawford mi mancherà.

Ford, invece, non mi mancherà *mai*.

Non vedo l'ora di liberarmi di lui.

Metto giù il libro brontolando e scendo dal divano prima di avviarmi verso la porta. Dall'altra parte c'è il mio ex fratellastro. Un sorriso diabolico gli illumina il volto, come se fosse felice di avermi disturbato.

"Era ora che aprissi."

Gli mostro i denti piazzandomi sull'uscio per impedirgli di entrare. "Cosa vuoi?"

"Ho un po' di tempo libero prima degli allenamenti, e ho pensato che potremmo lavorare al progetto. Il semestre finirà prima che tu te ne accorga, e preferirei evitare di restare indietro."

Ha ragione. Dannazione. Tra non molto non avrò chissà quanto tempo libero, grazie al saggio invernale.

"Bene," mormoro, sperando che il mio tono basti a fargli capire che non sono affatto contenta di averlo come partner.

È solo quando mi osserva dalla testa ai piedi che ricordo come sono vestita: indosso dei pantaloncini striminziti aderenti e un top sportivo.

Come può il suo sguardo intenso sembrare una vera e propria carezza? Sono tentata di incrociare le braccia al petto per coprirmi, ma non voglio dargli la soddisfazione di farmi vedere a disagio.

La sua voce si fa più profonda: "Vuoi farmi entrare o no?"

Basta il suo tono per eccitarmi.

Mi si secca la gola mentre faccio spallucce indietreggiando per lasciarlo passare. Lui mi supera, dirigendosi verso la sala da pranzo e il soggiorno. Mi allontano per andare a prendere dalla camera da letto il portatile e il foglio con i dettagli del progetto.

"Torno subito."

È solo quando mi giro, dopo aver preso il computer dalla scrivania, che mi accorgo della presenza di Ford. Si guarda intorno osservando i poster e le foto che coprono le pareti, il letto matrimoniale con sopra dei cuscini morbidi e un peluche enorme, diversi trucchi sparsi sulla scrivania, e una pila di vestiti dello scorso weekend in disordine sulla spalliera della sedia.

"Sistemiamoci sul tavolo del soggiorno, staremo più comodi."

"Nah, va bene qui."

Prima ancora di finire l'ultima parola, si butta sul letto e si stende, incrociando le mani dietro la testa. Odio il fatto che così facendo metta in mostra i bicipiti.

Guardo altrove mentre il mio cuore inizia a battere più forte. "Non rilassarti troppo."

In tutta risposta, il suo sorriso appena accennato si trasforma in una smorfietta compiaciuta che farebbe sciogliere anche le persone più fredde.

Me compresa.

Torno a concentrarmi sul progetto. Prima lo terminiamo, prima potrò mandarlo via e tornare dal mio amato romanzo. "Dobbiamo proporre un prodotto e poi sviluppare un piano di marketing che includa ricerche, pianificazioni strategiche, obiettivi, segmentazione del mercato di riferimento, strategie, un piano di implementazione e un modo per misurare e valutare ciò che abbiamo fatto."

"Sembra abbastanza facile."

Sbuffo.

Non lo è affatto.

Anche se mi rifiuto di ammetterlo a Ford, molto probabilmente aveva ragione a proposito di Cameron. Avrei finito per fare tutto da sola, e dal momento che devo seguire altri quattro corsi, oltre agli allenamenti per il saggio di danza, non ci sarei mai riuscita.

Il mio ex fratellastro sarà pure tante cose, ma non è affatto uno scansafatiche.

"La prima cosa da fare è pensare a un prodotto che possiamo vendere," esordisco.

Ford si mordicchia il labbro inferiore fissando il soffitto in silenzio con un'aria quasi concentrata. Sono tentata di lisciargli la fronte, ma non lo faccio, e stringo i pugni.

Ripenso al bacio che ci siamo scambiati l'altro giorno. Detesto ammetterlo, ma non sono affatto riuscita a togliermelo dalla mente.

Lui, ignaro dei miei pensieri pericolosi, dice: "E se presentassimo un prodotto per i bambini che giocano a hockey? Come una tavola rettangolare scivolosa e lunga due metri. La si potrebbe usare in due modi diversi: con dei calzini per migliorare la propria falcata, oppure usandola assieme a un disco per incrementare le proprie abilità con il bastone.

Si volta quel tanto che basta per guardarmi negli occhi.

"Ricordi quello che ha costruito mio padre? Tutti i miei amici lo adoravano."

Ripenso al primo anno del liceo. Mentre il mio patrigno mi costruiva uno studio di danza privato, Ford aveva un'area nel seminterrato dove poteva allenarsi a hockey e sollevare pesi. Se c'era qualcosa che volevano e che non era disponibile sul mercato, Crawford la costruiva da solo. Ad esempio, agganciando un telo spesso al canestro da basket, Ford riusciva a tirare i dischi senza temere di farli volare in cortile. Dopotutto era bastato che si rompesse una finestra della piscina coperta, per convincere suo padre a realizzare questa sorta di rete di contenimento.

Non è l'idea peggiore del mondo.

"Okay."

Sorride. "Vedi come lavoriamo bene insieme?"

"Non ci montiamo la testa."

In realtà, credo che abbia ragione, ma non glielo dico. Siamo una bella squadra, soprattutto quando smette di provocarmi.

Ho bisogno di concentrarmi, quindi lancio un'occhiata al foglio con la consegna, poi butto giù qualche appunto. "Dunque, per la fase successiva dovremmo condurre un'indagine di mercato per vedere se esistono prodotti simili e quali sono le loro fasce di prezzo."

"Ottima idea."

Nella mezz'ora che segue, ricerchiamo informazioni in internet. Ci sono dei prodotti simili, ma nessuno identico al nostro. Prendiamo appunti sulle differenze e pensiamo a qualche idea per far risaltare la nostra invenzione.

Inizia a farmi male la schiena, quindi mi alzo per stiracchiarmi. Ford posa il suo portatile sull'altro lato del letto e rotola verso di me per poi picchiettare il materasso.

"Vieni qui."

Lascio cadere le braccia lungo i fianchi. Non posso permettermi di avvicinarmi troppo a lui, soprattutto dopo quello che è successo l'altro giorno. Non ho bisogno che la nostra relazione diventi più complicata di quanto non lo sia già. I miei sentimenti per lui sono sempre stati contorti e confusi.

Quando picchietta il materasso per la seconda volta, mi avvicino involontariamente, sistemandomi all'estremità del letto. Sorride, come se capisse la mia necessità di stargli alla larga.

Si mette a sedere sporgendosi verso di me. "Come sta Pamela?"

La sua domanda mi prende alla sprovvista. Credevo che avrebbe parlato del bacio. Basta questo per farvi capire quanto spesso ci abbia pensato. E quanto vorrei scacciarlo dalla mia mente.

Alzo le spalle. "Bene, credo."

Dopo il divorzio, mia madre è passata da un uomo ricco all'altro cercando di continuare a fare la bella vita, soprattutto ora che non lavora più per vivere e per mantenermi. È imbarazzante che si accontenti di vivere con gli alimenti che le passa Crawford. Gli ha persino chiesto dei soldi in più per andare a Berlino con dei nuovi amici.

Naturalmente, lui glieli ha dati senza fare domande.

"Quando è stata l'ultima volta che l'hai vista?"

Mi giro verso di lui con una smorfia.

A essere sincera, non mi dispiace avere una madre assente, anzi lo preferisco, e non mi lamento e non tengo nemmeno il conto dei giorni. Non mi aspetto che appaia all'improvviso per ricoprirmi di attenzioni.

Penso a cosa rispondere.

"Non saprei… Forse un paio di mesi fa."

Credo.

Si gratta la barbetta incolta. "Ah."

Lo fisso, ma mi riprendo subito e concentro la mia attenzione altrove.

"Cosa c'è?" Lo guardo negli occhi, cercando di leggergli nel pensiero. "Perché 'ah'?" Anche solo parlare di Pamela mi rende irrequieta.

"Sono solo sorpreso. Mio padre mi ha detto che sono andati a cena insieme un paio di settimane fa."

Arriccio il naso, non me l'aspettavo. "Davvero?"

Mi guarda attentamente. "Sì."

"Lei non me ne ha parlato."

"Conosci mio padre. È sempre felice di passare del tempo con lei."

Purtroppo è vero. Povero Crawford. Dopo tutto quello che lei gli ha fatto, è ancora pazzo di lei. A volte vorrei dargli un colpo di testa, sperando che lo faccia rinsavire per quanto riguarda il suo rapporto con Pamela.

Ho quasi paura di chiederlo, ma devo sapere…

"Ti ha detto qualcos'altro?"

"Nooooo."

"Bene." Mi sento sollevata, più tranquilla.

Ford ridacchia. "Non ti interessa diventare di nuovo fratellastri, vero?"

"Santo cielo, no."

Ma c'è dell'altro. Crawford era devastato quando mia madre l'ha lasciato. Per mesi ho temuto che da un momento all'altro il mio ex patrigno mi avrebbe dato il benservito.

Per fortuna, non è mai successo, però continuo ad avere paura.

Soprattutto per il modo in cui quella donna entra ed esce dalla sua vita.

"Ahi," mormora Ford. "Mi hai ferito nel profondo."

Non riesco a fare a meno di ridacchiare. "Ma fammi il piacere."

Lui sorride portandosi una mano al petto, e mi ritrovo a fissarlo. "Che c'è? È vero. Sono molto sensibile."

Alzo gli occhi al cielo.

Devo ammettere che Ford è sempre riuscito a farmi ridere, a prescindere dai miei problemi. È una delle prime cose che mi hanno colpito di lui. È un tipo alla mano e popolare: i ragazzi vogliono essere suoi amici, le ragazze vogliono appartenergli.

Per una notte, una settimana, o anche di più.

L'ho visto succedere centinaia di volte.

Mi sentivo speciale quando si concentrava soltanto su di me, come se vedesse qualcos'altro che gli altri non riuscivano a notare. Uscivamo insieme, chiacchieravamo, giocavamo…

È un altro motivo per cui avevo sofferto profondamente quando, all'improvviso, aveva iniziato a ignorarmi. Pensavo che fossimo amici.

O qualcosa di più.

Pensavo che sarebbe stato l'inizio di…

Mi basta ripensare a quel periodo per ricoprire il mio cuore con uno spesso strato di ghiaccio. Devo proteggerlo dall'unica persona che ho sempre temuto avrebbe potuto distruggerlo.

Non permetterò mai a Ford di ferirmi per la seconda volta.

La prima volta, è colpa sua.

La seconda, è colpa mia.

CAPITOLO DIECI

FORD

*D*ite quello che volete di Carina, ma non riesce mai a restare impassibile. Non è capace di nascondere le proprie emozioni, e così, capisci subito cosa pensa di te. È un libro aperto, ed è un aspetto che più mi piace di lei.

In questo momento, diverse emozioni cercano di prevalere, e glielo si legge in faccia.

È davvero affascinante.

E io che pensavo che sarebbe stata felice dell'eventuale riconciliazione dei nostri genitori. A giudicare dalla sua espressione amareggiata, non lo è affatto.

Resta in silenzio, assorta, e io osservo la sua stanza. È davvero disordinata. Ci sono trucchi e vestiti ovunque, foto e poster di ballo su ogni parete. Prendo il pupazzo in mano e lo fisso.

È un gatto?

Oppure un coniglio?

Chissà.

Lo rimetto sul letto, poi noto una pila di libri sul comodino. Prendo quello in cima e gli do un'occhiata. Si vede che lo adora, perché sia la copertina, sia le pagine sono consumate.

Carina adora leggere, da quando l'ho conosciuta a quattordici anni. Ha gli scaffali pieni di tascabili. Saranno centinaia ormai, ma si rifiuta di sbarazzarsene. Ai tempi del liceo, quando uscivo con i miei amici, mi fermavo nel negozio di libri della zona e ne compravo uno che pensavo le sarebbe piaciuto, per poi lasciarglielo sul letto. Non lo faccio da molto tempo.

Da anni.

Si fermava sempre nella mia stanza per ringraziarmi, e la sua espressione mi colpiva ogni volta. Era come se le avessi regalato il mondo.

Mi mancano quei momenti.

Mi manca il modo in cui mi guardava.

Cerco di non pensarci, e fisso l'uomo sulla copertina. Non è male, credo, se trovi attraenti i tipi muscolosi con il petto scolpito e addominali così perfetti da sembrare ridicoli.

Non le piaceranno mica?

Proprio mentre sto per osservarlo più da vicino, lei mi strappa il libro dalle mani. La guardo, e mi accorgo che si è avvicinata.

Indico il romanzo con un cenno: "Sono palestrato quanto lui."

"Non credo proprio." Lancia un'occhiata alla copertina e la studia per qualche secondo. "Scommetto che è soltanto ritoccato."

"Sono pronta a scommettere che non è nemmeno così palestrato. Sarà sicuramente ritoccato."

"Sei sicura?"

Inarca un sopracciglio. "Cosa?"

I nostri sguardi si incrociano mentre scendo dal letto e mi alzo per poi sfilarmi la maglietta davanti ai suoi occhi spalancati. I miei muscoli si gonfiano quando fletto i bicipiti. Sollevo pesi da quando avevo quindici anni, tutto per ottenere il fisico che desidero.

Ne vado fiero.

Il suo sguardo si posa sulle mie braccia e sul petto, poi sugli addominali.

Mi studia in silenzio per un minuto, dopodiché mormora: "Beh, forse hai ragione."

Un sorriso si allarga sul mio viso mentre mi metto in mostra un altro po' per mantenere attiva la sua attenzione.

Indica la maglietta stropicciata. "Ora puoi rimettertela, fustacchione."

Certo che no. Soprattutto perché ha le pupille dilatate. Chiaramente le piace quello che vede, anche se si rifiuta di ammetterlo.

Quando colmo la distanza tra di noi, lei solleva il mento per guardarmi negli occhi. Mi sistemo tra le sue gambe, costringendola ad allargarle. Posa i palmi delle mani sul mio petto nudo mentre cade sul letto e la intrappolo tra le mie braccia.

Il suo sguardo eccitato e allo stesso tempo confuso incrocia il mio, dubbiosa. Ha degli occhi stupendi, che, insieme ai suoi capelli lunghi e biondi, al suo corpo tonico e atletico, e alla sua impertinenza, fanno di lei un sogno erotico che si è fatto realtà.

Un giorno, dopo che alcuni miei compagni di squadra avevano commentato quanto fosse bella Carina, avevo fatto capire loro che non dovevano toccarla.

Né guardarla.

Né parlarle.

Mi era bastato minacciare un paio di ragazzi durante gli allenamenti affinché capissero che non stavo affatto scherzando. Certo, tenerle alla larga gli altri maschi della Western è stato più difficile, ma ce l'ho fatta.

Carina mi picchierebbe se scoprisse cosa ho dovuto fare per assicurarmi che non solo abitasse sullo stesso piano, ma anche nell'appartamento accanto, come ad esempio dare lezioni private di pattinaggio e alcuni gadget dei Wildcats al figlio dell'amministratore del condominio.

Riprende fiato, e la sua voce sembra strozzata. "Cosa stai facendo?"

Invece di risponderle, rigiro la domanda: "Secondo te?"

È una ragazza intelligente, deve aver capito le mie intenzioni.

"Qualcosa che non dovremmo fare."

Le mie labbra si avvicinano pericolosamente alle sue. Non riesco a non pensare all'altra sera, al modo in cui si è messa a cavalcioni su di me e si è strofinata sul mio corpo come una gatta in calore. È stato di gran lunga il bacio più bello che mi abbiano mai dato.

E questo la dice lunga.

Certo, finora non ho fatto il monaco. Per anni ho cercato di togliermela dalla testa, ma nessuna ragazza è riuscita a farmela dimenticare. Sto iniziando a credere che non succederà mai.

Sono ossessionato da Carina.

Lo sono sempre stato.

"Perché?"

"Perché…" sussurra senza finire la frase.

Non riesco più a resistere alle sue labbra carnose, e mi avvicino alla sua bocca proprio come lei ha fatto nello studio. Sono dannatamente tentato di prenderla come ho sognato di fare per anni.

Troppi anni.

"Perché non bisogna mischiare la famiglia e il sesso?" le chiedo.

Lei scoppia a ridere. "Più o meno."

Inarco i fianchi finché il mio membro duro non preme contro il suo inguine, e il movimento le fa dilatare le pupille al punto che sembrano coprire quasi del tutto le iridi.

"Mi hai fatto eccitare un bel po' l'altro giorno," ringhio prima di mordicchiarle il labbro inferiore. "E credo che tu l'abbia fatto di proposito." Quando resta in silenzio, la faccio strusciare di nuovo contro di me. "Oppure mi sbaglio?"

Invece di rispondere, lei allarga le gambe lunghe e le incrocia intorno alla mia vita, premendo il mio corpo contro il suo, il mio membro contro il suo sesso. Ci separano soltanto i vestiti.

Dannazione, ha delle gambe fortissime.

Riuscirebbero a rompere persino il cemento.

Non so perché l'idea mi faccia eccitare. In realtà è abbastanza spaventosa come cosa, e invece io rischio di venire da un momento all'altro.

"Forse."

Mi basta questo per continuare.

"Non pensi che dovremmo rimediare a tutta questa tensione sessuale repressa?"

Una nuova ondata di desiderio mi pervade mentre inarco di nuovo i fianchi, ed è così forte che mi manca il fiato. La cosa buffa è che, quando sto con lei, non mi importa di respirare. Non ho bisogno di ossigeno quando Carina è tra le mie braccia.

"Forse ho già rimediato."

Mi blocco, serrando gli occhi. Anche solo pensare che un altro ragazzo possa averle messo le mani addosso, che l'abbia toccata come io sogno di fare, mi fa andare fuori di testa.

"Con chi?" ribatto. "Quel deficiente di Justin?" Se è così, lo farò a pezzi, e sarà un vero piacere per me.

Il desiderio appanna i suoi occhi quando mi struscio di nuovo contro di lei.

"No. L'ho scaricato dopo la festa."

"Sei andata a letto con lui? Ti ha toccata?"

"No."

"Bene." Sono davvero sollevato.

"Stai andando a letto con qualcuno al momento?"

Mi osserva attentamente per un lungo istante, e inizio a chiedermi se stia per dirmi che non sono affari miei.

E in teoria avrebbe ragione.

Non riesco a fare a meno di muovere di nuovo i fianchi.

Dannazione.

Voglio strapparle i vestiti di dosso e affondare nelle profondità del suo corpo caldo. Ho l'uccello di marmo.

Sto per esplodere.

"No."

Mi guarda scettica. "E tu?"

Come posso andare a letto con un'altra, quando lei è l'unica ragazza in grado di consumarmi così?

"È passato un po' di tempo," ammetto con riluttanza. Prima che possa approfondire la cosa e capire il potere che esercita su di me, le domando: "Obbligo o verità?"

Non esita nemmeno.

"Verità."

"Pensi mai a come sarebbe avermi dentro di te?"

Resta senza fiato per un brevissimo istante, ma rimane comunque impassibile. Più tempo lascia passare, più mi innervosisco.

Non riesco più ad aspettare, e ringhio: "Rispondi, dannazione."

"Sì."

Sono sorpreso, ma proprio in quel momento la porta della camera da letto si spalanca. Resto immobile sentendo un sussulto sconvolto seguito da un silenzio imbarazzante.

"Papi?" mormora Ryder in un tono ridicolosamente infantile. "Perché stai facendo del male alla mamma?"

Carina chiude gli occhi imprecando sottovoce.

Sentiamo un tonfo. Ryder ringhia, e una risatina riecheggia fuori dalla stanza.

"Scusate! Avrei dovuto bussare," si affretta a dire Juliette prima di richiudere la porta sbattendo, dopodiché dice ad alta voce: "Continuate qualunque cosa stavate facendo!"

"Dannazione." Carina non è più eccitata, e mi dà un colpo al petto. "Guarda che hai combinato!"

Mi alzo in piedi malvolentieri, indicando l'erezione che sporge dai miei jeans. "Guarda che hai combinato *tu*!"

Lei prende la mia maglietta da sopra il letto e me la lancia alzando gli occhi al cielo.

Una cosa è certa: la prossima volta che vedrò Ryder, dovrò ringraziarlo per averci interrotti.

Con un pugno.

CAPITOLO UNDICI

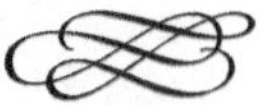

CARINA

Caccio Ford dalla mia camera sospirando esasperata e sbattendo la porta. Può benissimo tornare da solo a casa sua. Dopodiché aspetto quarantacinque minuti, sperando che Juliette e Ryder se ne vadano, rimandando il più possibile questa discussione imbarazzante.

So benissimo che avrà qualche domanda da farmi su quello che ha interrotto.

E sicuramente qualche commento.

Anzi, *tanti commenti.*

E non mi va di pensarci, né di rispondere.

Uff.

Non sento alcun rumore, quindi apro la porta della mia stanza e mi affaccio nel corridoio e poi nel soggiorno. Lì trovo Juliette accampata sul divano, con un libro enorme aperto sul grembo.

Dannazione. Ovviamente, non mi darà tregua.

Quando i nostri sguardi si incrociano, si toglie gli occhiali tartarugati per poi posarli sul tavolino.

C'è un silenzio imbarazzante. Se potessi tornare in camera e chiudere la porta come se niente fosse, lo farei, eccome se lo farei, ma non è possibile, a giudicare dallo sguardo curioso di Juliette.

Farà di tutto per avere delle risposte.

"Quindi, tu e Ford…?"

La raggiungo in soggiorno, agitata, e mi accascio sulla poltrona davanti al divano. "Non c'è niente tra di noi."

Ma riuscite a immaginarlo?

Mi vengono i brividi al solo pensiero.

"Ne sei sicura? Perché non mi sembrava così."

"Sicurissima." Indico la mia stanza. La scena del crimine. "Stavamo studiando, e una cosa ha tirato l'altra."

Ride, incredula. "È questa la tua scusa?"

Non riesco a stare seduta, quindi scatto in piedi e cammino intorno al divano mentre Juliette continua a guardarmi. "Sì. Quello che hai visto è stato solo un errore di giudizio."

"E va bene… Se lo dici tu."

Mi giro per guardarla in viso. Per fortuna non sta protestando. "È così."

"E allora cosa sarebbe successo se non vi avessi interrotti?"

L'unica cosa che posso fare, mentre la sua domanda mi vortica nella testa, è fissarla.

Ho paura di rispondere.

Soprattutto considerando quanto facilmente Ford ha scatenato quelle reazioni in me.

Ma non posso dirlo a Juliette.

Stiamo scherzando?

Non posso.

Riesco a malapena ad ammetterlo a me stessa.

"Niente."

L'esatto opposto di quello che sta sussurrando la voce nella mia testa.

Quella voce stupida e arrapata che dovrebbe soltanto tacere.

"Ho bisogno di andare a letto con qualcuno." Sollevo le sopracciglia mentre cerco di capire quanto tempo sia passato dall'ultima volta. Non riuscendo a trovare una risposta immediata, scoppio a ridere per poi gettarmi di nuovo sulla poltrona. "Dev'essere passato molto tempo, dal momento che ho permesso a Ford di toccarmi."

Però… è stata una sensazione meravigliosa.

Entrambe le volte.

Pensi mai a come sarebbe avermi dentro di te?

Rimugino ossessivamente alla sua domanda.

Gli ho detto la verità in un momento di debolezza. Certo che fantastico su come sarebbe averlo dentro di me, ma non lo lascerei mai succedere.

Sarebbe il modo più sicuro per causare problemi con Crawford. È una delle persone più importanti della mia vita, e andare a letto con suo figlio non farebbe altro che complicare la nostra situazione. È già abbastanza grave temere che mia madre possa rovinare tutto da un momento all'altro.

Quella donna è folle, e non posso controllarla.

Ora che riesco a pensare più lucidamente, ho le idee chiare. Devo tenermi alla larga da Ford. Certo, l'ho fatto per anni, al punto che riuscivo quasi a dimenticarlo del tutto relegandolo in un angolo remoto del mio cervello, ma per qualche motivo non è più possibile.

"Carina?"

Torno a concentrarmi su Juliette, scacciando questi pensieri. "Sì?"

La sua espressione si addolcisce, come se capisse che non sto mentendo solo a lei, ma anche a me stessa. "Sai che ci sono sempre se hai bisogno di parlare, sì?"

Mi sforzo di sorridere. "Certo. Lo apprezzo davvero."

Quando non dico altro, continua: "Quindi non c'è altro che vuoi dirmi?"

Non rispondo.

Per qualche secondo sono tentata di dirle tutto, ma alla fine stringo le labbra scuotendo la testa.

"Va bene." Guarda con riluttanza il libro sul tavolino. "Allora forse dovrei tornare a studiare."

Mi alzo, sollevata dal fatto che questa conversazione sia conclusa. "Vado allo studio ad allenarmi."

E se sono fortunata, allevierò un po' della frustrazione sessuale che Ford ha acceso in me.

CAPITOLO DODICI

FORD

Il mio sguardo si posa su Ryder e Juliette, che sono seduti di fronte a me. Lei è appollaiata sulle sue ginocchia, e si guardano ridendo come due babbei. Il volume della musica è alto, e il bar è pieno di gente, ma non se ne accorgono.

È solo quando una figura formosa si accomoda sulle mie ginocchia e avvolge le braccia snelle intorno al mio collo che torno al presente e vedo Darcy Erickson sorridermi.

"Sembri troppo serio per un sabato sera da Slap Shotz."

Arriccio le labbra, fingendo di essere allegro. "Nah. Stavo solo fantasticando un po'."

Si preme contro di me finché non sento il suo respiro caldo sulla mia pelle. "Potremmo andare a casa mia se vuoi un po' di tranquillità."

Assolutamente no.

Scuoto la testa rilassandomi sulla sedia, nel tentativo di allontanarmi un po' da lei.

Darcy è una ragazza davvero simpatica con cui ho avuto un paio di corsi di economia in comune. A lezione si sedeva sempre vicino a me, e dopo un po' aveva iniziato a presentarsi alle nostre partite in casa e alle feste al bar.

Credo stia aspettando un mio invito galante. Negli ultimi mesi mi ha lanciato diversi segnali, e sta aspettando che capisca l'antifona.

Il problema è che non mi interessa Darcy.

Non mi interessa nessuna al momento.

E va bene, non è del tutto vero. Sono interessato a una sola persona, ma lei mi odia a morte.

E siamo imparentati.

Più o meno.

"Grazie, ma non ce n'è bisogno." Faccio un cenno verso Wolf, che è stravaccato dall'altra parte del tavolo. Si vede che vuole stare da solo. "Se dovessi andarmene prima, quel musone non me lo perdonerebbe mai."

In tutta risposta, lei si mordicchia il labbro inferiore guardandomi con gli occhioni castani e un'espressione delusa. Credo che stia cercando di sembrare sexy, ma in realtà fa l'effetto opposto.

Sono quasi tentato di farla scendere dalle mie ginocchia con la forza. Quel posto è riservato a una sola ragazza, e non è Darcy.

Il solo pensiero mi fa ridere.

Riuscite a immaginare Carina appollaiata in braccio a me, mentre mi accarezza il petto come una groupie appiccicosa?

Diamine, finirebbe per strapparmi la pelle a morsi.

Come Hannibal Lecter.

La cerco in mezzo alla folla. È arrivata poco fa insieme a Ryder e Juliette. Le è bastato vedermi velocemente per girare i tacchi e allontanarsi.

Me l'aspettavo, a dire il vero. Sta ballando senza fermarsi da un'ora.

Mi è sempre piaciuto guardarla ballare. Avrei potuto farlo per ore e ore, e probabilmente l'ho fatto. Ai tempi del liceo, sgattaiolavo nello studio mentre si esercitava. C'era qualcosa nei suoi movimenti aggraziati che mi calmava, come lo Xanax.

Non riesco più a intravederla tra la folla, e sollevo le sopracciglia allungando il collo e guardandomi intorno.

"Ford?" Darcy si avvicina, cercando di attirare ancora una volta la mia attenzione.

Mi costringo a guardarla. "Che c'è?"

"Sei sicuro di non volertene andare?"

"Sicuro." Non voglio ferire i suoi sentimenti, ma nemmeno illuderla. "Sai che non sto cercando una relazione seria, sì?"

Distoglie lo sguardo. Sembra triste. "Sì."

Ho sempre cercato di essere diretto con le ragazze che mi portavo a letto. Non sapevo cos'altro fare, se non far firmare loro un contratto che specificasse che si trattava solo di una botta e via.

Io e Darcy non l'abbiamo mai fatto perché so che non è in cerca di un rapporto occasionale. Lei vuole un fidanzato, e per qualche motivo ha puntato me. Mi sentirei meglio se andasse a letto con dei miei compagni di squadra.

Dei lunghi capelli biondi attirano la mia attenzione, e giro la testa così velocemente che per poco non mi viene il torcicollo. Carina è davanti al bancone e sorride.

Quand'è stata l'ultima volta che mi ha guardato così?

Sono passati anni.

Sono così occupato a fissarla che ci metto qualche secondo a capire che un ragazzo ci sta provando con lei. Non solo le sta troppo vicino, ma sta anche giocherellando con una sua ciocca, attorcigliando attorno a un dito, come se cercasse di attirarla più vicino.

Per poco la gelosia non mi toglie il fiato.

Oh, no.

Assolutamente no.

Senza nemmeno accorgermene, cingo la vita di Darcy con le mani e la sollevo, facendola alzare.

"Ford? Dove stai andando?"

Questa volta non perdo nemmeno tempo a guardarla. Ho paura che se togliessi gli occhi di dosso a Carina, anche solo per un secondo, lei sparirebbe con quel demente prima che possa intervenire.

E se succedesse davvero…

Non voglio nemmeno pensare a cosa farei.

Probabilmente li inseguirei e lo pesterei a sangue.

Dannazione.

Mi passo una mano tra i capelli.

"Devo parlare con una persona. Ci vediamo dopo."

Mi allontano, spingendo per farmi largo tra la folla. Qualcuno mi chiama cercando di attirare la mia attenzione, ma lo ignoro.

Mi concentro soltanto su Carina.

E sul deficiente che sta toccando la mia proprietà.

Trasalisco. Per poco questo pensiero non mi trattiene.

Non appena la raggiungo, cingo la vita di Carina con un braccio e l'attiro a me, per poi rivolgere uno sguardo torvo al tizio mentre allontano la sua mano dai capelli della ragazza.

Come diavolo ha osato toccarla?

Lui sbatte le palpebre per la sorpresa, poi mi fissa.

"Cosa c'è?" chiedo in tono quasi rilassato, anche se non lo sono affatto.

"Uhm… Niente."

Ha ragione. Qui non succederà niente.

Lui spalanca gli occhi e mi osserva attentamente, poi per poco non urla: "Ma tu sei Ford Hamilton!"

Mi tranquillizzo un po'. Sono il suo idolo, e si vede. "Sì."

"Hai giocato benissimo la settimana scorsa! Hai segnato una tripletta, vero?"

"In realtà erano solo due reti," lo correggo umilmente.

"L'ultimo è stato assurdo! Hai colpito quel difensore e poi hai tirato il dischetto tra le gambe del portiere!" Scuote la testa, come se stesse rivivendo la partita nella sua testa. "E hai chiuso la partita!"

Ha ragione. Era un punto di spareggio.

Sorrido leggermente, soprattutto quando vedo il viso acciigliato di Carina. Il tipo, però, non si ferma, e si lancia in un'analisi dettagliata delle ultime tre partite dei Wildcats, delle mie performance e così via. Dovrei assumerlo per farmi pubblicità. Mi fa sembrare fantastico.

Tuttavia, più il ragazzo parla, più Carina si innervosisce. Si è del tutto irrigidita, ed è l'esatto opposto di com'era l'altra sera sotto di me.

Non riesco a resistere, quindi mi volto verso di lei quel tanto che basta per sentire il suo shampoo floreale e sussurro: "Hai capito? Te l'avevo detto che sono un asso."

"Ma fammi il piacere," ringhia cercando di liberarsi dalla mia presa. "L'avrai pagato per tessere le tue lodi."

La stringo ancora di più. Se pensa davvero che la lascerò andare proprio ora che le ho messo di nuovo le mani addosso, si sbaglia di grosso.

Il suo sguardo conferma i miei sospetti.

Sta cercando un ragazzo da portarsi a letto.

Beh, non succederà. Continuerò a impedirglielo per tutta la sera, se necessario.

Si volta per guardarmi torva. "Potresti lasciarmi andare?"

Le lancio un'occhiata, poi la bacio sulla testa. "Certo che no, bellina."

Il ragazzo guarda Carina sorpreso, come se si fosse completamente dimenticato della sua presenza, poi alza le mani, scusandosi. "Mi dispiace, Hamilton. Non mi ero accorto che fosse tua. Ho sbagliato."

Carina spalanca gli occhi così tanto che sono sul punto di uscire dalle orbite, e apre la bocca per insultarlo. Non riesco a capire come abbia potuto dimenticare di avere accanto una ragazza così sexy. Io non ci riuscirei. Le basta respirare per attirare la mia attenzione.

"Tranquillo," dico, interrompendola prima che dia di matto.

Certo, lo spettacolo non mi dispiacerebbe, ma l'ultima cosa che voglio è farla arrabbiare ancora di più. Ce l'ha ancora con me per averla interrotta.

Lui la guarda con un'espressione corrucciata. "Perché non mi hai detto che stai con Ford Hamilton? Non si fa così."

Stringo la presa per tenerla ferma mentre lei si irrigidisce. Ho quasi paura che voglia picchiarlo. "Figurati, amico."

Dopodiché, il ragazzo si gira e si allontana, lasciandoci da soli, mentre lei ringhia.

La faccio voltare per guardarla negli occhi. "Piccola, non mi piace quando ci provi con gli altri davanti a me. Mi manchi di rispetto, e ferisci i miei sentimenti. Sai già quanto siano fragili." Le do un colpetto sul naso. "Capito?"

Lei mi mostra i denti, e rido silenziosamente, ma dopo alcuni secondi non resisto più e mi lascio andare.

"Dannazione, Ford! Non è divertente!" Il suo sfogo mi fa ridere ancora più sguaiatamente, e sbotta: "Sei un imbecille!"

"Ma dai, è divertente eccome. Pensavo che l'avresti ucciso."

"Non avrei ucciso lui." Stringe gli occhi, irritata. "Perché mi hai interrotta?"

Basta questo a farmi tornare serio, e l'attiro a me per poi premere il suo corpo morbido contro il mio. "Perché se stai cercando qualcuno con cui andare a letto, dovrai scegliere me."

"Sei davvero un illuso. Perché credi di avere voce in capitolo su quelli che mi porto a letto? Per quanto ne so, sono io a deciderlo. Tu non lo farai *mai*."

"Sappiamo entrambi che ti prende. Sei ancora eccitata dall'altro giorno."

"L'altro giorno?" Solleva un sopracciglio. "Non so di cosa tu stia parlando."

"Bel tentativo, ma non me la bevo. Scommetto che ci abbiamo pensato entrambi." Cala il silenzio per un istante. "Io l'ho fatto," aggiungo senza nemmeno riflettere.

Mi guarda sorpresa, ma torna subito seria. Se non la stessi osservando attentamente, non me ne sarei nemmeno accorto.

"Ascolta, voglio essere del tutto sincera con te." Si alza in punta di piedi, e il suo respiro caldo mi sfiora le labbra. È una sensazione inebriante. "È un problema *tuo*, non *mio*."

"Ah sì? A me sembra un problema nostro, e dobbiamo risolverlo il prima possibile."

"E come?"

Il mio sguardo si posa sulle sue labbra. La tensione sessuale che si irradia nell'aria intorno a noi esploderà da un momento all'altro. "Indovina."

Ci fissiamo, e abbassa la voce. "Non possiamo andare a letto insieme, Ford."

Il desiderio mi scorre potente nelle vene, e sono tentato di colmare la distanza che ci separa. Voglio prenderla in braccio e portarla via da qui.

"Perché no?"

"Perché siamo imparentati."

"In realtà no." Aggiungo: "Non più."

"Crawford è come un padre per me."

Alzo le spalle. Voglio soltanto eliminare ogni ostacolo che mi presenta davanti. "Non c'è bisogno che lo sappia." Resto in silenzio per qualche istante. "Può essere il nostro piccolo segreto. Come quando sgattaiolavi di notte nel mio letto."

Malgrado la luce fioca del bar, vedo che arrossisce mentre parlo del nostro passato. Non ne abbiamo mai discusso apertamente.

Soprattutto dopo.

Quasi mi sorprendo quando non mi zittisce. Mi aspettavo protestasse di più.

Resta zitta, quindi io continuo, cercando di ottenere il suo consenso: "Potremmo essere amici di letto."

Lei distoglie lo sguardo, e per alcuni secondi mi chiedo se abbia sbagliato. Ma…

Carina non vuole certo uscire con me. Il solo pensiero mi fa ridere. Preferirebbe cavarmi un occhio piuttosto che presentarmi come il suo fidanzato.

Torna a guardarmi con un'espressione fredda, per poi osservarmi dalla testa ai piedi attraverso le sue ciglia folte. Mi sento leggermente a disagio sotto il suo implacabile sguardo indagatore, invece mi chiede: "Forse intendi 'nemici di letto'?"

Il mio sorriso rilassato adesso sembra forzato e fragile. "E va bene, dolcezza. Hai ragione tu." Per qualche motivo, mi avvicino e le sussurro all'orecchio: "Un po' di sesso rabbioso sarebbe catartico per entrambi, non trovi?"

Risponde, completamente tesa: "Beh, ti odio già."

La sua risposta mi fa sentire vuoto dentro, ma lo ignoro. Non voglio rimuginarci su. "Allora ci stai?"

Sono in ansia. Voglio soltanto farla mia. Voglio crogiolarmi nella consapevolezza che per alcuni giorni, settimane, o chissà quanto, Carina Hutchins apparterrà a me.

Solo a me.

"Ci penserò e ti farò sapere."

Mi stacco quel tanto che basta per guardarla negli occhi. "Nessun altro toccherà la tua figa prima che tu mi dia una risposta."

"Ah, vuoi decidere anche queste cose?"

"Certo che sì. Allora, ci stai?"

Cala un silenzio interminabile, e non fa che aumentare la tensione che c'è tra di noi, fino a un livello quasi insopportabile.

"Credo di sì."

Basta questo per tranquillizzarmi e farmi tornare a respirare.

Sono un po' più vicino a quello che desidero.

Sto per fare mia Carina.

CAPITOLO TREDICI

CARINA

"Come ho potuto lasciarmi convincere?" borbotto mentre ci allontaniamo dalla biglietteria.

Juliette mi cinge le spalle con un braccio attirandomi a sé. "Ho promesso di comprarti un sacchetto di popcorn, e tu lo adori."

"Mi conosci fin troppo bene," ammetto con riluttanza.

Mi sorride, e le brillano gli occhi. È davvero radiosa, grazie a Ryder McAdams. Ha sempre la testa tra le nuvole, ed è felicissima.

Come darle torto?

Ryder McAdams è sempre stato uno dei ragazzi più ambiti del campus, e lei è riuscita ad accaparrarselo.

Anzi, credo proprio che sia successo il contrario. Ryder si era reso conto di aver perso fin troppo tempo e ha fatto in modo di ottenere quello che desiderava davvero.

Juliette.

La sua vicina da quando erano piccoli.

Secondo me, il difensore biondo aveva una cotta segreta per lei da un po' di tempo, ma le cose erano complicate perché era il compagno di squadra e miglior amico di suo fratello. In qualche modo, però, sono riusciti a superare tutti gli ostacoli e hanno avuto il loro lieto fine.

Sono gelosa di quello che c'è tra loro?

No, assolutamente no.

E va bene, non è vero. Sono gelosissima. Sono uscita con parecchi ragazzi all'università, ma nessuno è mai durato più di un paio di settimane, o al massimo un mese.

Certo, il sesso era bello…

Ma il buon sesso e gli orgasmi non bastano. Ho cercato di avere relazioni durature con ragazzi bravi a letto, ma ho imparato, a mie spese, che stare con qualcuno con cui non hai niente in comune fuori dal letto, è come avere una zavorra sempre con sé.

E poi, ho la cattiva abitudine di paragonare i ragazzi con cui esco o vado a letto con Ford.

E non ne escono mai bene.

Per quanto cerchi di non pensare a lui, non ci riesco.

Se stai cercando qualcuno con cui andare a letto, dovrai scegliere me.

Un brivido appena percettibile corre lungo la mia schiena mentre ripenso ossessivamente alle sue parole.

Credo che sia la cosa più sexy che mi abbiano mai detto.

E a farlo è stato Ford.

Quello che un tempo era il mio fratellastro.

Sono tentata di accettare la sua offerta?

Certo che sì.

Ogni volta che stiamo insieme, l'aria intorno a noi diventa elettrica e non riesco a respirare. Mi eccito e mi bagno per il bisogno di toccarlo.

Il suo corpo è un'opera d'arte.

È duro e scolpito.

Non ho problemi a mentirgli, ma mi rifiuto assolutamente di farlo a me stessa. Desidero Ford fin dall'inizio, e per anni ho cercato di soffocare questi sentimenti sgraditi.

È solo quando la mia migliore amica mi dà una gomitata, mentre ci dirigiamo verso gli spalti, che ricaccio questi pensieri in un angolo remoto della mia mente. Juliette saluta la sua famiglia e sua madre sorride alzandosi immediatamente ricambiando il gesto.

Lei ha i migliori genitori del mondo: è evidente che, dopo tutti questi anni, sono ancora innamoratissimi e che le loro vite ruotano intorno ai figli.

Nel mio caso, non è mai stato così.

Dopo gli anni stressanti della mia infanzia, non riesco a biasimare mia madre per aver preferito concentrarsi su se stessa. Vorrei solo che non l'avesse fatto a spese mie. Queste riflessioni riescono soltanto a farmi capire quanto sia fortunata ad avere Crawford. È entrato nella mia vita quando avevo maggiormente bisogno di lui, e da allora è sempre stato il mio punto stabile e importante. È la persona più simile a un genitore che abbia mai avuto.

Come potrei anche solo pensare di accettare un'offerta che potrebbe rovinare questo nostro rapporto?

È una situazione difficile.

"Ciao, Carina! Che bello rivederti!" esclama la signora McKinnon abbracciandomi calorosamente. È davvero la donna più dolce del mondo.

Suo marito fa lo stesso. Brody McKinnon ha circa quarantacinque anni e le tempie brizzolate.

Qualcuno deve dirmi perché trovo sexy quest'ultimo particolare.

Non appena ci sistemiamo, mi avvicino a Juliette e sussurro: "Ti ho mai detto che tuo padre è davvero figo?"

Lei fa una smorfia, come se le avessi proposto di affogare dei gattini, ed è proprio la reazione che volevo ottenere.

"Ti prego, non dire mai più una cosa del genere."

Sorrido. "Che c'è? Sto solo dicendo che tua madre è una donna *molto* fortunata."

"Bleah! Mi viene da vomitare! Grazie, eh." Prima che possa continuare a stuzzicarla, aggiunge in tono minaccioso: "Se continui a parlare di mio padre, mi sposto." Apro la bocca, ma lei continua: "Sono serissima, Carina."

Alzo le spalle. "Stavo solo cercando di dire una cosa simpatica."

"Beh, non farlo."

Entrambe salutiamo Stella quando arriva con suo padre, John McKinnon, che si dà il caso sia anche il padre di Brody. C'è un'enorme differenza di età tra i due fratellastri, e Stella è la zia di Juliette, anche se hanno la stessa età e sono cresciute insieme, come cugine. È la migliore amica di Riggs, uno dei ragazzi della squadra, e viene alla maggior parte delle partite e delle feste alla casa dell'hockey.

Juliette mi dà una spintarella proprio mentre la partita sta per iniziare. "Ehi, ma quello non è il tuo patrigno?"

Guardo tra la gente accalcata sugli spalti, e intravedo Crawford, poi mi alzo in piedi e lo saluto. So che Ford sarà felicissimo della presenza di suo padre. Non appena mi vede, un ampio sorriso si allarga sul suo volto.

"Chi sono le due persone che lo accompagnano? L'uomo più anziano e la ragazza?"

Proprio in quel momento mi accorgo che Crawford non è solo, e non mi ci vuole molto a capire con chi si trovi: il suo socio Peter Bowman e sua figlia Jaclyn, una giovane dai capelli castani. Abbiamo lavorato spesso in ufficio insieme nelle ultime estati. Andavamo abbastanza d'accordo, al punto che spesso pranzavamo insieme. Questa non è la loro prima partita, ma è passato un po' di tempo dall'ultima volta che sono venuti al palaghiaccio, forse anni. Il motivo della loro improvvisa apparizione mi sconvolge.

L'altra sera Ford mi aveva confidato che suo padre sta cercando di gettarlo tra le braccia della figlia di Peter.

Stringo un pugno e me lo porto al petto, cercando di respirare a fondo.

Continuo a sorridere mentre si avvicinano, poi abbraccio Crawford e stringo la mano di Peter, mentre Jaclyn si guarda intorno con interesse. Indossa un giubbotto rosso vivo e un cappellino di lana nero. Ha i capelli e il trucco perfetti. Sembra appena uscita da una rivista.

Squittisce, per poi abbracciarmi forte, come se fossimo delle sorelle che si sono appena ritrovate. Entrambe le squadre prendono posto in pista, e lanciano il dischetto. I giocatori centrali cercano subito di impadronirsene. Gli occhi di Jaclyn si illuminano quando Crawford le indica suo figlio.

Non riesco a non digrignare i denti prima di sedermi.

Dopo un po' diventa evidente che non sa assolutamente nulla dell'-

hockey, dato che gli fa parecchie domande durante i primi due periodi. A giudicare dalle sue reazioni esagerate, è evidente anche che adora l'idea di uscire con Ford.

Quale ragazza sana di mente non lo farebbe?

La osservo di nuovo con la coda dell'occhio.

È proprio il suo tipo.

Attraente e con le tette grandi. E, se non ricordo male, ama le feste.

Sarebbero la coppia perfetta. I loro figli erediterebbero l'impresa edile Hamilton-Bowman.

Ugh.

Il solo pensiero mi divora, facendomi stare male per la gelosia.

Lo detesto. Detesto il fatto che riesca a provocarmi queste reazioni. Non dovrebbe importarmi delle ragazze con cui Ford esce o va a letto. Non vorrei provare niente nei suoi confronti.

Ma non riesco a farne a meno.

Questa sensazione mi toglie il respiro.

Perché adesso?

Perché sta succedendo proprio adesso?

Negli ultimi tre anni sono riuscita a tenerlo alla larga pur frequentando la stessa università, pur essendo la sua vicina di casa.

Ho fatto di tutto per stare lontana da lui, e i miei sforzi hanno dato i loro i frutti… in parte.

Negli anni scorsi, le cene di famiglia a casa di Crawford erano più sporadiche, ma a partire da questo autunno ha deciso di trovare una sera libera alla settimana per vederci.

Invece di ignorare questi pensieri seguendo la partita, continuo a rimuginarci su e non mi accorgo nemmeno delle reti segnate. Sono sconvolta quando suona la sirena finale.

"Dannazione. È stata dura," borbotta Juliette. "Vero?"

Lancio un'occhiata al tabellone: i Wildcats hanno vinto per un solo punto.

"Decisamente," mormoro. Non voglio ammettere di essere stata assorta nei miei pensieri nelle ultime tre ore.

Sarebbe imbarazzante.

E patetico.

Per un attimo fisso la mia migliore amica, e penso di raccontarle dell'offerta di Ford. Prima della partita, avevo intenzione di rifiutare ed evitarlo per l'immediato futuro.

Adesso, però...

Guardo Jaclyn con riluttanza: si sta sistemando il lucidalabbra. Sorride per qualcosa che Crawford ha detto.

Santo cielo... Ci sta davvero provando con uno che potrebbe essere suo padre?

Che svergognata.

In quel momento capisco che i miei piani sono cambiati drasticamente, e mi sento al contempo nervosa ed elettrizzata.

Sarà esattamente quello che ha detto lui: sesso senza impegno.

Lo faremo un po' di volte, ci toglieremo lo sfizio, e la chiuderemo una volta per tutte.

Riesco già a immaginare com'è Ford a letto. È un bel ragazzo a cui le donne sono sempre andate dietro. Non ha mai dovuto impegnarsi per attirare l'attenzione del gentil sesso. Probabilmente si aspetta che la sua ragazza, anzi, *le sue ragazze* facciano tutto.

Sono stata con dei tipi del genere.

Ci si stanca subito.

L'ultima cosa che voglio fare è venire *dopo* aver faticato per portare l'altra persona all'orgasmo. Più ci penso, più ha senso. Purtroppo per me, in un angolo remoto del mio cervello, mi sono sempre chiesta come sarebbe andare a letto con Ford. Adesso potrò farlo e trovare una risposta a queste domande scottanti.

Due volte dovrebbero bastare.

Ci vuole un po' prima che il nostro gruppo riesca ad allontanarsi dagli spalti. Le partite dei Wildcats vanno forte, i tifosi sono sempre numerosissimi, e arrivano da ogni angolo dello Stato per sostenere i loro beniamini. La maggior parte di loro è già uscita dalle porte di vetro, ma altri sono ancora nell'atrio, in attesa dell'uscita dei giocatori dallo spogliatoio.

Restiamo lì con i genitori di Juliette, Crawford, Peter Bowman e sua figlia. Avrei dovuto aspettarmelo, ma la cosa mi irrita lo stesso.

Voglio solo che se ne vadano.

Mi torco le dita, mentre diverse domande mi affollano la mente.

E se fosse troppo tardi? E se avesse cambiato idea?

Non è un segreto che abbia rimandato la risposta troppo a lungo.

Ieri l'ho visto a lezione, e con mia grande sorpresa non ha insistito affinché gli dicessi della mia decisione. Mi è sembrato strano in quel momento, però…

Però forse ha cambiato idea.

E mi ha lasciato perdere.

Mi mordicchio il labbro inferiore, cercando di elaborare un piano mentre i Wildcats iniziano a uscire dallo spogliatoio. Mi manca il fiato mentre li osservo tutti, in cerca di Ford.

È solo quando tutti i giocatori sono usciti nell'atrio che decido di prendere in mano la situazione.

CAPITOLO QUATTORDICI

FORD

Sollevo il viso verso il getto d'acqua calda, lasciando che mi colpisca. Per quanto abbia cercato di concentrarmi soltanto sulla partita, è stato difficile con Carina sugli spalti. Ho notato i suoi capelli biondi non appena sono entrato in pista.

Ero così preso dalla sua presenza che mi ci è voluto un po' per vedere mio padre.

Insieme a Peter Bowman e sua figlia.

Sospiro, contrariato. Non muoio dalla voglia di uscire dallo spogliatoio e farmi trascinare a cena con loro. Ho già chiarito a mio padre che non ho alcuna intenzione di uscire con Jaclyn, ma avrei dovuto immaginare che non si sarebbe arreso così facilmente. Ci prova da anni.

"Sbrigati, Hamilton!" urla Bridger. "Stai consumando tutta l'acqua calda."

"Uscirò quando avrò finito," ribatto.

Spero che se ne andranno senza di me se temporeggerò abbastanza a lungo.

Magari.

Papà sogna di suggellare il sodalizio con il suo socio tramite le nozze dei loro figli, e secondo me è davvero un'idea retrograda.

Dopo cinque minuti, gli schiamazzi si allontanano sempre di più, finché non sento solo il rumore dell'acqua sulle piastrelle. Solo allora diminuisco il getto e mi passo le mani tra i capelli umidi, allontanandoli dagli occhi prima di afferrare un asciugamano pulito e strofinarmi il viso. Lo cingo attorno alla vita dopo essermi asciugato il resto del corpo.

Giro l'angolo, ma mi blocco immediatamente quando vedo Carina accanto a una fila di armadietti neri. Sbatto le palpebre, chiedendomi se sia una semplice allucinazione. Ho pensato moltissimo a lei negli ultimi due giorni, e non mi sorprenderebbe se la mia mente mi facesse dei brutti scherzi.

Ci fissiamo mentre l'aria intorno a noi diventa elettrica, carica di trepidazione. Non ho mai avuto un'intesa così totalizzante con un'altra persona, ed è una sensazione che crea dipendenza.

"Sì."

Quell'unica parola è come un pugno allo stomaco.

Non c'è bisogno di aggiungere altro.

"Quando?" le domando impaziente, senza nemmeno pensarci.

Lei alza le spalle e si appoggia agli armadietti. Non riesco a starle lontano, e avanzo verso Carina, come se un filo invisibile mi stesse attirando inesorabilmente.

L'atmosfera è sempre più bollente.

E soffocante.

Mi eccito immediatamente.

Lei resta ferma, ma segue ogni mio movimento con gli occhi. Quando sono a mezzo metro da lei, si raddrizza con un'aria tutt'altro che indifferente, come se capisse di non avere nessun altro posto dove andare, dove scappare.

È in trappola. È alla mia mercé.

Proprio come desidero.

Quando invado il suo spazio personale, lei solleva il mento per guardarmi negli occhi, posando i palmi delle mani sul mio petto nudo, quasi volesse tenermi alla larga.

Non capisce che niente e nessuno può allontanarmi da lei?

Abbassa la voce. "Se proprio dobbiamo farlo…"

"Oh, lo faremo, stanne certa."

Non c'è alcun dubbio.

Lei deglutisce, e osservo il suo collo delicato. "Allora dovremo prima stabilire delle regole."

"Regole?" Sul serio? Inarco un sopracciglio. "Che tipo di regole?"

Si lecca le labbra, e mi ritrovo a fissare la sua lingua mordendomi involontariamente il labbro.

"La nostra non è una vera relazione. Andremo semplicemente a letto insieme."

Anche se lo penso anch'io, al punto di usarlo come punto di partenza per la mia offerta, sentirle pronunciare queste parole mi fa soffrire.

"Va bene," replico con riluttanza, sebbene sia dannatamente tentato di protestare. "E poi?"

"Non lo faremo con nessun altro."

Non faccio sesso da mesi. Non ne sentivo il bisogno impellente. Anzi, lo sentivo per una ragazza in particolare, e non aveva senso farmi un'altra se non potevo avere lei. È proprio quello che ho fatto per la maggior parte del tempo all'università, ma solo adesso mi rendo conto che non ha funzionato. Carina è come un'infezione che scorre nelle mie vene, e spero che assaggiarla anche solo per un po' riuscirà a farmi stare meglio.

"E non ci proveremo con nessun altro."

Le avrei proposto la stessa cosa, altrimenti avrei dovuto pestare un po' di ragazzi.

Cameron Lee sarebbe stato il primo. Quel demente ci prova con lei a ogni lezione.

"Va bene."

"E manterremo un profilo basso. Nessuno dovrà sapere la verità."

Scrollo le spalle, cercando di non agitarmi. "Perché?"

"Perché è strano." Alza gli occhi al cielo, come se fossi troppo stupido per capire. "Pensano tutti che siamo imparentati."

"A chi diavolo importa cosa pensano gli altri?"

Lei torna impassibile, e mormora: "Sappiamo a entrambi che a tuo padre la cosa non piacerebbe. Meno persone lo sapranno, meglio sarà per noi."

Ha ragione. Credo che sia il motivo per cui cerca in tutti i costi di farmi uscire con Jaclyn.

"Okay. Quindi, in sostanza, sarò il tuo sporco, piccolo segreto... È questo che mi stai dicendo?"

Distoglie lo sguardo, presa dal senso di colpa. "Non è così..."

"Ah no?" Mi avvicino finché le nostre labbra non sono a pochi millimetri di distanza.

"No."

Il modo in cui il suo respiro caldo sfiora le mie labbra è sufficiente a farmi impazzire. Continuo a pensare ossessivamente al suo sapore. Non riesco più a resistere, e premo la bocca contro la sua, cercando di farle aprire le labbra una, due, tre volte prima che mi accontenti.

I nostri corpi premono l'uno contro l'altro mentre la spingo contro il metallo freddo.

Non mi piacciono affatto le sue regole, ma dovrò accettarle se sarà l'unico modo per avere Carina.

È solo quando mi manca il respiro che mi stacco per guardarla negli occhi. Ha le pupille dilatate e le labbra socchiuse.

Dannazione, è proprio sexy.

Scommetto che ha proprio questo aspetto quando viene.

E che avrà quando *io* la farò venire.

Con la lingua.

E con l'uccello.

E in qualunque altro modo vorrò darle piacere.

Mi accorgo soltanto adesso di quanto non veda l'ora di metterle le mani addosso.

Purtroppo, però, non lo farò nello spogliatoio, benché l'idea mi tenti.

"Sai cosa farò adesso?" Quando scuote la testa, mormoro: "Ti creerò degli standard fin troppo alti per tutti gli altri uomini."

La sua espressione eccitata svanisce mentre indietreggio. Devo farlo, o inizierò qualcosa che non potrò finire. Non ho intenzione di prendere Carina per la prima volta in uno spogliatoio puzzolente, né di fare tutto di fretta nel timore di essere beccati. Voglio prendermi il mio tempo e assaporare ogni centimetro del suo corpo.

Solleva il mento. "Non ci riuscirai."

Apro l'asciugamano sorridendo. "Sfida accettata."

CAPITOLO QUINDICI

CARINA

Il mio sguardo si posa subito sul suo membro.

Santo cielo.

È enorme.

Più lo fisso, più sembra diventare grosso e lungo.

"Hai visto qualcosa che ti piace, bellina?"

Non ho bisogno di guardarlo in viso per accorgermi che sta sorridendo. Lo sento dal tono profondo della sua voce. Apro la bocca per replicare, ma non esce nulla. Non mi viene in mente niente.

Che imbarazzo.

Di solito ho la battuta pronta, ma in questo momento non riesco nemmeno a distogliere lo sguardo. È come se avessi scoperto una nuova specie animale.

Su Marte.

Prima ancora che io riesca a riprendermi, lui avvolge le dita intorno al suo uccello e inizia a strofinarlo lentamente.

Spalanco gli occhi.

Mi si secca la bocca.

Sto per svenire.

Mi accascerò a terra da un momento all'altro.

Credo che mi sia sfuggito un verso incomprensibile.

Non ho mai visto niente di più sexy. Non riesco a fare a meno di pensare come sarebbe prenderlo in bocca, ed è un'idea più allettante di quanto mi aspettassi.

Cosa farebbe se mi inginocchiassi e aprissi la bocca?

Il modo in cui le sue dita si muovono verso la punta è a dir poco ipnotico.

Quanto spesso si tocca?

Pensa a me mentre lo fa?

Sono così eccitata che mi fa quasi male.

Quando è stata l'ultima volta che mi sono sentita così?

Non ricordo, ma probabilmente aveva a che fare con Ford.

Proprio quando non riesco a sopportare un altro momento di questo dolce tormento, i suoi movimenti rallentano, e allontana le mani. Il suo uccello sembra dolorosamente duro.

E gonfio.

La punta è di una sfumatura violacea.

Come se stesse per esplodere.

Non riesco a credere a me stessa, ma vorrei tanto vederlo venire mentre si tocca.

Sarebbe la cosa più sexy del mondo.

Lo guardo negli occhi. Sta per sfuggirmi un mugolio eccitato. Sono tentata di implorarlo di continuare.

Lui fa un cenno del capo verso la porta di metallo che porta all'atrio del palaghiaccio. "Dovresti andartene."

Cosa?

Assolutamente no.

Come potrei andarmene ora?

Anzi… Come può fermarsi così?

"Ford," mormoro con voce roca. Non riesco a farne a meno.

"Va'," dice in tono burbero. "Non vorrai mica che ti vedano uscire dallo spogliatoio?"

Il modo in cui lo dice mi fa sentire un po' meno eccitata.

Sembra arrabbiato, ma non capisco perché.

Mi sento confusa. Pensavo che sarebbe stato contento della mia decisione. Credevo persino che l'avremmo fatto qui, nello spogliatoio, proprio come nelle mie fantasie. Del sesso bollente, veloce e selvaggio contro gli armadietti, reso ancora più piccante dal rischio di essere beccati.

Inarco le sopracciglia cercando di capirci qualcosa. Riesce sempre a destabilizzarmi, e non mi piace.

"Vuoi che me ne vada?" Il mio tono deluso mi fa storcere il naso.

"Sì. Devo vestirmi."

Oh.

Okay.

Ancora una volta, mio malgrado, il mio sguardo si posa sul suo membro. È ancora sorprendentemente duro ed eretto.

Deglutisco, delusa, e mi costringo ad allontanarmi. Sono tentata di fare l'esatto opposto, di colmare la distanza tra di noi e prenderlo in mano, ma mi rifiuto di implorare.

E soprattutto di supplicare a Ford.

Non appena raggiungo la porta, la sua voce profonda mi fa fermare all'improvviso.

"Non lo dimenticare, bellina: adesso appartieni a me. La tua figa è mia."

Un'altra ondata di desiderio mi pervade.

Mi guardo alle spalle e incrocio il suo sguardo. È ancora lì, nudo, con i muscoli tesi come se stesse per muoversi da un momento all'altro. Non è patetico che io stia qui col fiato sospeso ad aspettare che mi metta le mani addosso?

Faccio una smorfia, cercando di provocarlo e convincerlo a fare qualcosa. "Dovrai dimostrarmelo. Molti ci hanno provato, ma nessuno è riuscito nell'impresa."

Stringe gli occhi.

Invece di aspettare che faccia qualcosa, scivolo fuori dallo spogliatoio, chiudendo bruscamente la conversazione. L'aria fredda del corridoio mi sferza le guance bollenti, e solo adesso mi accorgo di quanto fosse umida l'aria nella saletta chiusa. Tuttavia, non ha niente a che fare con il fuoco che si è acceso dentro di me.

È colpa di Ford.

Chi avrebbe mai pensato che potesse esprimersi in modo così volgare?

Devo ammettere che mi piace, nei romanzi rosa.

Non posso dimenticare, però, che Ford non è il protagonista della mia storia, ma soltanto un ragazzo con cui andrò a letto.

Mi tremano ancora le gambe, e mi appoggio al muro di cemento accanto alla porta, chiudendo gli occhi e cercando di schiarirmi le idee e tornare a pensare lucidamente.

Tutto quello che mi viene in mente, però, è Ford.

Completamente nudo.

Con un'erezione.

Mi sfugge un gemito.

"Carina, tutto bene?"

Apro subito gli occhi scacciando quell'immagine disturbante dalla mia mente, e mi accorgo che Juliette mi sta guardando preoccupata. Mi ci vuole qualche secondo per capire che sta aspettando pazientemente una risposta.

Mi schiarisco la gola, sperando di non tradirmi. "Sì, tutto bene."

Indica una porta in fondo al corridoio. "Stavo andando in bagno."

Continuo a sentire un dolore pulsante tra le gambe. Il fatto che Ford mi abbia congedato in quel modo non ha per niente spento il fuoco che c'è in me.

Purtroppo, c'è un solo modo per trovare sollievo.

"Anch'io. Ho bisogno di masturbarmi."

Sbatte le palpebre, poi sgrana gli occhi. "Non capisco se sei seria oppure no."

"Sono serissima." Do un colpetto alla mia borsetta a tracolla. "Per fortuna ho portato con me il mio amato vibratore. Vedi? Cosa ti avevo detto a proposito dei bagni pubblici e i giorni in cui non riesci a resistere?"

Spalanca la bocca indietreggiando come se fossi contagiosa. "Sai che c'è? La pipì può aspettare."

Faccio spallucce allontanandomi dal muro. "Come vuoi."

Mi avvio subito verso il bagno.

Se Ford è così illuso da pensare che resterò eccitata per tutta la notte grazie a lui, si sbaglia di grosso.

CAPITOLO SEDICI

FORD

Quando entro nella sala conferenze, noto subito Carina seduta al suo solito posto, e mi affretto a sistemarmi accanto a lei. Cameron entra qualche secondo dopo, lanciandomi uno sguardo torvo. Gli rispondo con un sorrisetto gongolante.

Se ha un minimo di cervello, capirà l'antifona e resterà alla larga da lei. Carina mi guarda di traverso, ma non proferisce parola. Dopo il modo in cui l'ho lasciata nello spogliatoio, immaginavo che avrebbe reagito così. Sembrava sorpresa quando le avevo detto che se ne sarebbe dovuta andare.

Le sue regole mi avevano fatto innervosire.

A ragione?

Forse no.

Non ho intenzione di annunciare al mondo che voglio farmi la mia ex sorellastra, ma non abbiamo niente di cui vergognarci. Siamo due adulti consenzienti che possono fare quello che vogliono.

Compreso andare a letto insieme.

Guardo in direzione della cattedra: la professoressa Betsworth sorride prima di iniziare la lezione. Si è rivelata essere una civetta spudorata e insistente. Cerca sempre di restare sola con me dopo ogni lezione, e finora sono riuscito a evitarlo, ma è solo questione di tempo prima che la mia fortuna e le scuse finiscano. Me lo sento.

Carina borbotta qualcosa tra sé e sé, per poi raddrizzarsi.

Non sarà mica gelosa?

Mmmh… Interessante.

Sono quasi tentato di rispondere alle avances della professoressa solo per capire quanto posso farla arrabbiare, ma non sono mai stato un tipo da fare certi giochetti, e non voglio assolutamente iniziare con Carina.

Decido quindi di stiracchiarmi e allargare le gambe quel tanto che basta per toccare il suo ginocchio. Una scossa mi attraversa il corpo non appena ci sfioriamo in quel modo così innocuo. Lei mi lancia un'occhiata, e dopo qualche secondo si allontana un po' per evitare di toccarmi. Mi sento subito perso.

È seduta composta, con le spalle tese.

Ho la tentazione di allungare la mano e massaggiarla.

Si rilassa solo a metà della lezione, mentre prende appunti continuando a ignorarmi.

Quanto odio quando fa così.

Carina è mancina. Ha la mano destra posata sul banco e le dita leggermente chiuse, le unghie ben curate e senza smalto. Mi piace che non porti quelle finte, che resti orgogliosamente se stessa.

Non mi rendo conto di aver avvolto le dita intorno alle sue finché il suo sguardo non si posa su di me. Mi osserva attentamente per qualche secondo, facendomi mancare l'aria. Mi aspetto che da un momento torni a ignorarmi lasciandomi in sospeso, ma stranamente non lo fa.

In generale, con lei, tendo ad agire con cautela, tenendo le mani a posto. Non voglio rischiare che reagisca come una sega elettrica, l'ultima cosa che voglio è perdere un arto perché non sono stato cauto.

Non appena la Betsworth ci congeda, Carina recupera i suoi materiali per poi infilarli nello zaino, e io faccio lo stesso. Non ho alcuna intenzione di lasciarmela scappare. Non appena esce dalla sala conferenze, le sto alle calcagna. Mi sorprendo quando afferra il mio polso e mi trascina, facendosi strada in modo brusco nel corridoio affollato fino a un'aula vuota.

Lascia la presa solo quando siamo soli, poi preme i palmi contro il mio petto e mi spinge all'indietro finché la mia schiena non urta contro il muro. Il suo sguardo è feroce.

Mi eccita tantissimo.

Sono un po' perverso?

Forse.

Dopotutto niente di quello che provo per lei è normale.

Non lo è mai stato.

La maggior parte delle ragazze, mi basta guardarle dall'alto.

Con Carina non è così.

E va bene, forse un po' lo è, ma non c'è chissà quale differenza di altezza tra di noi: quindici centimetri, invece di trenta o forse più.

Mi piace il fatto che sia alta.

Mi piace il suo corpo slanciato, così come il modo aggraziato in cui lo muove mentre balla.

Sbatto le palpebre cercando di non pensarci, e lei affonda un dito nel mio petto. "Quando andremo a letto insieme?"

Inarco le sopracciglia, stupito. Non mi aspettavo una domanda del genere.

È davvero *impaziente* di farlo con me?

Forse l'inferno si è congelato, e io sono l'ultimo a saperlo?

Non pensavo che sarebbe mai successo.

L'ho sognato?

Certo che sì.

La maggior parte delle volte non credo che mi sopporti.

Adesso, però, *mi vuole*.

Vuole *me*.

Il solo pensiero mi manda su di giri, e mi scappa una risatina, ma lei stringe gli occhi.

"Stai tranquilla, bellina. Verrai soddisfatta, ma ciò non vuol dire che non potrò provocarti un po' prima di prenderti come si deve." Abbasso la voce mentre si avvicina. "Ti riempirò fino in fondo solo quando impazzirai per il desiderio e mi implorerai di farti venire."

Le si dilatano le narici, e mormora con voce roca: "Allora userò il vibratore."

Allungo le mani e le afferro i gomiti prima di attirarla a me finché i suoi capezzoli non toccano il mio petto. Una scossa mi attraversa il corpo, nel punto dove ci tocchiamo. Inclino la testa fin quasi a sfiorare le sue labbra, e le manca il fiato quando si avvicina, cercando di colmare la distanza che ci separa.

Restiamo fermi così, fino a quando non sentiamo l'aria farsi sempre più tesa.

Invece di baciarla, indietreggio, e le sfugge un mugolio di desiderio.

"Pensavi davvero di poter elencare tutte quelle regole senza che ne aggiungessi una mia?"

Si riprende dal torpore.

"Sei pronta a sentirla?" Faccio una breve pausa. "Non potrai masturbarti finché staremo insieme."

"Cosa?" Spalanca la bocca, sconvolta. "Assolutamente no! Non puoi farlo."

"Certo che posso." L'attiro più vicina a me finché non riesco a sentire il battito folle del suo cuore. "Potrai masturbarti solo davanti a me." Come se ciò non bastasse, aggiungo la goccia che farà traboccare il vaso, il dettaglio che la farà andare su tutte le furie: "Ma solo quando ti darò il permesso di farlo."

"Sei impazzi…"

Scuoto la testa interrompendola. "Mi dispiace, bellina, ma è l'unico modo in cui questo accordo potrà funzionare." La mia voce si fa più profonda. "Scommetto che è proprio quello che hai fatto l'altra sera dopo la partita, a casa tua."

"In realtà, l'ho fatto nel bagno del palaghiaccio."

Il solo pensiero me lo fa venire duro.

"Wow. Mi sarebbe piaciuto vederlo."

Solleva il mento. "Peccato. Non potrai vedermi mentre mi masturbo."

Sorrido leggermente. "Uhm, vedremo."

Borbotta, e lascio andare il suo gomito per toccarle il sesso. Quando le sue pupille si dilatano, le strofino le piccole labbra.

"Io ho accettato le tue regole. Tu accetti le mie?"

Mugola di nuovo.

"Tranquilla, varrà la pena aspettare. Varrà la pena *aspettarmi*."

Quando si rifiuta di rispondermi, le mordicchio il labbro inferiore tirandolo un po' prima di risucchiarlo. Intanto continuo a strofinarla lì sotto per farla eccitare ancora di più.

"Ho bisogno di una risposta, Carina. O puoi dire addio al mio uccello."

Lei inarca i fianchi contro la mia mano ma io l'allontano.

Il suo corpo si affloscia, come se non avesse più la forza di reggersi in piedi. "Credo che tu stia cercando di torturarmi."

È proprio quello che sto facendo, e quando avrò finito, lei sarà solo mia.

"Devi solo dirmi quello che voglio sentire."

"Va bene."

"Brava ragazza."

Respira a fondo mentre le sue pupille si dilatano.

Non potrebbe essere più dannatamente perfetta nemmeno se ci provasse.

Il fatto che le piacciano i complimenti non dovrebbe sorprendermi. Per quanto Carina sia focosa e combattiva, in fin dei conti ha bisogno di qualcuno che le accarezzi i capelli e le dica quanto sia brava.

E io sono l'uomo perfetto per questo compito.

Quando sono sicuro che non si accascerà a terra, lascio andare il suo braccio per poi girarle intorno e fare un passo indietro.

Si gira a guardarmi. "Tutto qui?" Sembra indignata. "Mi lasci *di nuovo* in questo stato?"

Ci fissiamo mentre continuo a indietreggiare fino alla porta, per poi fermarmi. Le sue guance sono bollenti e, nonostante il nervosismo, si vede che è eccitata. Riesco a non cedere al bisogno impellente di spingerla contro il muro e prenderla proprio qui, nell'aula vuota, senza fregarmene del rischio di essere beccati. Il desiderio che provo per questa ragazza rasenta l'ossessione.

Se perdo il controllo, mi distruggerà.

"Sì, questo era il piano."

"Sei un vero idiota," sbotta lei, lanciandomi uno sguardo infuocato.

"Forse." Sorrido. "Ma sono un idiota che vuoi avere dentro di te."

Le sfugge un urletto mentre esco dall'aula.

È meglio scappare prima che Carina trovi un oggetto da lanciarmi. Dite quello che volete su di lei, ma ha una mira eccezionale. Se non amasse così tanto la danza, probabilmente potrebbe giocare a softball. Per fortuna il corridoio è deserto, quindi non c'è nessuno che mi veda aggiustarmi i pantaloni.

Non mi ero mai accorto di quanto mi piacesse farla eccitare.

Anche se, purtroppo, così facendo finisco nella sua stessa situazione.

E non riuscirò a resistere ancora a lungo prima di reclamare finalmente quello che mi appartiene.

CAPITOLO DICIASSETTE

CARINA

Santo cielo.

È successo davvero?

Ford esce frettolosamente dall'aula, e riesco soltanto a fissare sconcertata la porta.

Come ha fatto ad avere la meglio in questa relazione?

Faccio una smorfia.

La nostra non è affatto una relazione.

È sesso.

Tutto qui.

Beh, a un certo punto, in un futuro non troppo lontano, lo sarà.

O almeno lo spero.

Adesso non è altro che desiderio represso.

Quand'è stata l'ultima volta che mi sono sentita così?

Mi scervello in cerca di una risposta, ma non mi viene in mente niente. In passato, quando volevo andare a letto con qualcuno, lo facevo e basta.

A cosa serve aspettare, o fare dei giochetti stupidi?

Quando inevitabilmente il rapporto arrivava al capolinea, andavo avanti con la mia vita. Devo ammettere, però, che c'è qualcosa di particolare in questa trepidazione che mi sconvolge e mi pervade, facendomi tremare. Sarebbe meglio andare subito a letto con lui e farla finita una volta per tutte.

E va bene, non proprio *una volta per tutte*.

Ma sarebbe nel nostro interesse domare il fuoco della passione che continua ad accendersi tra di noi e tornare quelli che saremmo dovuti essere fin dall'inizio: fratellastri.

O ex fratellastri, a seconda del caso.

Anche quando avevamo quattordici anni, c'era qualcosa che ribolliva tra noi. Man mano che diventavamo amici e passavamo sempre più tempo insieme, la tensione sessuale cresceva fino a diventare opprimente. Pensavo che lui l'avesse spenta durante l'ultimo anno di liceo. Non mi ero resa conto che per tutto questo tempo, non ha fatto altro che rimanere latente, sotto la superficie, in attesa di esplodere.

Credevo che Ford avrebbe colto al volo l'occasione di portarmi a letto. Soprattutto dopo che gli avevo dato il via libera nello spogliatoio.

Invece no.

Corrugo la fronte.

Questa situazione non mi piace.

Neanche un po'.

Mi ci vuole qualche altro minuto per riprendermi dal torpore e dare un'occhiata all'orologio.

Uff.

Sono in ritardo per colpa di Ford.

Mi precipito verso la Wilson Hall, dove si tengono le lezioni di musica, danza e recitazione, accanto all'auditorium. Entro correndo e ansimando, e la mia insegnante mi guarda delusa. Le rivolgo un cenno di scuse e mi spoglio finché non indosso solo il body, per poi mettermi al lavoro. Due ore dopo, il mio corpo è più rilassato e la mia mente più lucida: è l'effetto che la danza ha su di me. Mi alleno fino allo sfinimento, liberando la mente.

Mi ha aiutato tantissimo quando ero piccola e mi stressavo per la casa in cui io e mia madre abitavamo, mentre lei sgobbava in un ristorante per pochi spiccioli. La danza mi ha salvata. Mi ha sempre fatto volare con la mente in un luogo magico.

Mentre mi infilo il giubbotto e do un'occhiata al telefono, arriva un messaggio di Juliette che mi ricorda del nostro appuntamento per il pranzo alla mensa, esattamente tra cinque minuti. Impreco sottovoce prima di scriverle di prendermi un panino, dopodiché afferro la borsa e corro fuori dalla porta, lungo il corridoio, fino all'uscita sotto il sole splendente. L'aria è decisamente fredda, ma la brezza fresca mi sferza le guance accaldate dandomi sollievo.

Attraverso il campus, e dopo dieci minuti arrivo finalmente a destinazione. È mezzogiorno, l'ora di punta, e tutti si affannano a cercare un tavolo dove sedersi.

Passo in rassegna la folla di studenti, e il mio sguardo si posa su un gruppo di chiassosi ragazzi della squadra di football. Un tempo non erano altro che donnaioli, ma nel corso dell'ultimo anno si sono addomesticati uno alla volta.

Chi, al primo anno di università, avrebbe mai sospettato che sarebbero diventati tutti monogami?

Credetemi, le ragazze del campus erano disperate quando Rowan Michaels, Brayden Kendricks, Easton Clarke, Carson Roberts e Crosby Rhodes hanno smesso di andare a letto con chiunque.

Mi concentro su Brayden. Nessuno può negare che sia un vero rubacuori. È abbastanza sexy da poter fare a gara con Ford, e la cosa mi fa sorridere.

Sydney Daniels, la sua fidanzata che gioca a calcio, sorride salutandomi quando mi vede. Ci siamo conosciute a lezione di economia durante il primo anno e vivevamo nello stesso piano del dormitorio. Presto dovrò chiamarla per chiederle di vederci. Mi manca uscire con lei.

Ricambio, e cerco Juliette tra la folla. Appena intravedo la sua chioma scura, i nostri sguardi si incrociano e mi sorride allegramente. Mentre mi dirigo verso di lei, alcune ragazze fanno lo stesso: Stella, Viola e Fallyn. Conosco le ultime due da poco. Sono cugine e vivono insieme in un appartamento fuori dal campus. Viola si è trasferita alla Western all'inizio dell'anno accademico.

Ho notato che non le piace dare nell'occhio, e non va alle feste, ma non come Juliette, che resta spesso a casa a studiare nel weekend. Credo ci sia qualcosa di più, qualcosa che la blocca, ma non la conosco abbastanza da poter chiedere direttamente. Immagino che prima o poi, si confiderà con noi.

Saluto le ragazze prima di accasciarmi sbuffando su una sedia. Mi accorgo di quanto sono esausta solo adesso che non sto più in piedi.

"Spero non ti dispiaccia un panino tostato con tacchino ed emmenthal," dice Juliette porgendomelo insieme a una bottiglia di acqua frizzante.

"Ti ho mai detto che ti voglio bene?" sospiro soddisfatta. Ho già l'acquolina in bocca. Sto morendo di fame, dopo due ore passate a ballare.

"No, oggi no." Sorride.

"Beh, lo sto facendo adesso. Non ne dubitare mai."

Affondo i denti nel panino, e le altre ragazze fanno lo stesso. Parliamo delle lezioni e del fatto che siamo già a metà semestre. È assurdo come stia volando il tempo durante l'ultimo anno di università. Presto arriverà il momento della laurea, che segnerà l'inizio delle nostre nuove vite.

Questo vale per me, Juliette e Stella. Viola e Fallyn sono al terzo anno.

A metà pranzo, Stella saluta una ragazza con degli splendidi capelli color caramello che le ricadono morbidamente sulla schiena a mo' di cascata. Ha degli occhi verdi brillanti che le illuminano il viso. La ragazza le rivolge un sorriso contagioso per poi avvicinarsi al nostro tavolo.

Stella indica la nuova arrivata annunciando: "Lei è Britt. È appena arrivata alla Western."

Ci presentiamo tutte, poi Stella la invita a sedersi con noi. Ci stringiamo per farle posto. Nonostante molte ragazze si comportino da snob, io, Juliette e Stella non l'abbiamo mai fatto.

"Piacere di conoscerti, Britt. Sei al primo anno?" le domanda Juliette.

Credo si sia trasferita. Sembra più grande rispetto a quelli appena usciti dal liceo. La osservo più da vicino e mi rendo conto che il suo viso mi risulta familiare, ma non riesco a capire perché. Sono abbastanza sicura di non averla mai incontrata prima. L'avrò vista in giro per il campus, tutto qui.

"Tecnicamente sì. Dopo il liceo mi sono presa qualche anno di pausa per lavorare e capire cosa volessi fare della mia vita."

"È fantastico," risponde Fallyn. "In cosa ti stai specializzando?"

"Psicologia. Vorrei diventare una terapista."

"Sai cosa si dice delle persone che studiano psicologia?" interviene di nuovo Fallyn, che frequenta la stessa facoltà.

"Che in realtà stanno solo cercando di risolvere i propri problemi," replica Britt terminando la frase.

Si guardano sorridendo.

So già che diventeranno amiche.

"Già," dice Fallyn.

"Beh, purtroppo c'è un fondo di verità in questo detto." Il sorriso di Britt si spegne un po'. "La mia famiglia è abbastanza particolare, e mi ci vorranno anni per trovare un po' di pace."

Anche l'espressione di Fallyn si fa seria, ma poi torna a sorridere. "Sono nella tua stessa situazione."

Prima che la conversazione prenda una piega troppo triste, Stella ci guarda una per una. "Perché non facciamo una serata tra ragazze? Ne avremmo davvero bisogno."

"Io ci sto," esclama Fallyn prima di guardare la cugina. "E tu? Pensi di essere pronta a uscire dal tuo nascondiglio?"

Viola sgrana gli occhi per poi dare un colpetto scherzoso sul braccio di Fallyn. "Non mi sto nascondendo."

"Sì, certo," ribatte lei seccamente.

La cugina arrossisce: "La facoltà di ingegneria è più difficile di quanto pensassi. Sto ancora cercando di trovare il ritmo giusto."

"Wow," intervengo. "Devi essere davvero intelligente." Do una leggera gomitata a Juliette. "Proprio come questa secchiona. Io per fortuna ho già seguito le materie generiche. Le lezioni di biologia erano così difficili che per poco non mi esplodeva il cervello."

La mia migliore amica ricambia la gomitata. "Io ci sto per la serata tra ragazze, se ci sarai anche tu."

"Oh sì. Mi farebbe bene uscire."

Soprattutto dopo che Ford se n'è andato lasciandomi in quello stato.

Stella sorride raggiante. "Perfetto! Ci vediamo venerdì al Blue Vibe."

CAPITOLO DICIOTTO

FORD

Mi ritrovo al primo piano della casa e mi guardo intorno, anche se sono abbastanza sicuro che non troverò la persona che sto cercando. Non verrebbe mai qui da sola.

Nemmeno se fosse eccitata da morire.

Non nego di essermi divertito a provocarla in quel modo. Adesso, però, sono ancora più impaziente di metterle le mani addosso.

Mi sposto un po' sulla sedia tamburellando le dita sul ginocchio. Sono sempre più teso. Per quanto sia dannatamente tentato di tirar fuori il cellulare e mandarle un messaggio per sapere dove si trovi, non cedo.

Credetemi, non è facile.

Per la prima volta, sta a me fare la prima mossa. Voglio assaporarla il più a lungo possibile. Non ho idea di come abbia fatto finora a mantenere il controllo, ma grazie al cielo ci sono riuscito.

Riuscite a immaginare Carina Hutchins che implora il mio membro in ginocchio?

Io no.

Quindi sì, ho intenzione di godermi questo evento raro. Carina non è certo tipo da pregare i maschi.

Continuo a tamburellare il dito osservando la gente che arriva, ma purtroppo non vedo la ragazza che sto aspettando.

Dannazione.

Dove diavolo è?

Dico sul serio.

Avrei dovuto imporre un'altra regola: dovrà dirmi dove si trova in ogni momento.

Inclino la testa di lato e scrocchio le nocche, sperando di alleviare un po' la pressione che aumenta ogni secondo che passa. Non funziona, e cerco di distrarmi, di non pensare a Carina.

Non c'è molta gente stasera: solo alcuni ragazzi della squadra che giocano ai videogiochi, cazzeggiano e bevono birra.

Il coach Philips ci ha convocato per un incontro, dopo che un ragazzo del primo anno si è ubriacato ed è stato beccato dalla polizia del campus. Ci ha fatto pattinare finché cinque dei giocatori più giovani non hanno vomitato e noialtri stavamo per svenire. Quando finalmente sono tornato sulla linea blu, avevo la vista appannata, ma non sarei mai crollato a terra come uno stupido novellino.

Clint Peters ora è in libertà vigilata e resterà in panchina per il prossimo futuro. A meno che non cambi radicalmente altrimenti, l'anno prossimo, non ci sarà posto per lui in squadra.

Lancio un'occhiata a Ryder, che a sua volta sta guardando un paio di ragazzi giocare a Hockey League sdraiato su un divanetto. "Dov'è la tua dolce metà?" gli chiedo senza pensarci.

L'ultima cosa che voglio è che Ryder capisca perché glielo sto chiedendo.

Non voglio mica che inizi a sfottermi.

"Bleah!" esclama da una poltrona nell'angolo Maverick McKinnon, il fratello minore di Juliette.

Mi viene da ridere: sta ancora cercando di accettare il fatto che il suo migliore amico e compagno di squadra stia con sua sorella. Se non fossi così preso dalla ballerina bionda, ne approfitterei per prenderlo un po' in giro.

Ryder alza gli occhi al cielo. "Fattene una ragione, amico."

"Ci sto provando, ma guardarvi mentre fate le smancerie non mi aiuta di certo."

Ryder ignora il commento e mi guarda. "È uscita con le ragazze. I maschi non sono ammessi."

"Ah sì?" Sollevo le sopracciglia: non lo sapevo.

Aspetto impazientemente che aggiunga qualche altro dettaglio, ma lui tace e torna a guardare il televisore. Non so come comportarmi. Vorrei fargli il terzo grado, ma senza destare sospetti.

Riprendo quindi a tamburellare le dita sul ginocchio, per poi chiedergli dopo qualche minuto: "Immagino che Carina sia con lei…"

Ryder sorride leggermente, lanciandomi un'occhiata furba.

Mi ha beccato.

"Sì." Inclina la testa. "Jules mi ha mandato delle foto. Sembra che si stiano divertendo al Blue Vibe."

Al Blue Vibe?

Spero per lei che non si stia divertendo troppo.

"Che hai detto?" mi chiede tutto contento inarcando un sopracciglio.

Dannazione. Non mi ero accorto di aver borbottato ad alta voce. Devo fare attenzione.

Mi porto la bottiglia di birra alle labbra e bevo un lungo sorso cercando di guadagnare tempo, poi rispondo: "Non ho detto niente."

Ryder si strofina il mento. "Uhm. Allora l'avrò immaginato."

"Dovresti farti controllare," mormoro.

Sorride, l'idiota. "Lo farò."

"Quel locale è sempre pieno di uomini. Non sei preoccupato per lei?"

Dannazione.

Non riesco a mettere un freno alla lingua stasera.

"Noooo," risponde. "So benissimo da chi torna a casa." Si batte il petto. "Da me."

"Per l'amor del cielo," brontola Maverick dall'altro lato del soggiorno. "La smetti?! Vi preferivo quando vi ignoravate. Siete sdolcinati."

Colby si stacca dalla ragazza con cui sta limonando abbastanza a lungo per dire: "Se avessi saputo che ti avrebbe dato così tanto fastidio, McKinnon, ci avrei provato con lei da un pezzo."

Lui, in tutta risposta, gli mostra il dito medio. "E secondo te lei l'avrebbe accettato? Ha degli standard, e tu non li soddisfi."

"Scommettiamo?" replica lanciando un'occhiata a Ryder, poi sorride. "Sai che non è vero, McAdams. Sto solo sfottendo McKinnon."

Ryder torna subito serio. "Di' un'altra parola su Juliette e me la pagherai in pista."

Colby non sembra turbato dalla sua minaccia, ma torna a concentrarsi sulla ragazza dai capelli corvini seduta a cavalcioni su di lui. Nel frattempo, un'altra groupie cerca di allontanarla per baciarlo. Chissà se scoppierà una rissa.

Colby sorride mentre palpa entrambe.

Mi limito a scuotere la testa, per poi guardarmi intorno. Non è certo l'unico che si sta dando da fare. Diverse coppie si sono già spogliate, desiderose di avere un pubblico. Beh, se lo volete entrambi, fate pure con comodo.

Non lo nego: è uno dei motivi per cui evito il divano. Quel coso probabilmente brillerebbe come un albero di Natale se gli puntassimo contro una luce ultravioletta.

Il solo pensiero mi fa venire la nausea.

Incrocio lo sguardo di Bridger, che mi fa un cenno col mento. Invece di affogare i dispiaceri nella birra, si sta scolando una bottiglia d'acqua.

Non gli chiedo nemmeno che problemi abbia, perché lo so già.

Lo sanno tutti, all'università.

Lo scorso weekend, Bridger ha mantenuto un profilo basso, ma lunedì mattina è stato inviato un altro messaggio a tutti gli studenti della Western. Come se la strigliata del padre non fosse già abbastanza, anche il coach l'ha preso da parte. Mi dispiace per lui. Bridger si è sempre tenuto fuori dai guai, e chiunque sia dietro quei messaggi deve avercela con lui, perché gli sta causando un sacco di problemi.

I miei pensieri vengono interrotti improvvisamente dal gemito di una delle ragazze con cui Colby sta limonando.

È il mio segnale per andare a letto.

Da solo.

CAPITOLO DICIANNOVE

CARINA

"**B**rindiamo al nostro gruppo di strafighe!" urlo, cercando di farmi sentire al di sopra della musica techno mentre facciamo tintinnare i bicchierini di tequila. L'alcol mi brucia la gola.

"Porca miseria, è terribile!" esclama Juliette tossendo. Ha gli occhi lucidi. "Non costringetemi più a berlo."

Rido, e ordino un altro giro di shottini. La mia migliore amica si avvicina il secondo bicchiere alle labbra, prima di gettare il liquido dorato alle sue spalle quando pensa che nessuno la stia guardando. Per fortuna non finisce addosso a nessuno.

Stiamo passando una serata fantastica. Sono venute tutte le ragazze, persino Viola, che, a detta di Fallyn, è una secchiona proprio come Juliette. Hanno parlato a lungo delle facoltà scientifiche che frequentano, e dei corsi seguiti negli ultimi quattro anni. Ma quando la conversazione sembra farsi troppo seria, le zittisco prima che rovinino l'atmosfera.

Ho costretto Juliette a indossare un vestitino nero aderente, truccarsi e lisciarsi i capelli. Il suo nuovo fidanzato impazzirà quando la vedrà a fine serata.

Prego, Ryder McAdams.

Dal momento che a casa non ho nessuno che mi aspetti, spero di sfogare un po' della tensione sessuale repressa che mi opprime da giorni, ballando come se non ci fosse un domani. Col senno di poi, ho sbagliato a cedere al solito giochino di Ford di obbligo o verità. Adesso mi ritrovo mio malgrado a essere la sua 'nemica di letto', senza averlo ancora fatto.

Non è buffo?

È lui il motivo per cui stasera indosso un abito corto e paillettato che abbraccia ogni mia curva. Certo, non sono formosa come Juliette, ma ciò non significa che non voglio mettere in mostra il mio corpo. Ho lasciato i capelli sciolti che ricadono sulle mie spalle a boccoli.

Lancio un'occhiata a Fallyn, Viola, Stella e Britt. Hanno tutte un aspetto fantastico, e non credo di essere l'unica a pensarlo. È tutta la sera che diversi ragazzi ci stanno intorno, offrendoci da bere e cercando di trascinarci sulla pista da ballo.

Dopo il modo in cui Ford mi ha lasciata in quell'aula vuota, ballare è proprio quello che mi serve.

Ovviamente, abbiamo rifiutato le loro offerte. Non vogliamo certo che ballino insieme a noi, cosa riservata solo per pochi eletti.

Quando il dj sceglie una canzone famosa con un bel ritmo, prendo per mano Juliette e Stella e le trascino sulla pista da ballo. "Andiamo! Scateniamoci!"

Ci facciamo tutte e sei strada tra la folla di gente fino a creare uno spazio tutto per noi. Non ci vuole molto prima che sollevi le braccia sopra la testa e mi abbandoni alla musica. Chiudo gli occhi alzando la testa. Adoro lasciarmi andare e avere la mente libera.

Non dovrei sorprendermi quando dal nulla penso improvvisamente a Ford. Non appena mi accorgo di questa sua subdola intrusione nei miei pensieri, lo caccio via e torno a concentrarmi sulle mie amiche e su quanto ci stiamo divertendo. Purtroppo, non lo facciamo abbastanza spesso.

Le canzoni si susseguono mentre continuiamo a scatenarci. A un certo punto prendo la mano di Juliette per farla volteggiare, e il suo sorriso le illumina il viso. So quanto sia difficile la sua facoltà, e quanto duramente stia lavorando per ottenere voti alti. Per questo è bello vederla staccare la spina e divertirsi. Certo, ora che sta con Ryder, succede più spesso. L'ha fatta uscire dal suo guscio, e sembra più felice. La sua vita pare persino più equilibrata.

Dopo una mezz'oretta, Britt, Viola, Stella e Fallyn si avvicinano al bancone per bere qualcosa. Due canzoni più tardi, Juliette sparisce in bagno, risucchiata dalla marea di gente intorno a noi. Sono sola.

Il club è grande e buio, con luci stroboscopiche sul soffitto. Non si vede benissimo, e la musica vibra prima sulle pareti in pietra, poi nelle mie vene. È fin troppo facile perdersi nel ritmo delle canzoni, e l'alcol mi fa sentire viva e libera.

Vorrei tanto che questa sensazione durasse per sempre.

O almeno fino alla fine della serata.

Apro gli occhi quando delle mani grandi si posano sui miei fianchi e mi tirano verso un corpo robusto. Mi giro: si tratta di un ragazzo muscoloso che non riconosco. Sta invadendo il mio spazio personale, e il suo alito che puzza di alcol per poco non mi fa svenire.

"Ehi, mi presteresti qualche centesimo?" biascica. Riesco a malapena a capire cosa stia dicendo.

Se c'è una cosa che non sopporto, sono gli ubriaconi.

Prima ancora che possa dirgli di no, farfuglia: "Voglio chiamare mia madre per dirle che ho appena incontrato la ragazza dei miei sogni."

Alzo gli occhi al cielo spingendolo via.

"Non mi interessi," urlo prima di dargli le spalle.

Se sono fortunata, basterà questo a …

Mi afferra per il braccio, e le sue dita affondano nella mia carne mentre mi fa girare.

Non sorride più. "Non c'è bisogno di fare la stronza. Non vedi che sto provando a fare il bravo?"

Ah. *Ci sta provando.*

Ugh. A volte non capisco i maschi.

"A quanto pare sì, devo fare la stronza," grido per farmi sentire al di sopra della musica. "Non sono interessata né a te né alle tue squallide frasi da rimorchio. Smettila." Lo caccio via con un gesto. "Sparisci."

Le sue labbra si increspano in una specie di ringhio. Quando cerca di tirarmi a sé, cerco di divincolarmi e di liberarmi dalla sua presa, ma è troppo forte. Se fossi stata furba, avrei tenuto la bocca chiusa e sarei scivolata via tra la folla, ma sono stanca di questi atteggiamenti.

Non mi piacciono le scenate, ma le faccio se necessario. Come in questo caso. Sto per dargli un pugno, ma una voce profonda e familiare alle mie spalle dice: "Se ci tieni alla tua vita, lasciala andare. Adesso."

Mi volto, e il mio sguardo incrocia quello di Ford. Sarei riuscita a liberarmi di questo deficiente da sola, ma sono sollevata per il fatto che se ne stia occupando lui.

Il tizio ubriaco gli lancia un'occhiata torva. "Non sono affari tuoi, amico. Vattene."

Ford si raddrizza, e un luccichio violento che riconosco gli attraversa il viso. L'ho visto in questo stato diverse volte, soprattutto al liceo, quando aveva a che fare con dei ragazzi che non prendevano bene i rifiuti. La maggior parte delle volte finiva per pestarli. Ne usciva sempre vincitore, ma si faceva comunque male, e alla fine della serata, quando tornavamo a casa, curavo le sue ferite.

Non volendo che la situazione degeneri, poso il palmo della mano sul suo petto per fermarlo.

Ford mi cinge la vita con il braccio per poi stringermi contro il suo corpo robusto e forte. "È qui che ti sbagli. Ti ha già detto che non le interessi, e per qualche assurdo motivo tu non vuoi accettarlo."

Quando Ford colma la distanza tra di loro, il tipo ubriaco è costretto a sollevare il mento per continuare a guardarlo negli occhi. Le sue dita mi bruciano la pelle attraverso il tessuto sottile del mio vestito mentre mi stringe a sé. Non mi sorprenderebbe se mi ritrovassi le sue impronte impresse sulla pelle, come un marchio in suo ricordo.

Come se fosse davvero necessario.

Faccio l'impossibile per non pensare a lui, ma invano.

"Adesso, se non ti dispiace, mi faccio da parte per permetterle di chiuderla qui. Però posso dirti cosa succederà, se ti interessa: ti colpirà in faccia, oppure sulle palle." Fa un cenno verso di me. "Non è il tipo di ragazza che si fa trattare così da un deficiente ubriaco."

Il ragazzo stringe le labbra guardando in cagnesco prima Ford e poi me. "Come mi hai chiamato?"

Non pensavo che potesse biascicare ancor più di così.

A quanto pare, mi sbagliavo.

"Se non riesci a capirlo da solo, allora dovresti andare a dormire."

Il tizio ubriaco fa qualche passo barcollando, poi scuote la testa. "Al diavolo. Non ne vale la pena."

Tiro un sospiro di sollievo mentre si allontana a tentoni tra la folla che balla. "Che bastardo."

Ford ridacchia, molto più rilassato. "Già."

Adesso che siamo soli, mi preme contro il suo corpo. Non riesco a fare a meno di assaporare il suo profumo di bosco.

"Sei davvero sexy vestita così, Carina. Spero davvero che tu non sia venuta qui per trovare qualcuno da portarti a letto," mi ringhia all'orecchio prima di mordicchiarmi il lobo. "Avevamo un accordo. Non dovrò mica ricordarti che avevamo fissato delle regole?"

Indietreggio quel tanto che basta per guardarlo negli occhi. "Sono venuta per ballare."

Mi tiene così stretta che sento la sua erezione contro la parte bassa del mio ventre.

"Potrebbero vederci," mormoro guardandomi intorno. Ci sono tantissimi studenti della Western.

"Non mi importa. Ho solo bisogno di tenerti tra le mie braccia. Vado fuori di testa quando gli altri ragazzi ti mettono le mani addosso."

Questo suo essere possessivo mi fa eccitare, e mi abbandono al desiderio avvolgendo le braccia intorno al suo collo.

"Il tuo vestito dovrebbe essere illegale," ringhia nel mio orecchio.

Adoro sentire il suo corpo contro il mio, ma sarebbe fin troppo facile perdermi nel suo tocco. Nessuno dei ragazzi con cui ho ballato stasera mi ha fatto sentire le farfalle nello stomaco come sta facendo Ford in questo momento.

Come ha sempre fatto.

Mi palpa il sedere, affondando le dita. "Dovremmo andarcene da qui."

Dentro di me, so che uscire dal locale insieme a Ford sarebbe una pessima idea.

E che me ne pentirò domattina.

Tuttavia, invece di rifiutare, dico senza pensarci: "Va bene."

Quando si allontana, il calore del suo corpo scompare, e mi sento stranamente smarrita. Le sue dita si stringono intorno alle mie mentre mi trascina attraverso la folla. Ci allontaniamo dalla pista da ballo, e intravedo le mie amiche al bancone, ma per fortuna non si accorgono di noi.

Mando un messaggio a Juliette per farle sapere che me ne sono andata, per non farla preoccupare.

Non sono pronta a rispondere alle sue domande su Ford.

Soprattutto perché non ho idea di cosa potrei dirle.

CAPITOLO VENTI

FORD

Mi faccio strada tra la folla stringendo la mano di Carina, dirigendomi verso l'uscita sul retro dell'edificio. Sono ancora arrabbiato perché quel tizio la stava molestando.

Ero dannatamente tentato di dargli una lezione, ma sapevo che la cosa l'avrebbe fatta arrabbiare, e non volevo arrivare a tanto. Anche se in passato l'ho difesa da altri pagliacci troppo aggressivi, so che è più che capace di badare a se stessa, e l'ho vista farlo più di una volta. Al liceo, ha dato una ginocchiata a un ragazzo prima che io potessi sferrargli un pugno in faccia.

Non sono mai stato così fiero di nessuno in vita mia.

L'aria fredda della notte ci avvolge mentre camminiamo al buio. Ci avviciniamo alla mia Corvette, dove faccio salire per prima Carina. Solo in quel momento riesco finalmente a rilassarmi.

Giro intorno alla macchina, entro accanto a lei e accendo il motore. Partiamo subito, uscendo dal parcheggio e dirigendoci verso il campus. Carina si rilassa sul morbido sedile in pelle mentre della musica rock alternativa riempie l'abitacolo. Mi concentro sulla strada che si estende davanti a noi, ma sono più che consapevole della sua presenza.

Non sembra esserci niente di sbagliato.

È come se dovesse stare qui, insieme a me.

Lancio un'occhiata all'abitino paillettato che le lascia scoperta la coscia. Se si sollevasse di un altro paio di centimetri, riuscirei a vederle le mutandine.

Dannazione.

Basta questo pensiero a farmi venire un'erezione.

Le sue gambe lunghe sono toniche e muscolose. Non riesco a immaginare come sarebbe sentirle intorno alla mia vita mentre mi spingo in profondità, nel calore accogliente del suo corpo.

O forse riesco benissimo a immaginarlo, ed è sempre stato questo il problema.

Non dovrebbe essere così.

È sempre stata il mio frutto proibito.

Senza nemmeno accorgermene, poso la mano sulla sua gamba nuda, affondando possessivamente le dita nella carne calda. Quando mi guarda, mi chiedo subito se abbia sbagliato a farlo, e se lei l'allontanerà.

Passa un secondo.

Poi un altro.

Non succede niente, e sono sempre più tranquillo. Allarga leggermente le gambe, e sono dannatamente tentato di far scivolare le dita ancora più su, spostarle le mutandine di lato e infilarle dentro di lei.

Non ci vuole molto prima che entri nel parcheggio del nostro condominio e spenga il motore. Mi giro, e vedo che mi sta fissando. Nonostante l'oscurità, mi sembra di affogare nei suoi profondi occhi grigio-azzurri. Mi osserva in modo strano, studiandomi come se vedesse qualcosa al di fuori della mia zona di comfort, di più profondo di quello che mostro agli altri. Nemmeno i miei compagni di squadra, che considero dei fratelli, mi conoscono quanto lei.

C'è qualcosa in questa innegabile verità che al contempo mi calma e mi spaventa a morte.

"Sii sincera. Sei andata al Blue Vibe per trovare qualcuno da portarti a letto?"

Resta in silenzio per un istante.

"No. Volevo semplicemente ballare e divertirmi."

Mi rilasso del tutto. "Bene."

Odio l'idea che qualcun altro possa toccarla.

Che possa toccare quello che mi appartiene.

Il suo sguardo si posa sulla mia bocca mentre si avvicina, e nel momento in cui le nostre labbra si sfiorano, una scossa attraversa ogni cellula del mio corpo. Niente mi ha mai fatto sentire così vivo.

Nemmeno l'hockey.

In poco tempo, questo fuoco potrebbe diventare incontrollabile.

Mi stacco quel tanto che basta per sussurrare: "Dovremmo entrare."

Lei sbatte le palpebre sorpresa, poi stringe gli occhi. "Sai cosa penso?" Non mi dà nemmeno il tempo di rispondere, perché aggiunge immediatamente: "Che stai cercando di torturarmi volutamente."

Scoppio a ridere. L'idea che le mie provocazioni la eccitino così tanto è davvero esilarante.

Corruga la fronte quando si rende conto che dico sul serio. "Perché non possiamo farlo e basta?"

"Che c'è, hai fretta di chiudere l'affare?"

"Non sei stato tu a dire che saremmo stati semplicemente amici di letto?"

È così.

Invece di ammettere che ha ragione, le rigiro la domanda. "Se non sbaglio, tu hai detto che saremmo stati nemici di letto."

Inarca un sopracciglio. "Beh, non è la verità?"

Forse lei mi considera un nemico-amico, ma per me non è mai stato così. Starle lontano e ignorarla era l'unico modo per rassegnarmi al fatto di averla persa.

"Non credo."

Prima che possa farmi altre domande, scendo dalla macchina e lei fa lo stesso. Saliamo sul marciapiede, avviandoci verso l'entrata del condominio. Quando barcolla su quei tacchi vertiginosi, le cingo le spalle con un braccio. Approfitto di ogni minima scusa per tenerla vicina. Sentire il suo corpo flessuoso premere contro il mio mi fa stare bene.

Cala il silenzio mentre prendiamo l'ascensore fino al terzo piano.

La tensione sessuale che c'è tra noi si fa sempre più intensa, finché non siamo entrambi sul punto di esplodere. Quando finalmente si aprono le porte, la faccio entrare nel corridoio.

C'è fin troppo silenzio per un venerdì sera.

Arriviamo davanti alla sua porta, e tira fuori le chiavi dalla borsa prima di inserirle nella serratura e girare la maniglia. Invece di dirigermi verso il mio appartamento, la seguo. È come se ci fosse un filo invisibile che ci unisce. Dopo tutti questi anni, non sono mai riuscito a tagliarlo. Non so se sarà mai possibile, o se sarò legato a lei per sempre.

Getta la borsetta sul tavolo della zona pranzo-soggiorno, poi si toglie i tacchi. Sento la bocca impastata quando si passa le dita tra i lunghi capelli setosi, inarcando la schiena prima di girarsi a guardarmi con un sorriso sornione appena accennato.

"Adesso sei tu che stai cercando di torturarmi," mormoro con voce sorprendentemente roca.

Sorride in modo ancora più malizioso. "Sto solo cercando di fare un favore a entrambi e velocizzare il tutto."

Il suo tono suadente me lo fa diventare duro.

Si toglie la collana d'argento e gli orecchini, per poi posare tutto sul tavolo accanto alla borsetta luccicante abbinata al vestito.

Mi dà le spalle, poi si volta per guardarmi negli occhi. "Mi aiuti con la cerniera?"

Gemo mentre mi avvicino. "Certo."

Mi tremano le mani mentre sposto i suoi capelli di lato prima di abbassare lentamente la minuscola cerniera argentata. Nell'appartamento buio e silenzioso si sente solo il rumore del metallo. Non riesco a respirare, e osservo avidamente la sua pelle nuda.

È come aprire un regalo desiderato da tempo la mattina di Natale.

Quando il mio sguardo si ferma a metà della sua schiena, mi accorgo che non indossa il reggiseno. Vedo soltanto la sua pelle liscia e perfetta. Quando arrivo al suo fondoschiena, ce l'ho così duro che potrebbe fare un buco nel muro.

Stringo i pugni mentre mi costringo a indietreggiare. Sono dannatamente tentato di strapparle il vestitino di dosso, e non riesco a pensare ad altro. Lei evidentemente sente che sono teso, perché si allontana un po' prima di girarsi e lanciarmi un'altra occhiata sorniona.

"Ti ringrazio," sussurra come se niente fosse.

Non mi muovo, ed entra lentamente nella sua stanza. Non riesco a fare a meno di seguirla. Andrei ovunque decidesse di portarmi.

Non è più una scelta consapevole.

O forse non lo è mai stata.

Non appena varco la soglia della camera da letto, lei si sfila l'abito per poi lasciarlo cadere sul pavimento, ai suoi piedi. Indossa soltanto un perizoma nero sexy.

"Obbligo o verità?" borbotto. Sto impazzendo.

Quando si gira verso di me, riesco a vedere tutto il suo corpo nudo.

Dannazione. È stupenda.

Per quanto voglia continuare a fissarla, non posso farlo. Il mio sguardo si posa subito sui suoi seni piccoli e alti, sui capezzoli minuscoli e rosa. Mi viene l'acquolina in bocca per la voglia che ho di leccarli e succhiarli.

"Obbligo," risponde. Proprio come immaginavo.

"Vuoi sfogarti un po'?"

Le sue pupille si dilatano, e solleva il mento. "Sai che lo voglio."

"Va bene." Indico il letto matrimoniale con un cenno del capo. "Voglio che usi il vibratore davanti a me."

Si ferma immediatamente. "Cosa?"

Sorrido leggermente, cercando di controllarmi. Disorientarla è sempre stato un vero piacere per me. "Mi hai sentito benissimo. Voglio guardarti mentre vieni."

"Non... Non vuoi fare sesso?"

"Certo che lo voglio, ma non ora." Devo posticiparlo il più possibile, perché temo che non appena l'avremo fatto, lei metterà fine al nostro accordo.

E non posso permettere che succeda.

Sospira, e un miscuglio di emozioni diverse le attraversa il viso. È davvero espressiva.

E l'adoro.

Adoro quando la costringo a pensare e a sentire.

"Non l'ho mai fatto davanti a un'altra persona," dice con cautela.

Bene.

"C'è una prima volta per tutto, giusto?"

Carina si mordicchia il labbro inferiore, poi mi guarda negli occhi. "Okay."

Si raddrizza avvicinandosi al comodino, poi apre un cassetto e ne estrae un piccolo astuccio nero da cui tira fuori una specie di cilindro sottile lungo un paio di centimetri e con la punta arrotondata. Poi si sistema sul materasso prima sdraiarsi sulla pila di cuscini.

Continua a guardarmi negli occhi per tutto il tempo, e per qualche secondo cala il silenzio.

Riesco a malapena a respirare.

Guardo avidamente ogni centimetro del suo corpo, fino ad arrivare alla strisciolina di satin nero.

"Togli il perizoma," ringhio.

Lei posa il vibratore sul comodino, per poi avvicinare le mani ai fianchi e infilare le dita sotto il perizoma con un movimento aggraziato.

Sono impaziente, e sempre più eccitato.

Stringo i pugni, affondando le unghia corte nella carne. Riuscirei a raggiungerla sul letto in sole tre falcate. Sono tentato di strapparglielo di dosso io stesso, ma proprio in quel momento lei fa scivolare il tessuto lungo i fianchi e le cosce prima di gettarlo di lato. E poi, finalmente, è nuda.

Le guardo il sesso mentre spalanca le gambe.

Per poco non mi inginocchio davanti a lei. È più bello di quanto immaginassi, e perfettamente depilato. Non si è ancora toccata, e gemo già.

"Dannazione, Carina..."

Sorride. "Vorrei fare altro, ma tu continui a rifiutarmi."

Mi viene da ridere. Non ha la più pallida idea di quanto stia cercando di controllarmi.

Apre ancora di più le gambe finché le sue ginocchia non toccano la testata del letto. La parte inferiore del suo corpo somiglia a una farfalla. "Se non sapessi come stanno le cose, penserei che tu non mi desideri affatto."

"Non è affatto così," ansimo. "Ti desidero più di qualsiasi altra cosa."

Mi guarda esitante, ma solo per un secondo, al punto che mi chiedo se sia stata soltanto un'allucinazione. L'ho sempre vista forte e sicura di sé, una forza della natura. È uno dei motivi per cui sono attratto da lei. Trovo davvero sexy le persone che capiscono il proprio valore e rifiutano di accontentarsi.

E Carina Hutchins è una di loro.

Si accarezza l'interno coscia. "Vuoi ancora che usi il vibratore?"

"Sì."

Diamine, no. Voglio penetrarla e restare dentro di lei per sempre.

Senza dire un'altra parola, si gira sul fianco e lo prende, per poi premere il pulsante. Un leggero ronzio riempie l'aria mentre fa scivolare la mano sul ventre tonico e poi sull'inguine. Fa scorrere il dispositivo sulle piccole labbra, poi sul monte di Venere, e ripete il movimento.

La terza volta, infila il vibratore all'interno, e inarca la schiena chiudendo gli occhi mentre si bagna.

Mi viene l'acquolina in bocca. Voglio assaggiarla.

Anche solo una volta.

E poi potrei morire felice.

Non mi accorgo di essermi avvicinato a lei finché il mio corpo non affonda nel materasso accanto alle sue gambe divaricate. Non riesco più a resistere, e le sfioro un polpaccio muscoloso prima di rimetterlo a posto per guardare liberamente il suo sesso. Apre gli occhi e mi fissa.

"Ti piace guardarmi?" ansima. So già che non ci vorrebbe molto a farla venire.

Dico la verità senza nemmeno pensarci: "A volte, al liceo, ti sentivo mentre ti masturbavi nella tua stanza. Mi eccitava tantissimo, e andavo in bagno per sfogarmi pensando a te che ti toccavi."

Non l'ho mai detto a nessuno. È come se fosse il mio sporco segretuccio, e mi sento bene ora che gliel'ho confessato.

Le sue pupille si dilatano mentre apre ancora di più le cosce. Anni e anni di danza l'hanno resa davvero snodata.

Flessibile.

Il modo in cui riesce a contorcere il suo corpo mi fa impazzire.

"Fammi vedere come ti tocchi," sussurra.

Gemo. Non so se riuscirò a resistere all'impulso di farla mia. È difficilissimo, però...

Ce l'ho di marmo, e pulsa sotto i miei jeans.

Voglio farlo.

Voglio condividere questo momento con lei.

Ho deciso: apro il bottone dei pantaloni per poi abbassare la cerniera. Infilo le dita sotto i boxer di cotone, abbassandoli fino a liberare l'erezione, emettendo un sibilo.

Quand'è stata l'ultima volta che ce l'ho avuto così duro?

Non ricordo.

In ogni caso, credo che avesse a che fare con la ragazza con le gambe allargate davanti a me.

Il suo sguardo si posa sul mio membro mentre usa il vibratore nero per darsi piacere. Abbasso ancora di più i jeans. Ho bisogno di spazio per muovermi. Mi sfugge un gemito mentre stringo la presa e lo strofino continuando a fissarle il sesso umido.

Mugula mentre inarca la schiena e sollevando i seni. I suoi versi mi fanno eccitare, e i miei testicoli si contraggono.

Ho appena iniziato a toccarmi e so già che non ci vorrà molto prima che...

Quando urla di nuovo e si contrae bagnandosi, mi metto in ginocchio sporgendo i fianchi in avanti mentre vengo copiosamente sul suo basso ventre. Gemo mentre inclino la testa all'indietro in preda a una sensazione soffocante di piacere.

È così intensa che sto per svenire.

Quando smetto di tremare, i miei muscoli si rilassano. Sono esausto, e mi ci vuole uno sforzo sovrumano per alzare il capo e incrociare il suo sguardo.

La profonda soddisfazione che leggo nei suoi occhi, sulle sue palpebre pesanti, mi fa sentire ancora più eccitato, e mi cade l'occhio sullo sperma denso finito sul suo ventre tonico. Un qualcosa di primordiale mi pervade: l'ho marchiata, finalmente. È mia. Ho desiderato di farlo per anni. È un'immagine che vivrà nella mia memoria per sempre.

Niente potrà mai cancellarla.

Mi sento possessivo.

Vedere il mio seme sul mio corpo per poco non me lo fa venire di nuovo duro.

Non mi rendo conto di aver allungato la mano per toccarla finché lei non inspira tremando. Mi fermo, e ci guardiamo. Per un paio di secondi, nessuno dei due respira mentre inarca il corpo nudo come si stesse offrendo in sacrificio a me.

Mi sfugge un ringhio mentre spalmo il seme sulla sua pelle prima di raccoglierne un po' e sporgermi in avanti fino a raggiungere i suoi seni. Copro prima un capezzolo, poi l'altro. Voglio farlo sul resto del suo corpo.

Voglio che ogni ragazzo con cui entra in contatto senta il mio odore su di lei e sappia che è mia. È una cosa contorta, lo so.

Raccolgo l'ultima goccia dal suo ventre per poi avvicinare il dito alle sue labbra. Il suo sguardo rimane inchiodato al mio mentre apre la bocca senza che glielo dica. Faccio scivolare il dito dentro, e lei lo lecca immediatamente.

È esattamente quello che proverei se mi succhiasse l'uccello, e il solo pensiero mi fa eccitare di nuovo. Non importa se sono appena venuto, perché è di nuovo duro e vuole entrare nel suo sesso fradicio. Sento il desiderio impellente di penetrarla finché non ne sarò sazio.

Ma mi rifiuto di cedere al bisogno che mi ha consumato per anni.

Non è ancora arrivato il momento giusto.

Voglio temporeggiare fino a quando non impazzirò per la passione, e, quando finalmente la prenderò, la potenza del nostro desiderio sconvolgerà entrambi. E solo allora potrò relegare Carina in fondo al mio cervello, dove dovrebbe stare, e andare avanti con la mia vita.

CAPITOLO VENTUNO

CARINA

Ford si alza senza dire una parola per poi sistemarsi i pantaloni e indietreggiare frettolosamente. Sono ancora sconvolta dopo essere venuta, e mi sto librando da qualche parte nell'atmosfera. Non mi ha penetrata, ma è stato comunque uno degli orgasmi più intensi che abbia mai avuto. Il mio cervello non ha ancora ripreso a funzionare correttamente, e forse è per questa assoluta mancanza di lucidità che dico senza pensarci mentre lui si avvia verso la porta: "Resta qui."

Si blocca immediatamente, sollevando le sopracciglia e continuando a guardarmi negli occhi mentre riflette sulle mie parole. Sembra sorpreso, e credo di esserlo io stessa.

Mi chiede con cautela: "Vuoi che resti qui a dormire?"

Sospiro rimuginando su quello che ha detto, ma dopo qualche secondo capisco esattamente quello che voglio. In fondo, ho nostalgia di quello che facevamo un tempo. Mi mancano le notti in cui sgattaiolavo in camera sua dopo che i nostri genitori erano andati a letto. Il modo in cui mi teneva stretta tra le sue braccia, in cui poggiavo la testa sul suo petto ascoltando il battito rassicurante del suo cuore. Nell'oscurità vellutata che ci avvolgeva come una coperta, parlavamo delle nostre speranze, dei nostri sogni per il futuro. Non mi sono mai sentita così sicura come quando mi stringeva a sé.

Col senno di poi, credo fosse una sensazione strana, dopotutto Ford aveva solo diciott'anni, ma non riesco a negare la verità: sapevo che non avrebbe permesso che mi succedesse qualcosa di male.

Ed è proprio quello che ha fatto.

Cala il silenzio.

Quando non risponde immediatamente, temo di aver sbagliato.

C'è qualcosa di peggio che passare per una stupida in cerca di attenzioni?

Uff.

Perché non ho tenuto la bocca chiusa?

Avrei dovuto lasciare che uscisse in silenzio dalla mia stanza.

Proprio quando sto per dirgli di lasciar perdere, le sue dita si posano sull'orlo della maglietta, e se la sfila lasciandola cadere sul tappeto. Poi apre di nuovo il bottone dei jeans e abbassa la cerniera, togliendo anche quelli finché non indossa soltanto un paio di boxer neri.

Me lo mangio con gli occhi.

È più forte di me.

Ford ha il corpo di un dio greco, baciato dal sole e scolpito dalle ore passate in pista e in palestra.

Non perdo nemmeno tempo a mettermi il pigiama, e mi sdraio sotto le coperte. Lui si sistema accanto a me, per poi stiracchiarsi e attirarmi a sé. Mi ci vuole solo un momento per rilassarmi e poggiare la testa sul suo petto. Il profumo del suo dopobarba mi avvolge, riportandomi a un tempo passato.

Se chiudessi gli occhi, ci tornerei immediatamente.

Tornerei a un periodo in cui eravamo amici.

Il nostro rapporto era sempre sul punto di evolversi in qualcosa di più, o almeno così credevo.

Mi bastava lanciare un'occhiata a Ford per sentire il mio cuore battere all'impazzata e gli ormoni in subbuglio. Ci baciavamo e ci toccavamo per ore, senza mai andare oltre, ma pensavo che Ford avrebbe preso la mia verginità.

Volevo che lo facesse.

Ma non è stato così.

Era cambiato in batter d'occhio. Un giorno eravamo uniti, e quello successivo mi trattava in modo freddo e distante, ma non voleva dirmi perché. Tutto qui.

Dopo quello che era successo tra noi, non ho mai permesso a nessun altro ragazzo di conoscermi come aveva fatto lui.

E forse, è ancora così.

"Dimmi a cosa stai pensando," sussurra. Sento il suo respiro caldo sui miei capelli.

Fisso la parete davanti a noi, piena di foto del liceo e dell'università, e i ricordi del nostro passato tornano ad affollare la mia mente. Sono tentata di mentire, ma c'è qualcosa nello stare al sicuro tra le sue braccia che mi spinge a essere sincera.

"È passato tanto tempo dall'ultima volta che l'abbiamo fatto."

"Febbraio dell'ultimo anno." La sua voce si fa triste, come se fossi stata io ad allontanarlo e spezzargli il cuore.

"Già."

"Mi è mancato tenerti tra le mie braccia," ammette dolcemente.

Chiudo gli occhi e cerco di sembrare impassibile. "Anche a me."

Ho troppe domande in testa e sulla punta della lingua, ma invece di trovar loro una risposta, le ignoro.

Non c'è bisogno di parlarne.

Questa relazione è puramente sessuale.

Se sarò fortunata, andremo a letto insieme e la finiremo una volta per tutte. Ci lasceremo tutto questo alle spalle, com'è giusto che sia.

"Carina..."

"Sono stanchissima, ho ballato troppo. Ti dispiacerebbe se dormissimo e basta?"

Lui esita, ma poi mi stringe più forte. "No, tranquilla."

Mi addormento immediatamente, tra le sue braccia, ascoltando il battito costante del suo cuore.

CAPITOLO VENTIDUE

FORD

La luce del sole che filtra attraverso le mie palpebre mi fa svegliare dolcemente. Non dormivo così bene da tanto tempo. Solo quando mi sposto, mi accorgo del corpo caldo accoccolato contro il mio. Cerco di ricordare cosa diavolo sia successo ieri sera, e chi ho portato a casa.

Anzi, non proprio a casa.

Perché non porto le ragazze nel mio appartamento. Se andiamo a letto insieme, lo facciamo o a casa loro, o in una stanza a una festa.

E poi non resto mai a dormire, perché crea dei pessimi precedenti.

Se proprio devo, mi trattengo per un'altro quarto d'ora di coccole, ma non appena la ragazza si addormenta, me ne vado di corsa, sperando che quando ci rivedremo al campus non ce l'avrà con me.

Lo ammetto, a volte succede. Più di una volta mi è capitato di essere rimproverato davanti a un capannello di gente.

Mi sforzo di aprire gli occhi, ho le palpebre pesantissime. È come se fossero chiuse ermeticamente. Mi basta lanciare un'occhiata alla stanza per capire dove mi trovo. Sono sconvolto. Gli eventi di ieri sera mi tornano in mente come un flash, e non riesco nemmeno a comprenderli appieno.

Stavo cazzeggiando a casa mia.

Poi sono andato al locale in cerca di Carina.

E l'ho trovata con indosso quell'abitino argentato striminzito che a malapena le copriva il fondoschiena e in qualche modo faceva sembrare le sue gambe ancora più lunghe e snelle.

Mi viene duro al solo pensiero.

Poi l'ho portata a casa sua...

E l'ho sfidata a masturbarsi davanti a me.

Beh, Carina non riesce a resistere alle sfide, per questo sono sempre riuscito a convincerla a fare quello che volevo.

A baciarmi, per esempio.

L'ho fatto parecchie volte quando andavamo al liceo. Per anni mi sono trattenuto, senza mai sfidarla a fare cose più trasgressive, soprattutto perché mio padre mi teneva d'occhio per assicurarsi che la trattassi come una sorella.

Lancio un'occhiata alla ragazza bionda rannicchiata contro di me. Ha allungato una gamba sulla mia mentre dormiva. Era da un po' che non dormivamo nello stesso letto. Un tempo, Carina sgattaiolava in camera mia, dall'altra parte dell'atrio, e si infilava nel mio letto. Succedeva ogni notte, e ben presto era diventata un'abitudine piacevolissima, che non vedevo l'ora di provare quotidianamente. Dopo un po', non riuscivo nemmeno a dormire senza tenerla tra le braccia.

Svegliarmi con lei accanto, dopo tutti questi anni, è come un sogno. Non riesco a smettere di fissarla. È bellissima, con quella massa di capelli dorati sparsi sul cuscino. Non ha nemmeno perso tempo a rivestirsi dopo lo spettacolo che mi ha offerto ieri sera al ritorno dal locale.

È stata la cosa più sexy che abbia mai visto.

Poi le sono venuto sulla pancia...

E lei ha leccato il seme dal mio dito.

Anche solo pensarci mi fa eccitare.

Abbasso lo sguardo sulla mia erezione, coperta dal lenzuolo.

Appunto.

Questa ragazza è sempre stata come un sogno erotico.

Il *mio* sogno erotico.

È passato tanto tempo, e sono cambiate tante cose, ma non credo che i miei sentimenti si modificheranno.

Dannazione.

Devo scacciare questi pensieri pericolosi dalla mia mente.

Se fossi furbo, uscirei dal letto e dal suo appartamento prima che la situazione si complichi ancora di più.

Tuttavia, sento che è ormai troppo tardi per farlo.

"Che c'è, stai pensando a un piano di fuga?"

Si è appena svegliata, e si sente nella sua voce, che mi riporta al presente. La guardo, e mi accorgo che mi sta osservando attentamente, come se aspettasse di vedermi andare via da un momento all'altro.

Mi sollevo poggiandomi su un gomito. "Mi hai beccato. Stavo pensando di staccarmi il braccio per scappare."

Invece di offendersi, sorride. "Renderebbe più difficile giocare a hockey."

"Renderebbe più difficili parecchie cose, e l'hockey è la meno importante. Smetterò di giocare alla fine della stagione." Pensare di non praticare più lo sport che ho amato per tutta la vita è un sentimento dolceamaro, e di solito lo evito, perché non voglio rimuginare sul fatto che prima o poi succederà.

Carina si avvicina, posando le mani sul mio petto prima di accomodarsi appoggiandovi anche il mento. Continua a guardarmi negli occhi. È l'unica persona che sia mai stata in grado di capire i miei pensieri più intimi. Non potrei impedirglielo nemmeno se lo volessi.

"Sei pronto a chiudere quel capitolo della tua vita?"

"Che importa?" rispondo. È troppo presto per parlare di una questione così seria, che probabilmente finirà per rovinarmi la giornata.

Lei pensa a quello che ho detto per qualche secondo. "Certo che importa. Io non riesco nemmeno a immaginare di smettere di ballare. Fa parte della mia identità. È il modo in cui mi esprimo e mi libero dallo stress."

Neanch'io riesco a immaginarla smettere di ballare. Per quanto possa sembrare banale, questa ragazza è una poesia in movimento. Il suo corpo e la sua anima sono stati creati per la danza. Trasmette tantissimo a chi la guarda, senza dover dire una sola parola.

Quante persone riescono a farlo?

La danza è il suo ossigeno.

E non credo che l'hockey sia altrettanto importante per me.

Credetemi, lo amo.

L'ho sempre amato.

Ho allacciato il mio primo paio di Bauer, le scarpe da hockey, quando avevo cinque anni. Da allora, non ho *mai* smesso di pattinare, ma la differenza è che ho sempre saputo di non essere abbastanza bravo da giocare come professionista, a prescindere dal tempo e dalle energie che vi dedicavo. Ci sono persone che hanno un talento naturale che si nota subito e le spinge ad andare avanti, ma non è il mio caso.

Ho sempre saputo che avrei lavorato insieme a mio padre.

E l'ho accettato tanti anni fa.

Ciò, però, non vuol dire che non sia triste che quel capitolo della mia vita stia per chiudersi.

Passo le dita tra i suoi capelli lunghi. È meraviglioso averla qui, con il mento poggiato sul mio petto nudo.

Dove dovrebbe essere.

Tutti i pezzi del puzzle sono finalmente a posto.

Potrei fissarla per ore, perdendomi nei suoi profondi occhi grigio-azzurri che hanno sempre avuto la strana capacità di vedere oltre l'apparenza.

Mi schiarisco la gola, sforzandomi di riprendere il filo del discorso. "Sappiamo entrambi che non sono mai stato abbastanza bravo da giocare come professionista."

La sua espressione diventa pensierosa. "Vuoi sapere cosa penso?"

Voglio alleggerire l'atmosfera, quindi mormoro: "Sembra una domanda retorica. Sono sicuro che me lo dirai lo stesso, a prescindere dalla mia risposta."

Stringe gli occhi sbuffando.

È davvero adorabile.

Soprattutto con quei capelli spettinati che le coprono il viso e le spalle. Sono tantissimi. Un tempo fantasticavo sempre su come sarebbe stato avvolgere una ciocca intorno alla mia mano mentre la penetravo.

"Penso che sia più facile dire a te stesso che il tuo futuro è già stato deciso, piuttosto che dare una possibilità a qualcosa che vuoi davvero. Hai paura di sbagliare."

Mi si stringe il cuore.

Quando resto zitto, lei mormora. "O mi sbaglio?"

Sospiro. "No."

Inclina la testa, osservandomi in un modo che mi fa sentire nudo. "Non è mai troppo tardi per cercare di ottenere quello che vuoi."

Ci guardiamo negli occhi, e una parte di me si chiede se stiamo ancora parlando dell'hockey.

O se abbiamo finito per discutere di qualcos'altro.

Faccio scivolare le mani sotto le sue braccia prima di farla mettere a cavalcioni su di me, in modo che le sue labbra siano a pochi centimetri dalle mie. È una sensazione stupenda averla in questa posizione, sul mio uccello. I suoi capelli le ricadono intorno al viso a onde, creando una barriera che ci protegge da quello che c'è fuori dalla sua camera da letto. Non penso più ai motivi per cui non dovremmo stare insieme.

In questo momento, non hanno importanza.

Niente ha importanza, tranne Carina.

Le sfioro il sedere con una mano, per poi afferrare una natica e stringerla affondando le dita nella carne, mentre passo l'altra tra i suoi capelli, attirandola più vicina a me, finché le mie labbra non si posano sulle sue. Inarco i fianchi, facendo scivolare il mio membro eretto contro il suo inguine.

Le sfugge un mugolio eccitato, e allarga le gambe per poi stringerle intorno alla mia vita. L'unica cosa che mi impedisce di scivolare nel calore accogliente del suo corpo è un sottile strato di cotone, e sono tentato di togliermi i boxer.

Voglio mangiarla.

Ho una fame assurda di lei.

"Voglio che mi scopi. Non abbiamo già aspettato abbastanza?"

Gemo. So che non riuscirò a controllarmi, perché ha ragione: abbiamo aspettato anche troppo. Per quanto voglia temporeggiare, non posso farlo più.

"Vuoi il mio uccello, piccola?"

"Lo sai. Sono stata chiarissima."

"Allora dimostramelo. Dimostrami quanto mi desideri. Strusciati contro di me. Voglio che mi bagni i boxer."

Prima ancora che possa finire di parlare, lei muove i fianchi, e sono così eccitato che mi si incrociano gli occhi.

Il modo in cui si strofina su di me è dannatamente sexy.

È già fradicia.

Stringo una mano intorno alla sua nuca tenendola ferma, mentre con l'altra palpo il suo sedere rotondo.

"Brava, piccola. Cavalcami finché non mi implorerai di scoparti."

Inizia ad ansimare. "Ho bisogno di averti dentro di me. Sto male."

Il suo tono tormentato è come un colpo di grazia, e distrugge ogni briciola di autocontrollo che mi era rimasta.

Sussulta quando ci faccio girare e mi posiziono sopra di lei. Abbasso immediatamente i boxer, liberando il mio uccello eretto. Mi basta una spinta decisa per seppellirmi dentro di lei, tornando così a respirare. Mi sento come se fossi stato in apnea per anni.

A giudicare dal modo in cui si stringe intorno a me, non durerò molto.

Come potrei, dato che sogno questo momento da quando l'ho incontrata?

Ci ho fantasticato su per anni.

E finalmente sta diventando realtà.

Quando si contorce sotto di me, sollevo i fianchi entrando e uscendo da lei più volte, facendola gemere e alzare gli occhi al cielo mentre inarca la schiena.

"Ti prego, dimmi che prendi la pillola," mormoro. Solo adesso riesco a ricordare che dovremmo usare un contraccettivo.

"Sì."

Grazie al cielo.

Però...

Non è una situazione ideale. Non mi sono mai fatto nessuna senza un preservativo. È una regola che mi sono imposto, come l'andarmene subito dopo essere andato a letto con una ragazza. Avrei dovuto immaginare tempo fa che sarebbe stata Carina a farmi dimenticare tutto ciò.

Entrare in un'altra persona senza uno strato di lattice che ci separi è una cosa straordinariamente intima.

E una parte di me l'adora, si abbandona alla sensazione del suo corpo morbido.

Mi sembra giusto che la prima volta che faccio sesso senza preservativo sia con lei.

Quando Carina si stringe intorno a me lasciandosi sfuggire un gemito, non riesco più a resistere e ho un orgasmo ancora più intenso di ieri sera. I suoi versetti dolci riempiono la stanza, facendomi eccitare ancora di più.

Non potremmo essere più in sintonia, nemmeno se ci provassimo.

È una cosa che non ho mai provato prima, proprio come il farlo senza preservativo.

Veniamo insieme, stringendoci forte fino all'ultimo, poi finalmente mi rilasso. Mi sembra di aver appena finito un allenamento di due ore. Sta per scoppiarmi il cuore.

Invece di uscire da lei e pensare a come andarmene, appoggio la fronte alla sua guardandola negli occhi, cercando di capire se si sia pentita di quello che abbiamo fatto.

È un sollievo quando non trovo nient'altro che i residui sbiaditi del piacere. Ho la sensazione che lo stesso sentimento riecheggi anche nei miei occhi.

È il momento in cui mi rendo conto che prenderla una o due volte non sarà mai abbastanza per saziare il profondo bisogno che sento dentro di me.

CAPITOLO VENTITRÉ

CARINA

Abbasso lo sguardo sul mio telefono, leggendo di sfuggita alcuni messaggi, mentre le porte dell'ascensore si aprono. Sono appena tornata a casa dopo aver tenuto due lezioni di danza consecutive. I miei piccoli studenti hanno solo cinque e sei anni e sono davvero adorabili, soprattutto quando indossano le scarpette da tip tap.

Sento delle voci maschili in corridoio, e il mio sguardo si fissa subito sugli occhi dorati di Ford: basta questo a togliermi il fiato e farmi correre un brivido lungo la schiena.

Per quanto cerchi di reprimere l'attrazione intensa che provo nei suoi confronti, continua a bruciare in ogni parte del mio corpo.

Uhm.

Non è affatto una cosa positiva.

L'ultima cosa che voglio è innamorarmi di lui, ed è proprio quello che volevo evitare accettando di diventare la sua amica di letto.

Wolf, Madden e Ryder, i suoi compagni di squadra, mi salutano prima di entrare nell'ascensore.

C'è un secondo di silenzio, poi Madden si schiarisce la gola. "Hamilton, vieni o no?"

"Il coach si infurierà se faremo tardi," aggiunge Wolf.

Lo sguardo penetrante di Ford rimane fisso su di me. "Vi raggiungo nel parcheggio. Prima devo parlare con Carina."

"Va bene," replica Ryder. "Ma se non scendi entro dieci minuti, ce ne andiamo senza di te."

"Non ce ne sarà bisogno, tranquillo."

Wolf ride e borbotta qualcosa di incomprensibile prima che le porte dell'ascensore si chiudano. È la prima volta che io e Ford rimaniamo soli da quando siamo andati a letto insieme. Lunedì sono arrivata in ritardo a lezione e mi sono seduta nelle ultime file. I nostri sguardi si sono incrociati diverse volte, perché lui si girava e mi fissava come se sapesse benissimo cosa stessi facendo e perché. A giudicare dal suo sorriso malizioso che mi ha fatto eccitare e dai suoi sguardi complici, stava decisamente ricordando la nottata che abbiamo passato insieme.

Che idiota.

Prima che possa inventare una scusa e scappare, mi blocca per le braccia e mi preme contro il muro accanto all'ascensore.

"Ford..."

Ho la voce roca. Non è affatto da me, e il fatto che riesca a suscitarmi queste reazioni indesiderate mi irrita profondamente.

"Che c'è?" Si guarda intorno nel corridoio. "Non c'è nessuno. Siamo soli." Resta in silenzio per un istante. "O preferiresti che ci fosse gente? Così potresti continuare a ignorarmi."

Arrossisco. "Non dire sciocchezza. Ho avuto da fare."

Ha ragione, però. Lo sto evitando.

Sto cercando di tenere a bada le sensazioni strane che mi fa provare, e solo quando ci sarò riuscita potremo riprendere a vederci. Una piccolissima parte di me si è chiesta se questo accordo sarebbe stato una semplice botta e via. Del resto, Ford è sempre stato un donnaiolo, e non voglio che mi rifiuti perché si è stancato di me. Finirei per sembrare una groupie appiccicosa.

Di nuovo.

No, grazie.

Mi mordicchia il labbro inferiore, riportandomi alla realtà. Non ho altra scelta che tornare a concentrarmi sull'uomo che mi sta tenendo ferma contro il muro.

Non è più un ragazzo.

Quando ho conosciuto Ford a quattordici anni, era alto e magro. Giocare a hockey gli aveva fatto sviluppare i muscoli, ma sembrava comunque un ragazzino. Sono passati sette anni, e nel frattempo è diventato enorme. Ha le spalle larghe, il petto massiccio e i fianchi stretti. Vederlo nudo basta a far impazzire tutte le donne.

Compresa me. Ho provato a resistere con tutte le mie forze, ma non ci sono riuscita.

"Ah sì?"

"Sì. Sto passando molto tempo ad allenarmi."

Mi guarda negli occhi per un lungo, silenzioso istante, per poi dire in tono più allegro: "Buono a sapersi."

Sono sollevata dal fatto che non se la sia presa.

Distolgo lo sguardo. Mi rifiuto di farmi risucchiare nella sua voragine. "Dovresti andare, o il coach ti farà una strigliata."

"Non mi importa. Ci tenevo di più a chiarirmi con te." Abbassa lo sguardo sulle mie labbra. "E poi volevo un bacio portafortuna."

Prima ancora che possa pensare a quello che ha detto, mi bacia. La sua lingua scivola lungo la giuntura delle mie labbra, inebriando i miei sensi, e finisco per cedere e aprire la bocca. I suoi baci mi fanno dimenticare immediatamente che siamo nel bel mezzo del corridoio, dove chiunque potrebbe vederci. Le sue mani rimangono strette sulle mie braccia. Il suo membro eretto preme contro la parte bassa del mio ventre, e non riesco a fare a meno di spingere contro di lui mentre ripenso a sabato mattina.

Non ho mai avuto un orgasmo così intenso.

Senza chissà quali preliminari.

Sono bastate poche spinte per portarmi all'apice. Dev'essere stato per tutti quegli anni di tensione sessuale repressa. Quale altra spiegazione può esserci?

Il modo in cui la sua bocca affamata si muove contro la mia è sufficiente a farmi dimenticare come mi chiamo. Se non mi stesse premendo contro il muro, probabilmente sverrei e mi scioglierei sul pavimento.

Proprio quando inizio a sentirmi male per la mancanza di ossigeno, lui si stacca quel tanto che basta per chiedermi: "Verrai alla partita, sì?"

"Scusa, non era nei miei piani."

Non è vero.

Juliette mi ha fatto promettere che l'avrei accompagnata proprio l'altro giorno, e sono stata ben felice di farle credere che mi abbia costretto, anche se non l'ho dato a vedere.

Mi mordicchia il labbro inferiore, tirandolo con i suoi denti affilati prima di risucchiarlo. Per poco non mi si incrociano gli occhi per il piacere.

Sono eccitatissima.

Lascia andare il mio labbro facendo rumore, continuando a fissarmi.

"Voglio vederti sugli spalti mentre tifi per me."

"E se avessi altri piani che non riguardano l'hockey?" Un'altra bugia. "Ci hai mai pensato?"

Un ringhio gli fa vibrare il petto. "Sarebbe meglio se non ce li avessi."

Mi bacia di nuovo prima di far scivolare la lingua sul mio collo in modo possessivo.

"Io... ci penserò."

"Non c'è bisogno che ci pensi. Giurami che ci sarai."

Indietreggia di un passo, e resto appoggiata al muro per non cadere.

"Oppure cosa farai?" Mi sorprendo di quanto sembri ferma la mia voce.

"Oppure ti darò una bella sculacciata." Si avvicina di nuovo sorridendo e guardandomi prima dalla testa ai piedi, poi negli occhi. "Anche se credo che ti piacerebbe."

Mi bacia un'ultima volta prima di allontanarsi e raggiungere di corsa la rampa di scale che porta all'ingresso. È solo quando la porta di metallo si chiude alle sue spalle che torno a respirare.

Porca...

"È stato sexy come sembrava?"

Giro la testa così velocemente che per poco non mi viene il torcicollo. Una ragazza del nostro stesso piano che conosco si appoggia alla porta del suo appartamento e incrocia le braccia sul petto.

"Ancora più sexy," ammetto con riluttanza, perché è vero.

Si sventola con la mano. "Proprio come pensavo."

Con uno sforzo mi stacco dal muro ed entro in casa. Ho le mutandine così bagnate che potrei persino strizzarle.

Sono tentata di prendere il vibratore e usarlo per alleviare un po' del desiderio che Ford ha risvegliato in me baciandomi e parlandomi in quel modo, però...

Gli ho promesso che non l'avrei fatto.

Maledetto.

Mi sentirei molto meno tesa se potessi toccarmi, soprattutto se dovrò passare molto tempo con lui. Di questo passo, dovrò sgattaiolare nello spogliatoio per una sveltina. E non mi importerà se qualcuno ci vedrà.

Che pensiero sconvolgente.

Non va bene.

Non va affatto bene.

Devo trovare un modo per riprendere il controllo della situazione.

Una parte di me si chiede se ci riuscirò mai.

Due ore dopo, io e Juliette ci sistemiamo sugli spalti. Ci sono anche i suoi genitori, insieme alle famiglie di altri giocatori. Non credo che i signori McKinnon si siano mai persi una partita di Maverick.

Sono andati persino a quelle in trasferta.

Il mio cellulare squilla proprio mentre allungo la mano per prendere il sacchetto di popcorn. Lo tiro fuori dalla tasca e lancio un'occhiata al messaggio che è appena arrivato.

Sarà meglio per te che ti veda sugli spalti.

Sorrido leggermente.

Forse sono lì, forse no.

Vuoi che ti sculacci?

Provaci, amico. Vedrai come andrà a finire...

Dimmi che sei qui per vedermi e chiuderemo subito la questione.

Le mie dita sfiorano le chiavi. Sono dannatamente tentata di dirgli quello che vuole sentire.

Ho deciso di lavorare alla mia coreografia. Scusami... anzi, no.

Aspetto trepidante la sua risposta.

Perché mi piace così tanto provocarlo?

Ma del resto, potrei dire lo stesso di lui.

Siamo come due botti di esplosivo che cercano di farsi scoppiare a vicenda.

"Perché sorridi?" mi chiede Juliette, riportandomi alla realtà.

Ero così assorta che mi ero dimenticata della sua presenza.

Per poco non mi sfugge un gemito.

Si avvicina cercando di leggere prima che lo prema contro il petto.

Solleva le sopracciglia guardandomi negli occhi. "Ah, è così che stanno le cose?"

Arrossisco.

Perché ne sto facendo un dramma?

Dovrei farmi coraggio e confessarle che io e Ford siamo andati a letto insieme e per me non ha significato niente. Che è stata solo una scappatella. Che siamo nemici di letto.

Ma non dico nulla di tutto ciò.

"Non è niente," mormoro alla fine.

Sgrana gli occhi. "Oddio. Se stai davvero cercando di convincermi che *non è niente*, vuol dire che *c'è qualcosa* sotto." Indica il telefono. "E credo proprio che dovrò passare sul tuo cadavere per scoprirlo."

Purtroppo ha ragione.

"È-È solo un ragazzo del corso di danza."

"'Wow." Scuote la testa. Non credo se la sia bevuta. "E adesso mi menti pure?"

Sospiro per l'imbarazzo, distogliendo lo sguardo e concentrandomi prima sulla pista, poi su Ford, che è in piedi accanto alle panchine. Basta questo a farmi battere il cuore all'impazzata. Il modo in cui mi fissa mi impedisce di muovermi. Inarca un sopracciglio e mi rivolge un sorriso compiaciuto, per poi sparire nello spogliatoio dopo qualche secondo.

"Oddio. Sei andata a letto con lui, vero?"

Faccio una smorfia, e mi costringo a uscire allo scoperto. "Sì. Anche se, col senno di poi, credo proprio che sia stato uno sbaglio."

Cala il silenzio, e sono nervosissima.

"Non ne sarei così sicura."

Sbatto le palpebre, sorpresa dalla sua risposta. "Credimi, lo è stato davvero," mormoro. "È il mio fratellastro."

"I vostri genitori non sono divorziati da tempo?"

"Beh, sì… Però Crawford è come un padre per me." Poi aggiungo bruscamente: "Non voglio fare niente che potrebbe rovinare il nostro rapporto. Non ne vale la pena. Conosci Pamela: non fa parte della mia vita."

Mi guarda con un'espressione comprensiva. "Non è vero. Tiene a te… a modo suo."

"Quella donna è troppo occupata a girare il mondo per preoccuparsi di me," ammetto amaramente. Per anni ho cercato di ignorare questo mio risentimento. È come se stessi ammettendo una mia debolezza, e non mi piace, benché ne stia parlando con la mia migliore amica.

Mi cinge le spalle con un braccio e mi stringe a sé. "Ti voglio bene, così come Crawford."

Mi commuovo. "Lo so."

"E Ford tiene a te."

Sbuffo.

"È vero. Si vede dal modo in cui ti osserva."

"Non so cosa stia succedendo tra noi. Forse è solo sesso senza impegno."

"Oppure potrebbe essere qualcosa di più bello."

Un gemito mi sale in gola. Non sono mai stata così confusa. Siamo andati a letto insieme solo una volta, e non ci sto capendo nulla.

Prima che possa dirle altro, arriva un altro messaggio, ma non guardo lo schermo.

So già chi l'ha mandato.

"È Ford, vero?"

Annuisco.

Passa qualche secondo, e Juliette si schiarisce la gola. "Hai intenzione di leggere il messaggio?"

"No."

Ma voglio farlo.

Ho una voglia matta di farlo.

"Non sei curiosa?"

"No."

Sto morendo dalla curiosità.

Quando sua madre la chiama e lei si gira, lancio un'occhiata allo schermo.

A quanto pare non ti sculaccerò stasera. Peccato.

Mi manca l'aria, e mi sento delusa.

Santo cielo. Volevo davvero che mi sculacciasse?

Spero di no.

Allora sei in debito con me.

È impazzito?

Cosa? Perché? Perché sono venuta a vederti? Posso rimediare, eh. Basta che tu me lo dica.

Sono sul punto di alzarmi per uscire dal palaghiaccio, quando arriva un altro messaggio.

Perché non rendiamo tutto più interessante?

E come?

Facciamo una scommessa. Se faccio una tripletta, me lo succhi.

Mi manca il fiato mentre immagino la scena.

E se non la facessi?

Manda un'emoticon che ride a crepapelle, poi arriva un altro messaggio.

Piccola, segnerò una tripletta. Ti voglio in ginocchio. E dovrai fissarmi mentre lo prenderai in bocca.

Le sue parole sconce mi fanno bagnare, e mi contorco sul sedile pensando a quello che ha scritto.

Non dovrebbe eccitarmi così tanto.

Mi tremano le dita mentre scrivo.

Non hai ancora risposto alla mia domanda.

Vuoi che te la lecchi? Lo farò. Vuoi che ti scopi gentilmente? Lo farò. Vuoi che ti sculacci quel bel sederino a cuore? Lo farò. Farò qualsiasi cosa desideri.

Sospiro tremando. Se non sto attenta, finirò per venire proprio qui, sugli spalti.

Non ci vorrebbe molto.

Ci sono delle volte in cui l'intesa che c'è tra di noi sembra essere sul punto di esplodere e farci entrambi a pezzi.

Non la capisco affatto. Non capisco cos'abbia Ford che mi fa sentire così.

Va bene.

Non aggiungo altro, e invio il messaggio, rendendomi conto di aver appena deciso il mio destino per questa sera.

Eppure, non riesco a pentirmene.

Ciò non vuol dire, però, che non possa rendere le cose un po' più interessanti a modo mio.

Aspetto finché la partita non sta per iniziare e lui prende posto in pista. Quando i nostri sguardi si incrociano, mi alzo in piedi e abbasso la cerniera del giubbotto, rivelando la felpa.

Lui stringe gli occhi qualche secondo prima che lancino il dischetto.

Poi si allontana, affondando le lame dei pattini sul ghiaccio mentre insegue il disco.

Mi sistemo sul bordo del sedile e guardo Ford che si concentra sulla partita. Esce dalla pista per pochissimo tempo, e solo per i cambi di turno. Quando lo fa e si ferma a bere dell'acqua, ci guardiamo negli occhi, poi lui torna sul ghiaccio.

Verso la fine del terzo periodo, Juliette dice: "Wow, Ford è davvero in forma stasera." Guarda l'orologio. "Mancano solo due minuti. Pensi che segnerà per la terza volta?"

Credo di sì.

Ha tirato il dischetto in porta almeno una dozzina di volte, ma il portiere della squadra avversaria è un vero fenomeno, e ha i riflessi prontissimi. È come se avesse un sesto senso al riguardo, e capisse subito dove andrà a finire il disco. Se la squadra di stasera fosse stata quella che i Wildcats hanno affrontato la settimana scorsa, Ford avrebbe già segnato cinque o sei punti.

Forse anche di più.

Sono quasi stupita dalla sua determinazione, dalla sua risolutezza. Ha un obiettivo da portare a termine, e so benissimo di cosa si tratta. Sono accaldata e trepidante, nonostante le temperature basse del palaghiaccio. Ogni volta che si avvicina alla porta e tira, mi blocco immediatamente mentre il mio cuore batte all'impazzata, rischiando di uscire dal petto.

Non riesco a decidere se voglio che segni il terzo punto, facendo una tripletta, o no. Mi piacerebbe tanto rinfacciargli il fatto che non sia riuscito in una cosa a suo dire tanto semplice.

Eppure... il suo seme non mi è bastato per niente l'altra notte, e mentirei se negassi di volerne ancora.

Una curiosità: non aveva un sapore amaro come quello degli altri ragazzi a cui l'ho succhiato.

Chissà se è solito mangiare l'ananas.

O forse quello è il suo sapore naturale?

"Accidenti, ce l'ha fatta!" grida Juliette con le mani a coppa scattando in piedi. "Ford ha segnato una tripletta!"

Ritorno immediatamente al presente quando si china su di me e mi fa alzare finché non riesco a vedere il ghiaccio al di sopra della marea di fan urlanti. Osservo la pista fino a quando non riesco a individuare Ford, e mi accorgo subito che mi sta fissando.

Basta un solo sguardo affinché una scossa mi attraversi la colonna vertebrale. Mi si rizzano i peli delle braccia e i capelli sulla nuca. I suoi compagni di squadra gli danno delle pacche sulla schiena, congratulandosi. Invece di festeggiare con loro, però, continua a guardarmi negli occhi. La sua espressione intensa mi impedisce di muovermi, e noto che mi sorride compiaciuto da dietro la visiera.

La sua espressione gongolante è come un pugno allo stomaco.

Juliette mi guarda prima di scuotere la testa. "Una botta e via, un corno".

Sospiro, rilasciando il fiato che avevo trattenuto fino ad allora.

Sì... proprio quello che temo.

CAPITOLO VENTIQUATTRO

FORD

Superato l'angolo, verso l'ingresso dove tutti si sono riuniti, osservo la folla finché non intravedo la testa bionda di Carina. Solo allora riesco a rilassarmi e a respirare di nuovo. Devo ammettere che una parte di me si chiedeva se si sarebbe trattenuta al palaghiaccio o avrei dovuto inseguirla chissà dove.

Perché l'avrei fatto eccome.

È una bella sorpresa scoprire che è ancora qui.

Lo sapete, invece, cosa non lo è?

Vederla con la maglietta di Maverick McKinnon.

Stringo gli occhi quando mi accorgo che sta chiacchierando proprio con lui.

E gli sta persino sorridendo.

Una fiammata di gelosia si accende dentro di me, prima di accumularsi nella mia pancia. Non importa quanto cerchi disperatamente di soffocarla, perché con Carina è sempre stato così. Guardarla parlare e flirtare con gli altri ragazzi mi fa andare fuori di testa. Mi fa venire voglia di prendere a pugni qualcuno.

Persino i miei amici.

L'ho mai fatto?

No.

Ci sono mai andato vicino?

Sì.

Ora che ho potuto assaggiare parte di lei, che ho penetrato il suo corpo caldo, che l'ho sentita stringersi intorno a me mentre gemeva per il piacere, è tutto più difficile. Certo, ho accettato malvolentieri di mantenere un profilo basso con lei, ma voglio che questi deficienti sappiano che appartiene a me.

Per ora.

Il solo pensiero mi lascia un retrogusto amaro in bocca, ma lo ignoro.

Continuo a concentrarmi su di lei come un radar mentre mi faccio strada tra la folla. Le persone allungano le mani, mi danno delle pacche sulle spalle, mi fanno i complimenti per il modo in cui ho giocato. Ricordo ancora la prima volta che ho segnato una tripletta. Ero ancora un bambino.

Era stata la sensazione più bella del mondo.

E sapete una cosa?

Sono passati quattordici anni, eppure provo ancora quello stesso sentimento di euforia.

Oggi, però, quei tre punti erano ancora più importanti.

Quando sono a pochi metri da lei, Carina si volta, e i suoi occhi grigio-azzurri incrociano i miei. Ha un'espressione di sfida, e sospetto abbia a che fare con il nome stampato sul retro della sua felpa, piuttosto che con il fatto che adesso me lo dovrà succhiare.

Pensava davvero che vederla con indosso la felpa di Mav mi avrebbe distratto dalla partita?

Non sarebbe mai successo.

Non con quella posta in gioco.

Sapete quante volte ho immaginato le sue labbra carnose intorno al mio uccello?

Troppe.

Niente e nessuno avrebbe potuto distrarmi dal mio obiettivo. Compreso quel maledetto portiere che è riuscito a bloccare quasi tutti i miei tiri, a eccezione dei tre che sono andati a segno.

Guardo a malapena Mav prima di afferrare Carina per il braccio e guidarla lontano dagli altri in un corridoio deserto.

"Bella chiacchierata, Hamilton," dice Maverick mentre ci allontaniamo.

"Era proprio necessario trascinarmi via in quel modo?" mi chiede lei indignata. "Forse non te ne sei accorto, ma ero nel bel mezzo di una conversazione."

"Sì, era proprio necessario," ribatto. "E non mi importa della tua conversazione. Abbiamo diverse cose di cui parlare."

"Ah sì?"

Fa anche la finta tonta.

Ah!

Giriamo un altro angolo, poi mi fermo e la faccio voltare per guardarla negli occhi.

Solleva il mento, e il luccichio nei suoi occhi mi fa intendere che sta *benissimo* cosa sta per succedere, cosa dovrà fare.

La lascio andare quel tanto che basta per afferrare l'orlo della felpa e sollevarla per poi sfilargliela dalla testa. Lascia cadere a terra la borsetta e il giubbotto. Sotto indossa una canottiera rosa pallido che abbraccia ogni curva del suo corpo snello. Sono tentato di strappar via anche quella.

"Cosa pensi di fare?" mormora indignata.

Lascio cadere la felpa di Mav sul pavimento, sopra il suo giubbotto.

"Se proprio hai voglia di indossare la felpa di qualcuno, dovrai portare la mia. Puoi aggiungerla alle altre regole."

Solleva ancora di più il mento. "Ah sì?"

"Certo."

Faccio un passo in avanti premendola contro il muro di cemento, poi le mordicchio entrambe le labbra. Il suo burrocacao ha un leggero sapore di vaniglia, e non fa che eccitarmi ancora di più.

E dubito che si sia qualcosa in grado di diminuire il mio desiderio per lei.

Nemmeno vederla con la felpa di un altro.

Ansima.

Lo adoro.

Adoro suscitare queste reazioni in lei quando prova in tutti i modi a resistere.

"Credo che tu sia in debito con me, bellina. Devi succhiarmelo."

"Qui?" Mi guarda con un'aria seria, sgranando gli occhi. "Adesso?"

Non era questo il piano, ma...

Perché no?

Mi guardo intorno nel corridoio per assicurarmi che sia vuoto, e sento solo le risate e gli schiamazzi provenienti dall'ingresso.

"Sì." Inclino la testa. "Qual è il problema? Hai paura di farti beccare con il mio uccello in bocca?"

Ci sono ragazze che mi prenderebbero a schiaffi per aver detto una cosa così volgare, ma Carina non è una di loro. Le sue pupille si dilatano, coprendo le iridi grigio-azzurre.

Resta in silenzio, sembra dubbiosa. Abbasso la voce. "Ti sfido a succhiarmelo."

Chiude gli occhi e deglutisce. Guardare il suo collo delicato fa aumentare il mio desiderio. È come agitare un drappo rosso davanti a un toro. Quando riapre gli occhi, vedo un luccichio di lussuria nel suo sguardo, ed è una sensazione che mi toglie il fiato.

"Sai che non riesco a resistere alle sfide."

Mi sfugge una risata, e riecheggia nell'atmosfera carica di elettricità che si è creata tra di noi.

Lo so benissimo.

E l'ho usato diverse volte come un'arma, senza nemmeno perdere tempo a nascondere le mie vere intenzioni. Era un modo per convincerla a fare cose che normalmente non avrebbe fatto, per permetterle di soddisfare le sue voglie.

I suoi bisogni.

I suoi desideri più reconditi.

Conosco Carina, meglio di quanto lei conosca se stessa. Sono sempre stato lì a guardarla.

Ad aspettarla.

Posa i palmi delle mani sul mio petto, poi mi dà una leggera spinta.

Indietreggio, lasciandole lo spazio che le serve. Per quanto ne so, potrebbe benissimo allontanarsi e mostrarmi il dito medio.

Non sarebbe la prima volta. Tuttavia, non ha mai rifiutato una sfida, neanche quando si trattava di qualcosa di goliardico.

Si allontana dal muro, spostandosi di lato. Continuo a guardarla mentre percorre un semicerchio prima di fermarsi. Mi tocca di nuovo il petto, questa volta con le dita, per poi costringermi a fare un passo indietro finché la mia schiena non urta contro la parete dura. Solo allora colma la distanza tra di noi, e il suo corpo snello preme contro il mio.

Siamo come due pezzi di un puzzle.

Abbiamo i bordi un po' irregolari...

Ma in qualche modo ci incastriamo alla perfezione.

Carina si alza in punta di piedi. È alta, ma non abbastanza da arrivare alle mie labbra senza allungarsi.

Invece di avvicinarsi alla mia bocca, mi prende alla sprovvista mordicchiandomi la mascella coperta dalla barbetta incolta, fino ad arrivare al mio mento. Quando scivola lungo il collo, inclino la testa da un lato e lo scopro del tutto.

Un tempo, non molti anni fa, se avessi fatto una cosa del genere avrei rischiato la vita. Mi avrebbe strappato la giugulare a morsi, e sarei soffocato nel mio stesso sangue. Poi mi avrebbe guardato crollare a terra in una pozza di sangue prima di calpestare il mio cadavere.

Quando affonda una seconda volta i denti affilati nella mia carne, mi chiedo se succederà proprio questo.

Questo dolore è una bella sensazione, una scarica di adrenalina che arriva dritta al mio membro. Mi sfugge un gemito dal profondo del petto mentre le sue mani scivolano sotto la felpa e la maglietta fino a toccare la pelle nuda e i miei pettorali.

Che cosa fantastica.

Le sue dita sfiorano pigramente l'area intorno ai miei capezzoli, e gemo di nuovo per il piacere. Esita per un momento, poi apre il bottone dei miei jeans prima di abbassare la cerniera. Il suono del metallo riempie l'atmosfera carica di energia, di trepidazione. Sto per esplodere.

Senza dire una sola parola, si abbassa fino a mettersi in ginocchio. Guardo di nuovo entrambi i lati del corridoio per assicurarmi che siamo soli. Il vociare della gente è diminuito, ora che la gente ha iniziato ad andarsene. La squadra festeggerà la vittoria allo Slap Shotz, come al solito.

Ma a me non interessa.

Mi importa solo della ragazza inginocchiata davanti a me.

Al mondo ci siamo soltanto noi due.

Forse è sempre stato così.

Torno a guardarla mentre infila la mano sotto i miei boxer per poi abbassarli e liberare la mia erezione. La fissa per un paio di secondi, tirando fuori la lingua vellutata per inumidirsi le labbra rosa.

Ce l'ho già gonfio e duro come il marmo, e sentirla strofinare delicatamente la punta mi fa inspirare a fondo.

Dannazione.

Dannazione.

Dannazione.

Che cosa bella.

Anzi, fantastica.

Non l'ha ancora preso in bocca, e sono già sul punto di morire di impazienza e desiderio represso.

Il suo sguardo si posa sul mio membro eretto mentre lecca la cappella gonfia.

Non che non mi piaccia vederla fissare il mio uccello, ma...

"Alza lo sguardo, bellina," ringhio. "Voglio che mi guardi mentre me lo succhi fino in fondo."

Mi sento soddisfatto quando le sue iridi grigio-azzurre, quelle pozze profonde in cui mi piacerebbe annegare, incrociano le mie. Passo le dita tra i suoi folti capelli biondi, raccogliendoli lentamente finché non riesco a vedere il suo viso.

Per troppi anni ho sognato questo momento, e non posso non assaporarne ogni aspetto, ogni emozione. Solo il tempo dirà se finirò per ripensare in eterno a quello che sta succedendo, quando tutto questo sarà finito. Non voglio pensare a quanto ancora durerà il nostro accordo, e torno a concentrarmi sulla bella ragazza davanti a me.

Ho perso il conto delle volte che me l'hanno succhiato, e la maggior parte delle volte chiudevo gli occhi e fingevo che a farlo fosse Carina.

Credetemi, so benissimo quanto sia perversa la cosa.

Spero quasi che non sia brava a farlo. E se lo fosse... la mia piccola ossessione per lei crescerà in modo ancora più incontrollato.

E non ne ho bisogno.

Il mio respiro si fa affannato, e cerco di non cedere mentre la sua lingua scivola intorno alla punta prima di prenderlo tutto in bocca, fino ai testicoli, per poi staccarsi, ripetere il movimento e succhiare.

Vedere il mio uccello sparire tra le sue labbra carnose è davvero sexy.

È come fare un sogno erotico a occhi aperti.

Vedo un movimento con la coda dell'occhio e gira leggermente la testa. Wolf è in piedi all'entrata del corridoio. Stringo le dita tra i capelli di Carina mentre continua a leccarmi il membro. Io e il mio compagno di squadra ci guardiamo per un istante, poi lui sparisce in silenzio com'era arrivato.

Sono costretto a stringere i denti quando succhia in profondità prima la punta, poi il resto. Metà della mia erezione scompare nella sua bocca. Ogni volta che la sua lingua scivola verso la cappella e poi più giù, Carina si abbassa, prendendo il mio uccello ancora più in profondità finché la punta non le sfiora il fondo della gola. Fa scivolare le mani intorno alle mie cosce per attirarmi più vicino.

Se avevo segretamente sperato che Carina non fosse brava a succhiarlo, mi sbagliavo di grosso. Sa benissimo cosa sta facendo. Capisce quando fare più pressione e poi indietreggiare, facendomi eccitare ancora di più. Quando i miei testicoli si contraggono, so che sono sul punto di venire.

Dannazione. Voglio fermare il tempo e far durare questo momento per sempre. Il piacere che provo è davvero meraviglioso.

Continua a guardarmi negli occhi, e scivola così in basso che il suo naso sfiora il mio inguine. I suoi occhi grigio-azzurri si riempiono di lacrime, e sembrano ancora più lucidi e luminosi del solito. Quando una singola lacrima scintillante le riga la guancia, non riesco a fare a meno di allungare una mano e raccoglierla, per poi avvicinarla alle labbra e leccarla.

Non credo di aver mai visto nulla di così bello come Carina in ginocchio, che mi fissa come se fossi tutto il suo mondo, con il mio membro in bocca.

Quando diventa vorace, inarco i fianchi e stringo le dita tra i suoi capelli per tenerla stretta. Abbiamo entrambi gli occhi chiusi, e mi stacco, cedendo a un orgasmo ancora più intenso di quello dell'altra sera. Non mi sorprenderebbe se mi scoppiasse il membro.

Un lungo gemito gutturale mi sfugge mentre le vengo in bocca. Invece di spingermi via, continua a succhiare come se niente fosse, ingoiando il mio seme fino all'ultima goccia, come se fosse una bevanda preziosa. Solo quando il mio uccello torna flaccido, si stacca e bacia la punta. Lo sistemo velocemente nei jeans prima di farla alzare e attirarla a me.

Non appena le mie labbra premono contro le sue, gonfie e carnose, la mia lingua si insinua nella sua bocca per intrecciarsi con la sua. Il fatto che riesca a sentire il mio stesso sapore mi eccita più di ogni altra cosa, e mi sento stranamente appagato. Non riesco a immaginare qualcun altro in grado di soddisfarmi così.

Il solo pensiero mi sconvolge, e in quel momento mi rendo conto di quanto sono fregato.

CAPITOLO VENTICINQUE

CARINA

"Dove sei sparita dopo la partita?" mi domanda Juliette. Ryder le cinge le spalle con un braccio muscoloso, stringendola a sé. È come se volesse che il mondo intero sappia che adesso appartiene a lui.

Che cosa adorabile.

Sembrano appena usciti da un romanzo rosa.

Due nemici diventati amanti... proprio il tipo di storia che non riesci a smettere di leggere.

Mi accarezzo la pancia cercando di sembrare sofferente. "Il popcorn mi ha fatto un po' male."

"Oh." Mi guarda comprensiva. "Stai meglio adesso?"

"Sì."

Il mio sguardo vaga fino a posarsi involontariamente su Ford, che è seduto accanto a dei tavoli che sono stati uniti appositamente per la squadra di hockey. I giocatori ridono e scherzano tra loro, e i loro schiamazzi si sentono addirittura al di sopra della musica che pompa dalle casse.

Riggs è seduto accanto alla sua migliore amica Stella e, come Ryder, le cinge le spalle con un braccio in modo disinvolto. Entrambi ridono per qualcosa che Hayes sta dicendo. Anche Colby, Maverick, Wolf e Madden sono seduti a quel tavolo. In giro per il locale ci sono parecchie groupie in cerca di atleti in braccio ai quali sedersi. Darcy Erickson, invece, sta cercando di attirare l'attenzione di Ford.

E lui non l'ha ancora degnata di uno sguardo.

Anzi, non l'ha fatto con nessuna delle ragazze. È come se non ci fossero nemmeno.

Mi fissa da quando siamo arrivati un'ora fa. Non importa dove mi trovi, sento il calore del suo sguardo come se fosse una vera e propria carezza. Nella mia vita non sono mai stata in sintonia con una persona come mi succede con Ford Hamilton.

Mi sento come se sotto la mia pelle ci fosse qualcosa di bollente ed esigente che implora di uscire. Riesco ancora a sentire il suo sapore. Succhiarglielo nel corridoio, dove chiunque avrebbe potuto girare l'angolo e vederci, è stato davvero sexy. Mi basta ripensare a quando l'ho fissato mentre lo prendevo in bocca per bagnarmi.

Odio la gelosia che mi prende quando incrocio il suo sguardo e vedo che è circondato da ragazze che lo toccano.

Che gli parlano.

Che cercano di convincerlo ad andare a letto con loro.

Sono tentata di avvicinarmi e far capire a tutte loro che lui è mio, ma resto immobile. Mi rifiuto di seguire il mio istinto.

Non dovrebbe importarmi il fatto che tutte le ragazze della Western ci provino con lui.

Non siamo fidanzati.

Stiamo solo andando a letto insieme.

E quando ci stancheremo, la chiuderemo una volta per tutte.

Abbiamo deciso così.

Delle urla mi riportano bruscamente alla realtà, e mi accorgo che Sully, il proprietario del bar, è salito sul palco e sta indicando i tavoli dei giocatori di hockey. "I nostri ragazzi hanno vinto di nuovo, e sapete tutti cosa vuol dire!"

"Karaoke!" urlano tutti all'unisono.

"Bravissimi!"

In men che non si dica, diverse persone si avvicinano al palco. Era tutta la sera che aspettavano di poter cantare a squarciagola. Le prime a esibirsi sono tre ragazze che sculettano e twerkano in modo esagerato, poi tocca a due giovanissimi giocatori di hockey che però non fanno balletti inutili. Con mia grande sorpresa, hanno entrambi una bella voce.

Sono colpita.

Subito dopo, Ryder trascina la mia migliore amica sul palco e duettano sulle note di 'Grenade', di Bruno Mars.

Sono davvero sdolcinati, e lo adoro.

Juliette si merita tutta la felicità del mondo.

C'è una minuscola parte di me che desidera una persona che mi ami altrettanto intensamente?

Sì. Divoro i romanzi rosa da quando avevo tredici anni, e non mi hanno insegnato solo il sesso, ma anche l'amore: ho sempre considerato quelle storie gli esempi perfetti di come dovrebbe essere una relazione.

Quando mi sono invaghita di Ford durante l'ultimo anno del liceo, pensavo di aver trovato l'amore… finché non mi ha spezzato il cuore e ho capito che quelle erano soltanto storielle fatte per intrattenere.

Ho capito che non avrei dovuto usarle come metro di paragone per valutare degli uomini reali che inevitabilmente non avrebbero retto il confronto con i protagonisti perfetti di quei romanzi.

Torno con riluttanza a guardare Ford, e mi accorgo che mi sta fissando con desiderio. Il calore del suo sguardo riesce a farmi bagnare malgrado la distanza che ci separa nel locale affollato, e devo sforzarmi di reprimere questa attrazione latente che cerca di avere la meglio su di me.

Ho paura di quello che potrebbe succedere se non lo facessi.

È come un fuoco violento che finirebbe per bruciarmi viva.

E mi sono già scottata.

Dovrei essere più giudiziosa.

Non appena la canzone finisce, Ryder prende Juliette tra le braccia e la bacia davanti a tutti. La gente impazzisce, fischia e applaude i due piccioncini. Persino Maverick, il fratello di lei, non è da meno, e sorride con riluttanza prima di scuotere la testa.

Il mio cellulare vibra, e lo tiro fuori dalla tasca.

Ti sfido a salire sul palco e cantare.

Osservo Ford, che solleva un sopracciglio in silenzio.

Due sfide in una sola sera?

Quello che hai fatto prima non era una sfida, ma parte del nostro accordo. È diverso.

Mentre penso a cosa rispondergli, arriva un altro messaggio.

Non mi costringere a rendere la sfida ancora più difficile.

Sorrido leggermente mentre rifletto su cosa fare.

Perché trovo le sfide così irresistibili?

Forse è colpa di chi le lancia.

Invece di rispondere, rimetto il cellulare in tasca e mi dirigo verso il palco, facendomi strada tra la miriade di persone. Darcy Erickson si muove nella mia stessa direzione, ma la supero e arrivo al palco prima di lei. Mi guarda male mentre mi avvicino al computer. Sono a metà lista quando finalmente trovo la canzone perfetta.

Sorrido leggermente mentre avvicino il microfono a un paio di centimetri dalle mie labbra. Non sono mai stata timida. Ballo da più di dieci anni, e sono abituata a essere al centro dell'attenzione grazie agli assoli.

Tuttavia, raramente mi esibisco nei bar per un pubblico di studenti ubriachi.

Chiudo gli occhi soltanto per un istante e respiro a fondo, cercando di concentrarmi mentre le prime note risuonano nel locale. Questa canzone è diversa dalle precedenti. Ha una linea di basso particolare e una melodia quasi sinistra.

Lenta.

Erotica.

Poi si sentono le percussioni, quindi mi inumidisco le labbra secche e inizio a cantare 'Criminal', di Fiona Apple.

È un brano intenso e appassionato.

Nel bar cala il silenzio mentre gli occhi di tutti restano puntati su di me. Adoro il modo in cui sono riuscita a catturare l'attenzione cantando. Mi succede sempre quando ballo. Passo in rassegna l'oceano di volti nel locale buio finché trovo Ford.

Non è più stravaccato sulla sedia con un'espressione compiaciuta, ma è seduto sul bordo. Malgrado la distanza che ci separa, sento che i suoi muscoli sono incredibilmente tesi, come se stesse per scattare in piedi da un momento all'altro.

Mi sento elettrizzata mentre continuo a cantare fissandolo. Non sono affatto una professionista, ma sono più che capace di evitare le stecche.

Il resto del locale sparisce, eccetto lui.

Ci siamo soltanto noi due.

'Criminal' è una canzone sensuale, e credo che sia adatta alla nostra situazione, forse perché mi piace giocare con lui.

O forse perché, in fondo, so che quello che stiamo facendo è sbagliato.

Ma allora perché mi fa stare così dannatamente bene?

Stringo la presa attorno al microfono mentre lo avvicino alle mie labbra e lo faccio dondolare. Il silenzio del pubblico è davvero inquietante. Non si sente nemmeno il tintinnio dei bicchieri sopra la mia voce e gli strumenti.

Le ultime note risuonano nel locale, e per un momento cala il silenzio prima che scoppi un applauso fragoroso. Alcuni ragazzi scattano in piedi fischiando e gridando il mio nome.

Il mio sguardo si posa involontariamente su Ford.

Sta stringendo gli occhi.

Non riesco a capire se sia per la canzone se ho scelto o per un'altra ragione.

"Ehi, Carina! Perché non fai la monella con me?" urla un ragazzo dall'altra parte del bar.

Non perdo nemmeno tempo a rispondergli, e scivolo via tra la folla dirigendomi verso l'uscita. Per qualche motivo, mi sento particolarmente vulnerabile. Forse mi sono esposta un po' troppo. Sono abituata a esibirmi, mostrando ogni singola emozione, ma questa volta è stata diversa.

Devo allontanarmi prima di dire o fare qualcosa di cui potrei pentirmi. Se sono intelligente, penserò bene a cosa sta succedendo con Ford prima che la situazione si complichi e mi si ritorca contro.

Sempre se non l'ha già fatto…

Una mano mi afferra mentre attraverso il corridoio buio. Il mio cuore inizia a battere all'impazzata, e spero che Ford non sia riuscito a raggiungermi.

"Carina?"

Mi giro, è Fallyn. Pensavo fosse qualcun altro. Mi sento allo stesso tempo sollevata e delusa.

"Ehi," dice facendo un cenno verso il palco. "Sei stata fantastica. Non sapevo avessi una voce così bella."

Mi costringo a sorridere. "Grazie."

"Te ne vai già? È ancora presto."

"Sì." Osservo la folla chiassosa in cerca di una persona in particolare. "Me ne sto andando."

"Peccato, io sono appena arrivata. Dovremmo fare un'altra uscita tra ragazze. Mi sono divertita un mondo!"

Ripenso a quella sera.

E a Ford.

"Sono d'accordo."

Quando sentiamo uno scoppio di risa proveniente dal tavolo intorno al quale si sono accalcati i giocatori di hockey, ci giriamo entrambe a guardare. Madden e Riggs stanno ridacchiando per qualcosa. Un paio di ragazze stanno addosso a Colby, contendendosi la sua attenzione. Gli basta mostrare le fossette e le ragazze del campus si sciolgono all'istante, che lo vogliano o meno. È come se avesse un superpotere.

Proprio mentre sto per distogliere lo sguardo, mi ritrovo a osservare Wolf. A differenza della maggior parte dei suoi compagni, ha dei tatuaggi. È un tipo taciturno e sembra pericoloso, un po' cupo. Non ride facilmente come gli altri. Nel corso degli anni ho notato che tende a stare in disparte, limitandosi a guardare tutto e tutti.

E in questo momento, sta guardando intensamente noi.

Più precisamente, Fallyn.

Lancio un'occhiata alla ragazza al mio fianco, e mi accorgo che ricambia lo sguardo con altrettanta intensità. Non pensavo si conoscessero. Beh, a dire il vero io e Fallyn ci conosciamo da poco, e non sappiamo molto l'una dell'altra. Ci sono molte persone tra loro, e la musica vibra sulle pareti, ma la tensione tra di loro continua ad aumentare, finché non diventa quasi soffocante.

"Conosci Wolf?"

Lo fissa ancora, ma scuote la testa. "No."

Sono confusa dalla sua risposta, e sollevo le sopracciglia. "Davvero?"

Lo guardo di nuovo. La sta ancora fissando, e ha un'espressione strana stampata sul viso, come stesse per scattare in piedi da un momento all'altro e precipitarsi qui. Mi chiedo cosa farà una volta che ci avrà raggiunte.

Ma non succede niente.

Larsa Middleton, in piedi dietro di lui, gli copre gli occhi con le mani premendo i seni contro la sua testa. Basta quello a spezzare l'incantesimo.

Fallyn si gira, dando le spalle al tavolo degli atleti.

"Sento che c'è una chimica pazzesca tra voi due," dico allegramente, sperando che si apra con me e mi racconti cosa sta succedendo. "Davvero non lo conosci?" le domando, scettica.

Malgrado l'oscurità che avvolge il locale, riesco a vedere che sta arrossendo. "No."

Sorrido leggermente. "Vuoi conoscerlo?"

Scuote la testa.

Mmh. Interessante.

Molte delle ragazze del campus hanno una cotta per lui, e ucciderebbero per portarselo a letto. È il ragazzaccio malinconico della squadra.

Con la coda dell'occhio vedo che Ford si sta facendo strada tra la folla. Sarà meglio che mi sbrighi ad andarmene.

Indico l'uscita, interrompendo la nostra conversazione. "È stato bello rivederti, ma devo scappare."

Sembra delusa. "Oh, va bene. Ci sentiamo."

"Okay." Corro via verso l'uscita del bar, mescolandomi agli

studenti ubriachi. Non appena l'aria fresca della notte sferza le mie guance, mi sento sollevata, e mi avvio subito verso il parcheggio, dove ho lasciato la mia BMV.

Io e Ford siamo arrivati insieme, ma adesso dovrà trovare un modo per tornare a casa.

CAPITOLO VENTISEI

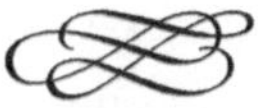

FORD

"Amico, quella tripletta è stata spettacolare! Con tutti i tiri che hai fatto in porta, avresti potuto farne ancora di più."

Guardo di sfuggita il ragazzo che si è appena piazzato davanti a me, impedendomi di raggiungere Carina.

"E quando quel tizio ti ha sbattuto contro le assi..." Scuote la testa.

"Già," borbotto. "Era piuttosto forte."

Torno a guardare la bionda mentre esce dalla porta sul retro.

Dannazione.

"E poi non riuscivo a credere ai miei occhi quando hai tirato il dischetto e ha colpito la sbarra. Avrebbero dovuto considerarlo un punto."

Ha ragione.

Alzo le spalle. "Beh, non possiamo farci niente."

Sto per perdere la pazienza. Ogni secondo che passa è sempre più improbabile che riuscirò a raggiungere Carina, e sono tentato di spingerlo via per correre verso l'uscita.

Lui scuote la testa e sembra prepararsi a intavolare una conversazione approfondita.

Prima ancora che possa iniziare a parlare di un'altra partita, gli do una pacca forte sulla spalla. "È stato bello parlare con te..." Non finisco la frase, non ricordo il suo nome.

"Steve," risponde subito lui. "Abbiamo frequentato il corso di marketing insieme l'anno scorso."

Schiocco le dita, anche se in realtà non lo riconosco affatto. "Esatto. Con Masterson."

Lui corruga la fronte. "No, con Giddings."

"Scusami," cerco di tagliare corto sforzandomi di sorridere. "Ho avuto una giornata pesante, e stavo per andarmene."

"Non c'è problema."

"Buonanotte."

Lo supero di corsa, e tiro un sospiro di sollievo quando non mi segue. Altri ragazzi mi danno pacche sulle spalle e mi chiamano, ma li ignoro e guardo dritto davanti a me.

C'è solo una persona con cui ho voglia di parlare.

Anzi, a cui desidero mettere le mani addosso.

Carina.

Soprattutto dopo che ha cantato quella canzone così sensuale.

Ci sono voluti meno di trenta secondi per farmelo venire duro al suono della sua voce roca. Purtroppo, però, mi è bastato lanciare un'occhiata al pubblico sorpreso per capire che non ero l'unico spettatore rapito dalla sua esibizione.

Quando finalmente riesco a raggiungere il posto in cui aveva parcheggiato la sua BMW, non la trovo.

Mi passo una mano tra i capelli e mi scervello sul da farsi, dopodiché mi giro e torno dentro. Dopo venti minuti, riesco finalmente a convincere Wolf a darmi le chiavi della sua Mustang GTO. La tratta come se fosse sua figlia, il che è ridicolo.

Amo la mia Corvette, ma è soltanto una macchina. Un mezzo bello e scintillante per andare da un punto A a un punto B, niente di più.

"Fammi indovinare... Carina se n'è andata senza di te?" mi domanda sorridendo.

Starà sicuramente pensando a quello che ha visto in corridoio dopo la partita.

Lo guardo torvo per poi voltarmi senza rispondere, e lui ride.

Che deficiente.

Quando mi infilo dietro il volante e accendo il motore, parto immediatamente, allontanandomi dal locale. Raggiungo il condominio in meno di dieci minuti. Parcheggio e vedo la sua elegante Beamer argentata qualche fila più in là. Qualcosa mi dice che è andata direttamente a casa.

Mentre attraverso l'ingresso, un gruppo di ragazze ubriache in attesa dell'ascensore attira la mia attenzione. Si girano e mi fissano. I loro occhi si illuminano quando mi vedono.

Dannazione.

Non voglio rimanere bloccato con loro in uno spazio chiuso.

Due ragazze chiamano il mio nome mentre mi precipito verso le scale per salire al terzo piano. Una volta raggiunto il pianerottolo, apro la porta e mi dirigo verso il suo appartamento.

Pensava davvero di potermi evitare dopo quello spettacolino?

Povera illusa.

Setaccerei la città pur di trovarla.

Busso e aspetto per un paio di secondi. Non risponde nessuno, e busso un po' più forte. Sto per tirare fuori il telefono dalla tasca e chiamarla, quando lei apre la porta e resta in piedi sulla soglia. Indossa soltanto una canotta striminzita e le mutandine.

Sollevo un sopracciglio guardandola avidamente. "Apri sempre la porta vestita così?"

"Sì."

Sorrido. "Per me va benissimo."

In soli due passi colmo la distanza tra di noi, e premo le labbra contro le sue. Carina apre subito la bocca, lasciando che le nostre lingue si intreccino. Il suo sapore dolcissimo inebria i miei sensi, calmando la bestia furiosa che si risveglia in me quando penso a lei.

Basta questo a impedirmi di esplodere.

Avvolge le braccia intorno al mio collo, e le mie mani scivolano sul suo sedere rotondo, affondando nella carne soda. Quando la sollevo dal pavimento, le sue gambe lunghe si incrociano dietro la mia vita.

La mia bocca divora la sua mentre attraverso la zona giorno e poi il breve corridoio, fino alla sua camera da letto. Chiudo la porta con un calcio prima di posarla sul materasso e posizionarmi sopra di lei. I nostri denti si sfregano mentre le nostre lingue continuano a intrecciarsi. Le sue gambe si stringono intorno al mio corpo, come se temesse che possa staccarmi, ma non credo succederà presto.

Non riesco a immaginare di averne abbastanza di lei, e la cosa mi spaventa.

Guardarla mentre si esibiva, conscio del fatto che tutti i ragazzi stavano pensando le stesse cose sconce che mi frullavano in testa, mi ha fatto venire voglia di salire su quel palco e trascinarla via.

Carina ha una certa presenza. L'ha sempre avuta. Mi piaceva guardarla, anche ai tempi del liceo, sul palco o nello studio che mio padre aveva costruito per lei. Scivolavo dentro la saletta e mi sedevo con la schiena appoggiata alla parete a specchio, osservandola in silenzio per ore. C'era qualcosa di rassicurante nei suoi movimenti aggraziati, e riusciva sempre a placare l'angoscia adolescenziale che imperversava dentro di me.

Era come rilassarsi dopo aver fatto un tiro di droga.

Della *mia* droga.

Quando poi avevo cercato di mantenere le distanze da lei, la cosa si era rivelata impossibile. Carina era sempre lì, in un angolo remoto della mia mente, e faceva di tutto per avere il primo posto nei miei pensieri.

La mia bocca segue la curva della sua mascella prima di scivolare lungo la gola, e la mia lingua bagna la sua pelle delicata tra un morsetto e l'altro.

Mi pervade subito l'istinto selvaggio di marchiarla, e dopo un po' non riesco a pensare ad altro. Se avevo pensato che andare a letto con lei una sola volta sarebbe bastato a calmare il desiderio che brucia dentro di me, mi sbagliavo di grosso. Non credo nemmeno che sia possibile saziarlo del tutto.

Non ho alcuna voglia di rimuginare su questo pensiero disturbante, e le strappo la canotta di dosso per poi gettarla alle mie spalle. I suoi seni sono piccoli, sodi e bellissimi, con dei capezzoli minuscoli che si inturgidiscono immediatamente al contatto con l'aria fresca della stanza. Ne lecco subito uno prima di succhiarlo, mentre lei infila le dita tra i miei capelli, stringendo le ciocche.

"Ford," mugola. "Che bello."

Ha ragione.

Quando siamo a letto insieme, l'atmosfera si carica di elettricità.

E mi crea dipendenza.

Sono assuefatto da questa ragazza.

Lascio andare il suo capezzolo facendo rumore prima di dedicarmi all'altro. Quando si contorce sotto di me, continuo a scendere lungo il suo corpo, leccando e baciandole la pelle fino all'elastico delle mutandine. I miei denti sfiorano il tessuto setoso, sollevandolo un po' per poi lasciarlo andare con uno schiocco.

Alzo lo sguardo verso il suo viso mentre le mie dita scivolano sotto la fascia sottile.

L'atmosfera è tesissima.

"Se non lo fai tu, lo farò io," geme.

Non c'è nulla di divertente, ma il suo commento mi fa sorridere.

Le mutandine fanno la stessa fine della canotta: le strappo via finché non è completamente, gloriosamente nuda. Anche se non è la prima volta che la vedo in questo stato, mi manca il fiato mentre osservo avidamente ogni centimetro del suo corpo.

È davvero tonico e muscoloso. Carina è un'atleta, proprio come me. La dedizione che ha per la sua disciplina è tremendamente sexy.

Mentre il mio sguardo scende verso il suo sesso, le mie mani si posano sulla parte interna delle sue cosce, allargandole per guardarle meglio. Voglio assaggiarla, e allargo le piccole labbra prima di abbassare il viso tra le sue cosce.

La prima leccata è come raggiungere il nirvana.

Come ho fatto a stare così tanto tempo senza sentire il suo sapore?

Crea davvero dipendenza.

Non riesco a pensare ad altro.

Inarca la schiena mentre la mia lingua effettua dei movimenti circolari intorno al suo clitoride, poi giù e di nuovo su per diverse volte finché non si contorce sotto di me, lasciandosi sfuggire dei gemiti gutturali che riempiono il silenzio della stanza.

Vorrei continuare a leccargliela per tutta la notte, ma so benissimo che non riuscirà a durare così tanto. I suoi muscoli si stanno già contraendo, le sue unghie mi graffiano la testa. E il mio uccello scoppierà da un momento all'altro.

Non dovrei essere così eccitato.

Soprattutto dopo che me l'ha succhiato.

Dovrei essere sazio.

Dovrei riuscire a controllarmi.

Eppure, sto per impazzire.

Anni e anni di desiderio represso si stanno facendo sentire, e non riesco più a frenarli. È troppo tardi ormai.

Viene in modo violento quando le succhio il clitoride in bocca, e il modo in cui urla il mio nome è musica per le mie orecchie.

Non cerca nemmeno di fare meno rumore.

E dire che sono riuscito a provocarle questa reazione soltanto con la lingua.

Continuo a leccargliela finché i suoi muscoli non si rilassano e lei crolla sul materasso ansimando, come se avesse appena corso una maratona. Le bacio il sesso fradicio, per poi alzarmi e spogliarmi.

Quando mi strofino l'erezione, il suo sguardo segue ogni mio movimento.

"Sei pronta a venire di nuovo, bellina?"

In tutta risposta, lei spalanca le gambe, invitandomi silenziosamente a penetrarla. È morbida, gonfia e bagnata.

Adoro il fatto che l'abbia ridotta così.

Mi è bastato leccargliela per farla arrivare all'orgasmo in pochi minuti, proprio com'è successo a me quando le sono venuto in bocca. Tanto è il desiderio che provo per lei che mi basta pensare ai suoi muscoli contratti intorno al mio membro per eccitarmi.

Non riesco ad aspettare un altro secondo, e mi posiziono sopra di lei.

Solo allora mi viene in mente che forse dovrei mettere il preservativo. Dopo l'ultima volta che siamo andati a letto insieme, ne ho infilati un bel po' nel portafoglio. Tuttavia, mentre fisso quei suoi meravigliosi occhi grigio-azzurri, mi accorgo che non mi va. Non ho voglia di penetrarla con uno strato di lattice che ci separa.

Voglio sentire la sua carne intorno alla mia erezione.

Proprio come prima.

La tengo ferma e mi costringo a chiederle: "Ti va bene se non metto il preservativo?"

"Sì, sto prendendo la pillola."

Grazie al cielo. Ovviamente, se volesse che lo indossassi, lo farei. Preferirei farmela con il lattice a separarci piuttosto che non farmela affatto. Tuttavia, essere dentro di lei senza niente è troppo bello, e rende tutto ancora più intimo. Non me l'aspettavo.

Lo farei soltanto con lei.

Non ci sono preliminari, proprio come l'ultima volta, e penetro il suo sesso stretto con una sola spinta. Mi lascio sfuggire un gemito tormentato mentre chiudo gli occhi, abbandonandomi alla sensazione meravigliosa che mi pervade, e al desiderio di prendermi il mio tempo e far durare questo momento per sempre.

Se avevo pensato che la nostra prima volta fosse stata una strana anomalia, ora mi rendo subito conto che non è affatto così. Questa ragazza è particolare, e non c'è altra spiegazione. Il modo in cui il suo sesso si stringe intorno a me, mi fa sentire come se stessi per venire da un momento all'altro.

E non riesco a...

Dannazione.

Arrivo all'orgasmo prima ancora che me ne renda conto.

Vengo copiosamente dentro di lei, e mi costringo ad aprire gli occhi e fissarla. Anche lei arriva all'apice, stringendosi intorno a me, e il modo in cui geme pronunciando il mio nome rende tutto ancora più intenso. Mi prosciuga fino alla fine. Quando alla fine i miei muscoli si rilassano, mi sollevo sui gomiti e la fisso, stordito dalla forza sempre maggiore del legame che si è formato tra di noi.

Questo momento di felice introspezione, però, è rovinato da un unico pensiero: come potrò averne abbastanza da farlo durare per tutta la vita?

Il silenzio imbarazzante che cala subito dopo è davvero assordante.

CAPITOLO VENTISETTE

CARINA

Ford giocherella distrattamente con le mie dita mentre andiamo a casa di Crawford per la solita cena del mercoledì. Lo fa da quando siamo usciti dal parcheggio del condominio.

E lo lascio fare perché mi piace da morire.

Non appena questo pensiero malizioso si insinua nella mia mente, trasalisco.

Non voglio abituarmi al modo in cui mi tocca.

O finire per aspettarmi che lo faccia.

Non ho alcuna intenzione di restare delusa quando lui metterà fine a tutto e andrà avanti con la sua vita.

È da giovedì sera che sgattaiola a casa nostra dopo che Juliette si è coricata e resta a dormire da me.

Facciamo sesso, e la prima volta è sempre veloce e selvaggia.

A quanto pare, il casanova del campus non riesce a controllarsi. L'unico motivo per cui non lo sfotto senza pietà è il fatto che, a prescindere da quanto sia precoce il suo orgasmo, il mio lo segue subito dopo, come a farlo apposta.

È demoralizzante.

Subito dopo, sospira e preme la fronte contro la mia, per poi scusarsi borbottando, dicendo che non capisce questa sua incapacità di durare di più, che non gli succede mai.

Ah! Convinto tu, signor Eiaculazione Precoce.

Non gli piace quando annuisco comprensiva e gli do una pacca sulla spalla, e il modo in cui arrossisce, mettendo il broncio e stringendo gli occhi, mi fa morire dal ridere.

Abbiamo passato la maggior parte del viaggio in silenzio. Ogni tanto gira la testa quel tanto che basta per guardarmi con la coda dell'occhio. Riesco quasi a sentirlo pensare. Sento che vuole farmi tante domande, ma tengo la bocca chiusa perché non so cosa rispondergli.

Sono confusa quanto lui su quello che siamo veramente.

La tensione tra noi aumenta fino a diventare soffocante, e mi sento sollevata quando finalmente entriamo nel quartiere residenziale pieno di ville enormi. Ogni proprietà è perfettamente curata, piena di alberi che punteggiano i prati.

La prima volta che la macchina di mia madre aveva superato gli imponenti cancelli del quartiere e avevo intravisto la nostra nuova casa, temevo che a Crawford non sarebbe importato della zavorra di mia madre. Di me.

Ma non è stato affatto così.

Non è più Pamela la persona che chiamo quando ho bisogno di un consiglio o quando mi succede qualcosa di bello, ma Crawford.

È diventato la figura genitoriale stabilizzante che ho cercato per tutta l'infanzia.

Ford mi stringe la mano, riportandomi al presente. "Stai bene? Sei stata terribilmente silenziosa per tutto il tragitto."

Mi sforzo di sorridere. Non mi va di parlargli delle mie preoccupazioni. "Sì, sto bene."

Mi lancia uno sguardo interrogativo, poi entra nel vialetto. Mentre ci avviciniamo alla villa di due piani, noto un'elegante Audi nera che non riconosco.

"Secondo te di chi è?"

Alza le spalle. "Non saprei."

"Che strano," mormoro. "Di solito ci siamo solo noi tre a cena."

"Forse mio padre ha una nuova fidanzata."

Lo guardo inorridita. "Cosa? Sta frequentando qualcuno? Sai qualcosa che io non so?"

Ford sorride. "Non ne so nulla. Tranquilla. Sarai sempre tu la sua preferita."

Alzo gli occhi al cielo lanciandogli uno sguardo torvo, e lui ride.

Quando mia madre e Crawford ci hanno annunciato la loro intenzione di divorziare, temevo che lui avrebbe subito trovato un'altra donna, a cui non sarebbe piaciuto avere la giovane figliastra, della sua ex fiamma, in giro per casa. L'unica volta che ci aveva presentato una possibile fidanzata, lei non aveva perso tempo a chiedergli perché facessi ancora parte della sua vita. Lui le aveva risposto chiaramente che ero sua figlia, prima di scaricarla senza tante cerimonie.

Non credo di essermi mai sentita così sollevata.

Usciamo dalla macchina sportiva e Ford mi raggiunge. Quando allunga la mano, la fisso per alcuni secondi mentre il mio cuore batte all'impazzata.

Sorride leggermente. "Che c'è? Non avrai mica paura che mio padre ci stia spiando dalla finestra?"

Beh, più o meno.

Il mio patrigno non ha mai detto niente di particolare, ma ho il presentimento che non apprezzerebbe questa evoluzione del nostro rapporto.

Per quanto voglia rifiutare l'offerta, allungo la mano finché le sue dita non si intrecciano con le mie, stringendole forte come se non volesse mai lasciarmi andare.

Una minuscola parte di me non vuole che lo faccia.

"Ecco. È stato così difficile?"

"Non ne hai idea."

Ridacchia e mi trascina gentilmente su per l'ampia scalinata di pietra che conduce al portone di mogano alto due metri e mezzo. Non appena lo apre, mi libero dalla sua presa. Sorride mentre mi guardo intorno nell'ingresso in cerca di Crawford. Di solito resta nel suo ufficio ed esce a salutarci non appena arriviamo, ma non è lì.

Che strano.

Non appena mi giro, la risata del mio patrigno riecheggia dal salone accanto alla cucina.

Lancio un'occhiata veloce a Ford, che allunga una mano per farmi passare avanti.

Forse ha ragione. Forse suo padre ha davvero una fidanzata. Del resto, al telefono mi aveva detto che voleva parlarci una cosa. In quel momento pensavo si riferisse alle elezioni imminenti.

Mi raddrizzo mentre attraversiamo il corridoio fino al salone a due piani con un enorme camino in pietra, un elegante divano color crema e delle poltrone blu di velluto.

Non appena Crawford ci vede, si alza in piedi. Sorride, e sembra sul punto di scoppiare per la felicità.

"Stavamo parlando proprio di voi due," esclama con voce gioviale.

Mi costringo a sorridere mentre il mio sguardo si sposta sulla donna seduta su una delle poltrone. Da questa angolazione, riesco a vedere soltanto i suoi lunghi capelli biondi che le ricadono sulla schiena a boccoli.

A quanto pare Ford aveva ragione.

Suo padre ha una nuova fidanzata.

Osservo attentamente la tuta rosa firmata che le abbraccia le curve e la borsa Birkin celeste sul tavolino.

A quanto pare, Crawford ha un tipo di donna ideale.

Quando finalmente la donna si gira verso di noi, i suoi occhi grigio-azzurri incontrano i miei e mi fermo immediatamente.

Pamela.

Che diavolo ci fa qui?

Inarco le sopracciglia. Sono sconvolta. Avrei preferito una qualsiasi donna a caso al posto suo.

"Mamma?!"

Lei inclina la testa ridendo. "Chi altro dovrebbe essere?"

Basta questo a farmi venire mal di pancia, e lancio un'occhiata a Crawford cercando di capire perché sia riapparsa nella sua vita così all'improvviso.

Spero che non sia niente di importante.

Cerco di non preoccuparmi, ma non ci riesco, anzi, sono ancora più tesa.

Guardo di nuovo Crawford, che a sua volta non ha occhi che per Pamela. Sembra pazzo di lei. Gli è sempre piaciuto raccontare di quando era entrato nel ristorante e si era innamorato a prima vista di lei. Gli credo, perché si erano sposati soltanto due mesi dopo. Era stato un corteggiamento veloce.

All'epoca mi sembrava tutto molto romantico.

Mi sembrava di leggere la fiaba di Cenerentola, che veniva salvata dal suo principe azzurro.

Crawford esaudiva ogni suo desiderio.

Le comprava di tutto.

Compresa la borsa Birkin sul tavolino.

E le altre tre che possiede.

Sono come delle figlie per lei. Le chiama addirittura con dei nomignoli, e credo proprio che lo faccia seriamente. Nel caso in cui dovesse scegliere se salvare me o le sue borse costose da un edificio in fiamme, sarei finita.

"Non vuoi abbracciarmi? Oppure hai intenzione di restare lì con la bocca spalancata?" Fa schioccare la lingua. "Non è molto educato da parte tua, Carina."

Chiudo immediatamente la bocca e stringo i denti prima di costringermi a fare un passo avanti. Lei si alza con grazia dalla poltrona, per poi stringermi a sé. Ricambio l'abbraccio, desiderando disperatamente di non sentirmi così imbarazzata. Mi sembra di stare tra le braccia di un'estranea.

È dimagrita rispetto all'ultima volta che l'ho vista.

Oppure si è fatta fare un ritocchino.

O entrambe le cose.

Sicuramente Crawford lo sa, dal momento che paga tutto lui. Al pensiero, mi sento allo stesso tempo a disagio e in colpa. All'epoca, molti dicevano che era soltanto un'approfittatrice, e che l'aveva sposato solo per soldi.

Lei aveva scoperto quelle dicerie, e invece di provare imbarazzo, quando la gente parlava ad alta voce per farsi sentire, sorrideva raggiante prima di scolarsi un flute di champagne.

Per quel motivo avevo insistito per trovarmi un lavoro part-time presso lo studio di danza durante il mio terzo anno del liceo. Quando poi avevo iniziato l'università, avevo trovato subito un altro studio vicino al campus. Certo, guadagno a malapena abbastanza da poter comprare da mangiare, ma è meglio di niente.

Nessuno può dire che sto approfittando dei soldi di Crawford.

In fondo, non voglio che lui stesso mi consideri una scroccona. Non voglio che pensi che vado a trovarlo per spillargli denaro. Più di una volta gli ho detto che sarei più che felice di chiedere un prestito per pagarmi gli studi, ma lui insiste per farmi continuare a usare il fondo universitario che ha aperto dopo aver sposato mia madre.

Mi sento incredibilmente sollevata quando mi libero dalla stretta di Pamela, e indietreggio immediatamente. Mi resta addosso una nuvola di profumo Dior.

Il suo sguardo si sposta sul suo ex figliastro, e sorride ancora di più. "Ford, sei più bello che mai."

Lui le dà un velocissimo bacio sulla guancia prima di tornare accanto a me. Non so se capisca che ho bisogno del suo supporto emotivo adesso più che mai.

"È bello vederti, Pamela." Resta in silenzio per un secondo, poi aggiunge: "Non sapevo fossi in città."

Lei guarda Crawford, raggiante, e si scambiano uno sguardo appassionato che mi fa innervosire.

"Volevamo annunciarlo al momento del dessert... ma perché dovremmo aspettare?" esclama lui, elettrizzato. Si alza e raggiunge il tappeto spesso di lana su cui si trova mia madre, per poi cingerle la vita con un braccio e baciarla dolcemente sulla testa. "Io e Pamela stiamo uscendo insieme da un mesetto, e abbiamo deciso di dare un'altra chance alla nostra relazione."

Guardo subito mia madre in preda allo shock, e lei continua ad avere un'espressione maliziosa che so essere programmata.

Resto in silenzio, confusa, e lei mi chiede: "Non sei contenta per noi, Carina?"

CAPITOLO VENTOTTO

FORD

Stringo con forza il volante mentre torniamo di corsa verso il campus.

Dopo che mio padre ha sganciato la bomba, la cena è stata davvero imbarazzante.

Per un'ora Carina è rimasta chiusa in se stessa, giocherellando con il cibo e partecipando appena alla conversazione, per poi allontanarsi dicendo che doveva allenarsi per il saggio.

Quando papà le ha chiesto se volesse il dessert (tiramisù, il suo dolce preferito), lei ha rifiutato scuotendo la testa ed è scappata via frettolosamente.

Non mi aveva nemmeno degnato di uno sguardo, il che mi aveva fatto preoccupare ancora di più.

Dopo il dolce, mi sono alzato per andare in bagno, ma non sono più tornato a tavola.

Non se ne sarebbero nemmeno accorti comunque.

Non gli importava.

Anzi, forse sarebbe più corretto dire che mio padre non se ne sarebbe accorto. Durante la cena, non ha smesso quasi mai di guardare la sua ex moglie. È come se lei fosse il sole, e lui le girasse intorno.

È sempre stato così, fin dal primo giorno.

Pamela, invece, è più difficile da decifrare. Non è un libro aperto come mio padre, nemmeno per quanto riguarda la sua stessa figlia. È un vero peccato, perché se c'è una persona che merita sia il suo tempo che la sua attenzione, è Carina. E mi sembra di capire che a Pamela non importi molto degli altri.

Invece di andare in bagno, mi sono diretto subito verso lo studio, ma la porta era chiusa a chiave.

Riuscite a crederci?

In tutti questi anni, Carina non mi ha mai chiuso fuori.

Non pensavo nemmeno che si potesse chiudere dall'interno.

Ci sono rimasto malissimo.

Quindi ho fatto l'unica cosa che potevo fare e mi sono seduto a terra fuori dallo studio, lasciandole il suo spazio. Ho fatto scivolare un bigliettino sotto la porta per farle sapere che ero lì per lei, nel caso avesse voglia di parlare. Un'ora dopo siamo tornati insieme di sopra, e ho detto ai nostri genitori che dovevamo andarcene.

Carina mi ha lanciato un'occhiata riconoscente.

Dal momento che non ha spiccicato parola, esordisco: "Mi pare di capire che sei rimasta sorpresa dalla notizia…"

"Sì," replica con voce piatta. Monotona. "E tu?"

"Sapevo che erano andati a pranzo insieme un paio di settimane fa, e basta." L'ultima cosa che voglio è che pensi che le stia nascondendo qualcosa. Le chiedo senza nemmeno pensarci: "Quindi non vuoi davvero che tornino insieme?"

Per qualche motivo, mi sento ferito. È una cosa stupida, lo so. Sarebbe tutto molto più facile per noi se i nostri genitori non stessero insieme. Non appena lo penso, mi rendo conto di quello che voglio davvero: stare con Carina.

Anche se fingiamo che la nostra relazione sia soltanto una cosa occasionale, non siamo mai stati amici di letto.

O, come dice lei, nemici di letto.

Almeno per quanto mi riguarda.

"No."

Cercando di sdrammatizzare, dico ridendo: "Dovresti smettere di fare tutti questi giri di parole e dirmi cosa pensi una volta per tutte."

Lei respira a fondo, poi risponde: "Non voglio che Pamela e Crawford tornino insieme. Tutto qui."

Wow.

Piego le dita cercando di non stringere più il volante. "Perché? Che ti importa?"

Lei curva le spalle girandosi, e non riesco a guardarla in viso. "Non lo voglio e basta."

Mi viene in mente un'idea, e senza nemmeno pensarci la incalzo: "Pensi che Pamela sia fuori dalla portata di mio padre o qualcosa del genere?" Quale altra ragione potrebbe avere per non volerli insieme? Perché è così irremovibile?

"Dici sul serio?" Si volta e mi fissa con gli occhi spalancati. "Certo che no! Crawford è fuori dalla portata di quasi tutte le donne."

Oooh. Finalmente si sta aprendo un po'.

"Quindi anche per tua madre?"

Si appoggia stancamente sul sedile di pelle, nascondendo di nuovo il viso. "Non mi va di parlarne. Sono stanchissima, e voglio soltanto andare a casa."

Sospiro in preda alla frustrazione. Non so come convincere Carina ad aprirsi con me e dirmi cosa pensa davvero.

Non capisce che voglio soltanto starle vicino?

L'ho sempre voluto, fin dal primo giorno.

E anche dopo che l'avevo allontanata.

Ho sempre tenuto a lei.

Cerco di convincerla a parlare durante il resto del viaggio, ma lei mi risponde a monosillabi.

Non mi guarda nemmeno.

Non appena parcheggio la macchina, lei apre la portiera e scende. Impreco sottovoce, non mi aspetta nemmeno. Quando mi allontano dalla macchina, lei ha già aperto il portone ed è entrata nel condominio.

Accelero il passo per raggiungerla, anche se è abbastanza ovvio che sta scappando da me. Quando arrivo nell'ingresso, non c'è alcuna traccia di lei. Invece di aspettare l'ascensore, mi precipito verso le scale e le salgo due alla volta. Una volta arrivato al terzo piano, spalanco la porta di metallo e irrompo nel corridoio. Mi fermo e osservo il pianerottolo dove si trovano i nostri appartamenti.

Non c'è nessuno.

È mai possibile che mi sia sfuggita?

Proprio mentre faccio un passo in avanti, pronto a bussare con forza alla porta se sarà necessario, l'ascensore arriva al terzo piano e le porte si aprono. Nel momento in cui Carina entra in corridoio, il suo sguardo si posa sul mio.

Sgrana gli occhi, restando immobile. Sbatte le palpebre un po' di volte, come se non riuscisse a credere che le sia apparso davanti come un fantasma.

"Ford," dice senza fiato, come se fosse stata lei a correre su per tre rampe di scale.

"Proprio io," replico con calma.

Si mordicchia il labbro inferiore. "Scusami. Voglio stare da sola."

Sono dannatamente tentato di avvicinarmi e stringerla tra le mie braccia, ma non mi muovo. È una delle cose più difficili che abbia mai dovuto fare. "Dimmi soltanto cosa succede. Non capisco perché sei così sconvolta."

Lei distoglie lo sguardo, impallidendo. Colmo subito la distanza tra di noi, e abbasso la voce. "È perché stiamo andando a letto insieme e se dovessero risposarsi, torneremo a essere fratellastri?"

La sua espressione cambia leggermente. "Esatto."

Prima che possa carpire altri dettagli, gira intorno a me.

Invece di seguirla, mi passo una mano tra i capelli e la guardo mentre apre la porta, mi fissa un'ultima volta ed entra in casa.

CAPITOLO VENTINOVE

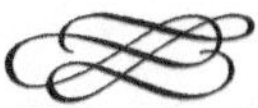

CARINA

Chiudo la porta alle mie spalle e mi ci appoggio, poi chiudo gli occhi e respiro a fondo per calmarmi. Ho cercato di tenere sotto controllo tutto quello che sentivo dentro durante il viaggio di ritorno, ma la presenza di Ford me l'ha impedito. È difficile pensare lucidamente quando è nei paraggi. Il calore del suo sguardo mi marchiava a fuoco ogni volta che si posava su di me. Più domande mi faceva, più mi chiudevo in me stessa.

Forse non avrei dovuto lasciare che l'apparizione improvvisa di mia madre mi confondesse. Certo, è evidente che, mentre Pamela l'aveva lasciato senza farsi problemi, lui non l'ha mai dimenticata. Dopotutto, parla sempre di lei non appena può.

È come sentire delle unghie grattare su una lavagna.

Come fa a non capire che lo sta usando?

Per lei non è altro che una fonte sicura di denaro.

Vorrei tanto che stesse alla larga da lui.

Perché deve rovinare tutto?

E va bene... forse non proprio tutto, dal momento che se non avesse attirato l'attenzione di Crawford, lui non sarebbe mai entrato nella mia vita.

Quando le cose si sono fatte difficili, invece di provare a risolvere i loro problemi, se n'è andata.

Vorrei poter credere che quella donna sia cambiata, ma è improbabile. Immagino che resterà con Crawford per un po', salvo poi stufarsi e andarsene di nuovo quando lui non la riempirà di attenzioni.

È davvero egoista.

Il fatto che questi pensieri siano rivolti verso mia madre mi fa sentire un po' in colpa, ma purtroppo è la verità. Col tempo mi sono resa conto che quello che provo per Pamela è complicato. Lo è sempre stato. Una parte di me le vuole un bene dell'anima: è mia madre, dopotutto. Ma l'altra la vede per quello che è realmente: una narcisista egocentrica. Mi ha avuta a diciassette anni e riusciva a malapena a sbarcare il lunario finché Crawford non è entrato nelle nostre vite e ci ha salvate.

Invece di essergli riconoscente, però, lei lo tratta come un cucciolo da cui non riesce a separarsi. Tutto, nella vita di Pamela, gira intorno a lei. Negli anni, grazie alla psicoterapia, ho imparato ad accettarla per quello che è, e a non aspettarmi più che si comporti come la madre che ho sempre sognato di avere.

Detto ciò, non voglio che faccia soffrire ancora Crawford, o finirà per allontanare anche me, pur di non avere più niente nella sua vita che gli ricordi lei.

Il solo pensiero mi fa gelare il sangue nelle vene.

"Carina? Stai bene?"

Apro immediatamente gli occhi e mi sforzo di sorridere, come ho fatto nelle ultime due ore. "Sì, sto bene. Sono solo stanca. È stata una giornata lunga." Mi sono anche trascinata giù nello studio, cercando di calmare le mie emozioni in subbuglio. Solo la danza riesce a liberarmi la mente.

Beh… Forse non è del tutto vero. Anche Ford lo fa.

Ma non questa volta.

Juliette indica il portatile e i libri sparsi sul tavolino della sala da pranzo. "Ho un esame domani. Credo proprio che la chimica inorganica mi distruggerà."

Mi stacco dalla porta ed entro in cucina per prendere una bottiglia d'acqua. "Nah. Prenderai il massimo come al solito. Sei un genio," la incoraggio.

"Vedremo," mormora, per poi strofinarsi gli occhi.

"Ma fammi il piacere. Sarai la migliore del corso. Lo sei sempre."

Lei ride, e cambia discorso. "Ah, com'è andata la cena?"

Se c'è una cosa che odio, è mentire a Juliette. Negli anni, è diventata una delle mie amiche più intime. Certo, non siamo cresciute insieme e ci siamo conosciute soltanto all'università, ma è come una sorella per me. Siamo pappa e ciccia. Di solito, parliamo di tutto e di tutti... persino del vibratore che ho trovato rovistando nel suo cassetto dell'intimo.

Devo ammettere di essere rimasta piacevolmente sorpresa quando l'ho trovato, non pensavo ne avesse uno. E poi è davvero carino. Se ripenso alla sua espressione imbarazzata quando gliene avevo parlato, mi viene quasi da sorridere.

Tuttavia, non ho molta voglia di discutere di Pamela. È una situazione davvero imbarazzante. I genitori di Juliette sono come un'istituzione, e insieme a lei e Mav formano la famiglia perfetta. Faccio fatica a non essere invidiosa di loro, soprattutto quando vedo quanto sia legata a sua madre e quanto Natalie tenga sinceramente alla figlia. Una parte di me desidera quel tipo di rapporto, benché sappia benissimo che Pamela non sarebbe capace di volermi bene in quel modo.

"Bene." Ho deciso: le dirò parte della verità per non sentirmi in colpa più di tanto. "Mia madre è venuta a trovarci."

Solleva le sopracciglia. "Cooooosa?"

Sembra davvero sorpresa.

"Già," replico in tono piatto. Non riesco a fingere di essere felice per quanto riguarda quella donna.

Quando non aggiungo altro, mi incalza: "Come mai?"

Faccio spallucce, cercando di rilassarmi. "Forse lei e Crawford si rimetteranno insieme."

Cala il silenzio per un paio di secondi, e mi osserva con più attenzione. "Ed è una buona notizia?"

Assolutamente no. È la notizia peggiore che mi potessero dare.

"Non saprei," mormoro cercando di sembrare tranquilla. "Staremo a vedere."

O meglio, staremo a vedere quanto durerà.

"Allora… Cosa vuol dire per te e Ford?"

La sua domanda mi fa stare male. "Niente. Stiamo solo andando a letto insieme. Non è niente di che." Costringermi a dire tutto ciò mi lascia un retrogusto amaro in bocca, perché non potrebbe essere più falso.

"Sicura?"

"Sicurissima."

Quando mi rifiuto di aggiungere altro, lei lancia un'occhiata al computer, per poi strofinarsi gli occhi. "Dovrei tornare a studiare. Un altro paio d'ore, poi andrò a dormire."

"Non ti stressare troppo. Andrà benissimo."

Sorride leggermente. "Grazie per l'incoraggiamento."

Le mando un bacio prima di andare in camera mia a cambiarmi. Noto qualcosa sul letto proprio mentre sto per togliere la camicia. Mi avvicino, cercando di vedere meglio.

È un libro tascabile.

Dev'essere quello che ho prestato a Juliette la settimana scorsa. Ultimamente li sta divorando. Mi ci è voluto un paio d'anni, ma finalmente sono riuscita a farla passare al lato oscuro.

Prendo il libro in mano e l'osservo con più attenzione. Inarco le sopracciglia sfiorando la copertina lucida. Che strano, non lo riconosco. Lo giro per leggere la quarta di copertina.

Un momento… Credo che faccia parte della mia lista desideri.

Una nuova uscita.

Awww, com'è dolce Juliette! È davvero una buona amica.

Torno nel soggiorno un po' più allegra di prima, tenendo in mano il tascabile. Sorrido davvero per la prima volta dopo ore.

"Ehi, grazie per il libro! Non vedevo l'ora di averlo tra le mani."

Lei alza lo sguardo dallo schermo del portatile. "Oh, non te l'ho preso io. L'ha portato Ford oggi pomeriggio. Pensavo l'avessi visto prima della cena."

La fisso, e mi fa male il cuore. Il dolore parte dal centro del petto, e si irradia lentamente in tutto il corpo. Sono tentata di alzare la mano e massaggiarlo.

L'ha fatto davvero?

Lo faceva sempre quando andavamo al liceo. Ogni tanto, trovavo un tascabile sul mio letto. Erano state quelle piccole attenzioni a farmi perdere la testa per lui.

"Non sembra qualcosa che un ragazzo farebbe se stesse semplicemente andando a letto con una ragazza," dice dolcemente, attirando di nuovo la mia attenzione su di lei.

Rifletto sulle sue parole stringendo il libro al petto. Non so cosa dire, quindi mi schiarisco la gola ed evito le domande che riesco a leggere nel suo sguardo. "Ehm, vado a dormire."

"Va bene. Buona notta."

"'Notte."

Una volta tornata in camera, mi cambio per poi infilarmi sotto le coperte e fissare di nuovo il libro. Lo sfoglio fino alla prima pagina con riluttanza, e mi basta questo per farmi risucchiare nella storia. È una nuovissima uscita della mia autrice preferita. Non vedevo l'ora di comprarla, ma non ci ero ancora riuscita per mancanza di tempo. Certo, avrei potuto scaricare l'e-book, ma adoro sentire la carta tra le mie dita.

Dopo un paio d'ore, sento le palpebre pesanti e poso con cautela il libro sul comodino prima di spegnere la lampada e girarmi dall'altra parte. Se sarò fortunata, mi addormenterò immediatamente.

Ma non succede.

Dopo mezz'ora, mi rigiro, poggio la testa sul cuscino un paio di volte e cerco di mettermi comoda. Poi mi stendo sulla schiena e sospiro esasperata mentre fisso distrattamente il soffitto. Ho troppi pensieri per la testa, e non riesco a spegnere il cervello. La causa principale di questa notte insonne è mia madre. Forse dovrei incontrarla e parlarle con sincerità.

Non c'è niente di male, vero?

Ora che ho pensato a una possibile soluzione del mio problema con Pamela, chiudo gli occhi e cerco ancora una volta di addormentarmi.

Ma non succede niente.

Sono sveglissima.

Non ci vuole un genio per capire che l'altro dilemma che mi sta perseguitando è Ford. La nostra relazione è iniziata basandosi sul puro e semplice sesso. Sul fatto che saremmo andati a letto insieme un paio di volte per poi tornare a odiarci.

Tuttavia, non credo che sarà ancora possibile.

Per quanto detesti ammetterlo, i miei sentimenti per lui sono cambiati.

Si sono evoluti.

O forse sono rimasti immutati, nascosti sotto la superficie in attesa dell'occasione perfetta per tornare a galla. Ho cercato in tutti i modi di evitarlo, ma è difficile.

Dannatamente difficile.

Il mio sguardo si posa sulla pila di libri accanto al letto.

Soprattutto quando fa un gesto così dolce.

Quel ragazzo mi conosce benissimo.

E probabilmente è questa la cosa che mi fa più paura.

Mi sento quasi sollevata quando arriva un messaggio sul mio cellulare, distraendomi da questi pensieri disturbanti. Mi giro e lo prendo dal comodino, poi lancio un'occhiata all'orario.

Sono quasi sorpresa di vedere che è passata la mezzanotte.

Sei sveglia?

Mi viene subito mal di pancia mentre fisso quelle due parole.

Esito per qualche secondo. Sono dannatamente tentata di rispondere, ma se lo facessi, finirei per essere ancora più invischiata nella ragnatela di Ford di quanto lo sia già.

Più tempo passiamo insieme, più sento che mi sto innamorando di lui.

Ed è un problema che non so come risolvere.

Se fossi furba, rimetterei a posto il cellulare e ignorerei il messaggio.

E invece rispondo velocemente.

Sì.

Vengo da te.

Cosa?

Assolutamente no!

Non farà che peggiorare la situazione. Ho soltanto bisogno di stare lontana da lui, di restare da sola per un po' per schiarirmi le idee, e non posso farlo quando c'è lui nei paraggi.

Proprio quando sto per scrivergli di non farlo, sento un delicato colpo alla porta.

Mi alzo di scatto dal letto con gli occhi sgranati e mi precipito all'ingresso. Per fortuna è vuoto. Juliette dev'essere andata in camera, però c'è la possibilità che sia ancora in piedi a studiare. Non voglio che sappia che Ford sta venendo qui a quest'ora.

Apro la porta. Indossa soltanto dei pantaloni sportivi grigi che gli lasciano un po' scoperti i fianchi stretti. Il mio sguardo si posa involontariamente sul suo petto massiccio e sugli addominali scolpiti, per poi scivolare sul rigonfiamento all'altezza dell'inguine. È evidente che sotto non indossa niente.

Basta questo a farmi seccare la gola.

Il suo uccello è davvero grosso, e lo adoro.

Adoro il modo in cui mi penetra in profondità.

E la sensazione di pienezza che mi assale subito dopo.

"Continua a guardarmi così e ti prenderò proprio qui, nell'ingresso. Non riusciremmo nemmeno ad arrivare alla camera da letto," ringhia, facendomi eccitare.

Il mio sguardo sconvolto si posa su di lui. Il calore che emana dalla sua espressione per poco non mi fa prendere fuoco. Quando resto in silenzio, non sapendo cosa dire, lui supera l'uscio per poi chiudere la porta a chiave alle sue spalle. Abbassa le spalle con un unico, agile movimento, poi fa scivolare le braccia intorno alle mie cosce e mi solleva dal pavimento finché non mi ritrovo a testa in giù.

"Ford," trasalisco. "Cosa stai facendo?"

Mi sculaccia, e sibilo per la sorpresa.

"Faresti meglio ad abbassare la voce, o la tua coinquilina si sveglierà." Mi stringe una natica. "Ti ho mai detto quanto amo il tuo sedere?"

"No." Credo proprio che ricorderei un commento del genere.

Le sue dita affondano nella mia carne, e non riesco a fare a meno di contorcermi sotto il suo tocco mentre il desiderio aumenta dentro di me ad ogni secondo che passa. È bastato un solo colpo per farmi eccitare e ansimare.

"Ad alcuni ragazzi piacciono le tette," dice come se niente fosse mentre attraversiamo il breve corridoio ed entriamo nella mia stanza. "Ma io preferisco i sederini rotondi." Mi stringe di nuovo una natica, prima di far scivolare le dita sotto il tessuto sottile delle mie mutandine, sfiorando la fessura. "Ti hanno mai scopato qui?"

"No," rispondo. Mi manca il respiro.

"Forse uno di questi giorni ti sfiderò a prenderlo da dietro. Sappiamo entrambi che non riuscirai a resistere, che accetterai immediatamente. A volte credo che le mie sfide ti permettano di fare le cose che desideri in segreto."

Oddio...

Ha ragione.

È proprio così.

Soprattutto per le sfide che riguardano lui.

Una volta che entriamo in camera, chiude la porta prima di farmi cadere sul letto. Rimbalzo sul materasso e lo fisso dal basso, chiedendomi cosa succederà adesso. In realtà, ho qualche idea, e mi sento subito eccitatissima.

Lui se ne accorge, e sorride. "Sei davvero esigente, lo sai?"

Prima ancora che riesca a negarlo, si abbassa i pantaloni sportivi, mostrando il membro gonfio ed eretto, e mi sfugge un mugolio mentre lo osservo avidamente.

È bello come il resto del suo corpo.

"Proprio come pensavo," ringhia soddisfatto.

Indosso ancora le mutandine, ma allargo comunque le gambe. Solo adesso mi accorgo del mio bisogno impellente di essere sua. Non voglio pensare al fatto che la presenza di mia madre potrebbe rovinarmi la vita. Voglio solo che Ford mi prenda finché non sarò troppo sfinita per soffermarmi sulle conseguenze delle azioni di quella donna.

Stringe le dita intorno alla mia caviglia e mi trascina più vicino prima di strapparmi le mutandine. Nel momento in cui la sua bocca si posa sul mio sesso, i miei muscoli si sciolgono del tutto.

C'è qualcosa di meglio al mondo di quello che sta facendo?

Mi mordicchia le piccole labbra, strofinando la lingua contro di esse, su e giù, con la punta, effettuando dei movimenti circolari. Poi spinge in profondità dentro di me, e i miei muscoli si stringono intorno a lui. Voglio ancora di più. In qualche modo, sa benissimo come farmi arrivare all'apice, e vengo dopo qualche minuto. Sono costretta a coprirmi la bocca con la mano per soffocare le urla.

"Tranquilla, bellina, grida quanto vuoi. Lasciati andare. So che ne hai bisogno."

Il suo mormorio non fa che rendere ancora più intenso il mio orgasmo.

È solo quando i miei muscoli si afflosciano del tutto sul materasso e torno alla realtà che lui mi fa girare e mi trascina all'indietro finché non mi ritrovo dall'altra parte del letto con il sedere in aria.

Le sue mani grandi scivolano sulle mie natiche, poi mi sculaccia. Sento una leggera punta di dolore, poi un piacere sorprendentemente intenso. Chiudo gli occhi, abbandonandomi a queste fantastiche sensazioni che pervadono ogni centimetro del mio corpo. Non era mai successo che qualcuno mi schiaffeggiasse il sedere. È quasi uno shock scoprire quanto sia eccitante.

Mi palpa le natiche prima di infilare di nuovo le dita dentro di me.

"Sei dannatamente bagnata," geme. "E io che pensavo di avertela leccata per bene."

Sono venuta da pochissimo, ma le sue parole sconce fanno aumentare il mio desiderio.

Ho il viso premuto contro il materasso, e non riesco a vedere cosa sta facendo.

Posso solo sentirlo.

Mi divarica le natiche mordicchiandomi delicatamente prima di infilare la lingua in profondità nel mio sesso fradicio. Non riesco a fare a meno di inarcare i fianchi al suo tocco, cercando di avvicinarmi il più possibile.

La sua bocca calda si allontana all'improvviso, e mi sculaccia di nuovo. "Sono io a decidere quanto verrai soddisfatta."

Sono costretta a mordermi il labbro inferiore per soffocare il piacere che si diffonde in ogni cellula del mio corpo.

Mi colpisce di nuovo, e il rumore rieccheggia nella stanza silenziosa.

"Farai la brava?"

Quando resto in silenzio, sculaccia l'altra natica. "Voglio una risposta." Il suo dito scivola tra le piccole labbra gonfie, poi sul clitoride, che massaggia con movimenti circolari che mi fanno gemere per il piacere.

"Sì!" esclamo. Non riesco a resistere.

Mi bacia il sesso. "Brava ragazza. So di cosa hai bisogno, Carina. Lascia che te lo dia."

Le sue parole sussurrate mi tolgono il fiato.

Chiudo gli occhi. In un certo senso, odio essere eccitata al punto di piegarmi alla sua volontà.

Il solo pensiero mi spaventa.

Le sue mani grandi mi accarezzano dolcemente il fianco, i fianchi e la schiena. È una sensazione davvero rilassante. Rassicurante. Continua a mordicchiarmi fino a quando il mio sesso non è bagnato e non mi contorco contro di lui. Solo allora infila un dito dentro di me.

Una, due, tre volte.

Poi lo tira fuori dal mio corpo sensibile.

Aspetto che si alzi in piedi e mi penetri come fa sempre. Che mi prenda con forza e velocemente, finché non saremo entrambi esausti.

E invece lui posa una mano a metà della mia schiena, spingendomi ancora di più contro il materasso finché non sono costretta a piegarli. Mi manca il fiato mentre allarga le mie natiche e usa lo stesso dito che aveva infilato nel mio sesso per massaggiare il mio ano con movimenti circolari.

Non sembra intenzionato a metterlo dentro, e i miei muscoli tesi finalmente si rilassano mentre sprofondo sul materasso. Dopo un po', chiudo gli occhi. C'è qualcosa di stranamente rilassante nel suo tocco.

"Ti piace?"

"Sì." Non mi viene in mente neanche per un secondo di mentire.

Ogni tanto avvicina il dito all'orifizio, togliendomi il fiato. Ogni volta, mi preparo per un tocco più approfondito.

Voglio che lo faccia?

Non ne sono sicura.

Quello che sta facendo ha un non so che di proibito, ma non posso dire che non mi piaccia. O che non voglia di più.

"Sei così bella. Tutto di te lo è." C'è una pausa, e la sua voce profonda si fa sempre più tesa. "Voglio essere l'unico a toccarti. Capisci cosa sto dicendo?"

Certo che lo capisco, e mentirei se non ammettessi che lo voglio anch'io.

Voglio appartenere a Ford.

E voglio che lui appartenga a me.

Il suo dito mi sfiora di nuovo. "Carina?!"

"Sì."

"Lo vuoi anche tu?"

"Sì."

"Brava ragazza."

Il suo dito si avvicina pericolosamente al mio ano, e il mio corpo si irrigidisce mentre mi solletica lì prima di infilarlo dentro. Mi brucia un po' mentre i miei muscoli si tendono per l'intrusione.

"Hai un sedere dannatamente sodo, piccola. Non riesco a immaginare come sarebbe seppellirmi in profondità dentro di te. Come sarebbe prenderti e possederti in questo modo."

Mi sento sollevata quando si ritrae.

Ma non per molto.

Un secondo dopo, infila di nuovo il dito dentro, ma questa volta scivola ancora più in fondo. Chiudo gli occhi e aspetto in silenzio che lo tolga, ma non succede. Si ferma del tutto mentre il sangue pulsa impazzito nelle mie vene finché non sento un ruggito sordo. I miei muscoli si rilassano dopo alcuni secondi, e mi abbandono a questa nuova forma di intimità, invece di cercare di ritrarmi.

Mi sfugge un sospiro di piacere.

"Così, piccola," mormora. "Rilassati e lasciati andare."

Quando finalmente riprendo a respirare, lui si spinge ancora più in profondità fino a infilarlo completamente dentro di me e posa il palmo della mano lungo la curva del mio sedere. C'è qualcosa di dannatamente possessivo nella sua presa.

Non è normale che lo trovi rassicurante, ma è così.

Forse è perché ha preteso che mi abbandonassi a lui.

Che mi fidassi abbastanza da lasciarlo fare.

Ed è proprio quello che ho fatto.

Mentre questi pensieri si susseguono ossessivamente nel mio cervello, mi rendo conto che per quanto sia andata a letto con tanti ragazzi, non mi sono mai permessa di entrare in completa intimità con loro. Non mi sono mai affidata del tutto a loro. Non ho mai permesso che mi considerassero vulnerabile.

Ed una cosa che va oltre il lato fisico.

Riguarda anche l'aspetto emotivo.

Riesco quasi a sentire un filo di seta che si aggroviglia attorno a me, legandomi a lui in modi che non avrei mai immaginato fossero possibili.

Se riuscissi a pensare lucidamente, mi allontanerei immediatamente. Tuttavia, ha il dito seppellito in profondità dentro il mio corpo, e non ci riuscirei. Sono nuda. Scoperta. Alla sua mercé. E non posso farci nulla.

Anzi, non voglio fare nulla.

Mi sculaccia con l'altra mano, ma questo colpo veloce non è forte, né doloroso come i precedenti. Serve solo a riportare la mia attenzione su di lui.

Al presente.

"Smettila di pensare. Riesco a sentire i tuoi neuroni lavorare. Non devi pensare a niente quando gioco con il tuo corpo, quando ti do piacere. Perché quello che facciamo è questo, no?"

"Sì," sussurro.

"Brava ragazza."

Mi massaggia in quel punto delicato prima di ritrarre il dito lentamente. Proprio quando penso che lo estrarrà del tutto, lo spinge di nuovo dentro e poi fuori, seguendo un ritmo costante, finché non mi abbandono di nuovo a questa sensazione appagante.

"Adoro il modo in cui reagisci, Carina. Adoro vederti in questa posizione. Con il sedere in aria, mentre ti offri a me. E il fatto che tu non abbia permesso a nessun altro di toccarti così vuol dire tutto per me. Non tradirò la tua fiducia. Lo capisci?"

"Sì."

Continua a giocare con il mio sedere per alcuni, lunghissimi minuti. Non mi fa più male. I miei muscoli hanno finito per rilassarsi, e mi sorprendo quando il piacere inizia a pervadermi come un'onda. È diverso da come lo fa con il mio sesso. È come una droga.

E ne voglio ancora.

Quando mi contorco contro il suo tocco, lui geme: "Se continuassi così, scommetto che verresti immediatamente per te. Soprattutto se ti strofinassi il clitoride. È questo che vuoi, bellina? Vuoi venire?"

L'idea di avere un orgasmo in questa posizione mi eccita più di quanto immaginassi.

Le sue dita si stringono sul mio sedere, affondando talmente tanto da lasciare il segno. Mi sculaccia, e sento il desiderio crescere dentro di me.

Quando infila le dita dell'altra mano nel mio sesso prima di farle scivolare verso sul clitoride per strofinarlo tracciando dolcemente dei cerchi che mi lasciano senza fiato, ogni mio muscolo si irrigidisce, trepidante. Il dito infilato nel mio sedere continua a muoversi in modo lento e costante. Non riesco a fare a meno di premere contro di esso, cercando un contatto maggiore. Sto per venire.

È esattamente ciò di cui ho bisogno.

"Ecco, bellina." La pressione che esercita sul mio clitoride si fa sempre più insistente. "Ancora un po'."

La sua voce roca e le sue dita che giocano con il mio corpo mi portano al limite. Il mio sesso si contrae, ma Ford continua imperterrito. Inarco la schiena mentre un'onda anomala di sensazioni diverse si abbatte su di me, e per poco non mi trascina sul fondo dell'oceano. Questo orgasmo è completamente diverso da tutti gli altri.

Non riguarda solo il mio sesso, ma anche il mio sedere.

È tutto dieci volte più intenso. Vedo le stelle mentre gemo per il piacere, e quando lo spasmo finale attraversa il mio corpo, crollo sul materasso. Sento gli arti pesantissimi, ma il mio cervello si libra leggero nella stratosfera.

Che sensazione straordinaria.

Ford scivola fuori dal mio corpo esausto con cautela, poi sento una porta che sembra lontana, aprirsi e chiudersi immediatamente. Chiudo gli occhi, godendomi il momento. Quando la porta si riapre, alcuni minuti dopo Ford si avvicina lentamente al letto. Preme un asciugamano caldo contro la mia pelle, pulendo i miei fluidi.

Solo dopo mi prende tra le braccia, stringendomi a sé. Al mondo non c'è niente di più rassicurante della sua presenza. È sempre stato così, fin dall'inizio, e non credo che cambierà mai, a prescindere da quello che succederà tra noi.

Preme le labbra contro la mia schiena, per poi fare lo stesso sulle mie scapole nude e infine sul viso.

"Era quello di cui avevi bisogno, piccola?"

"Sì." Non riesco a capire come facesse a saperlo. Non ha senso.

"Bene. Sono felice di averti soddisfatta."

Sento un fruscio di vestiti appena prima che mi prenda in braccio. Allontana le coperte, poi mi posa di nuovo sul materasso accanto a lui e mi stringe a sé.

Giro la testa finché non incrocio il suo sguardo. Lo fisso, malgrado il buio che ci circonda. "E tu?"

"Io cosa?" rigira la domanda.

"Pensavo fossi venuto per scopare."

"Sono venuto perché non riesco a dormire senza tenerti tra le braccia. Non aveva niente a che fare con il sesso. Sapevo che la cena ti aveva turbata, e che eri scappata via per quello." Mi bacia sulle labbra. "Non te lo permetterò più. Questa cosa riguarda qualcosa di più dell'andare a letto insieme."

Un misto di paura e incertezza si impadronisce di me per un secondo. "Ah sì?"

"Sì, e lo sai benissimo," dice in un tono brusco.

Quando apro la bocca per fargli altre domande, lui mi zittisce premendo le labbra contro le mie. "Ne riparleremo domani mattina, va bene? Adesso dormi. Hai bisogno di riposarti."

Le sue parole vorticano ossessivamente nella mia testa. Invece di cercare di capire cosa vogliano dire, scelgo l'approccio più facile. "Grazie per il libro. Non dovevi."

"Sapevo che ti avrebbe resa felice."

Mi manca il fiato.

Mi hanno mai detto una cosa del genere, così semplice, eppure così significativa?

Invece di lasciare che la paura si impossessi di me e soffochi il mio senso di appagamento, faccio come mi ha detto e mi addormento immediatamente.

Stretta e protetta tra le sue braccia calde.

Proprio dove desidero essere.

CAPITOLO TRENTA

FORD

Busso alla porta lanciando un'occhiata alla busta di plastica con sopra il logo del negozio del campus. Sto iniziando a sentirmi come un gatto che continua a graffiare dietro la porta, implorando i propri padroni di farlo entrare, e la cosa mi fa venire da ridere.

Eppure, è un paragone abbastanza accurato.

Più tempo passo con Carina, più voglio stare con lei. Potrei trascorrere ventiquattro ore su ventiquattro e sette giorni su sette con lei, e non mi basterebbe nemmeno. Tenerla tra le braccia ogni notte e fare sesso con lei non ha affatto alleviato il dolore che continua ad aumentare dentro di me, anzi, non ha fatto che alimentare la mia dipendenza da lei.

È una situazione contorta, e non mi aspettavo che si sarebbe evoluta in questo modo quando le avevo proposto di andare a letto insieme. Pensavo che l'avremmo fatto un paio di volte prima che perdessi interesse, come succede di solito, per poi separarci da amici.

Beh, più o meno. Lei farà sempre parte della mia famiglia, a prescindere dalla relazione tra i nostri genitori. Non potrei mai ignorarla del tutto.

Guardo di nuovo la busta, chiedendomi come reagirà quando ne vedrà il contenuto. Per quanto cerchi di anticipare le sue azioni, lei si comporta sempre in modo imprevisto, e il modo in cui mi fa sempre stare all'erta, fa parte del suo fascino.

Proprio quando sto per bussare un'altra volta, qualcuno apre la porta. Davanti a me c'è Juliette.

"Bene, bene, bene," esordisce incrociando le braccia sul petto. "Guarda un po' chi è."

Le rivolgo un sorriso affascinante che fa sempre sciogliere le ragazze. Non sto mica cercando di sedurla, eh. Ryder mi ucciderebbe.

Anzi, mi pesterebbe sulla pista da hockey.

A sangue.

E non lo biasimerei. Credo che sia stato segretamente innamorato di lei per anni prima di trovare il coraggio di agire.

Sto cercando soltanto di distrarla per evitare che mi faccia domande indiscrete. Carina ha insistito per tenere un profilo basso, e non so se ne abbia parlato con la sua migliore amica, il che mi fa innervosire.

"Carina è in casa?" le chiedo indicando lo zaino. "Stiamo facendo un progetto insieme."

"È in camera sua."

Non si muove dall'uscio, quindi mi schiarisco la gola. "Posso... Posso entrare?"

"Forse."

Sposto il peso da un piede all'altro, ripetendo: "Forse?"

Non pensavo che Juliette potesse comportarsi così. È sempre stata una persona simpatica. Di solito ha il naso tra i libri. Vuole entrare alla facoltà di medicina, e si vede. È intelligentissima, ma continua lo stesso a studiare moltissimo.

Questo suo cambiamento improvviso mi confonde.

"Prima di lasciarti entrare, vorrei sapere che intenzioni hai con la mia amica."

"Che intenzioni..."

"Già." Si appoggia allo stipite della porta guardandomi con un'aria feroce. "So che vieni qui di notte e resti a dormire." Abbassa la voce arrossendo. "Per tua informazione, siete davvero rumorosi."

Mi sforzo di non ridere. "Scusa. Cercheremo di non urlare la prossima volta."

Mi guarda torva. Ha il viso rosso. "Riesco a sentirvi addirittura attraverso le cuffie anti-rumore."

"Allora cercheremo di farlo in silenzio."

Alza gli occhi al cielo. "State insieme, allora?"

Divento improvvisamente serio. "Non saprei." Cala il silenzio per un secondo, poi aggiungo, sentendomi un po' a disagio: "Ti ha detto qualcosa?"

Dannazione.

Non avrei dovuto chiederglielo.

Noto un luccichio nei suoi occhi scuri, ma solo per un istante. "Solo che avete un accordo. Amici di letto, o qualcosa del genere."

"Nemici di letto," la correggo con riluttanza.

"Ah, già," dice annuendo.

Tutte le emozioni che imperversavano dentro di me esplodono, mentre lei si fa da parte per farmi passare, ma non aggiunge altro, il che è quasi peggio di quello che mi ha detto. Ripenso alle sue parole mentre la supero.

Che diavolo sto facendo?

È fin troppo ovvio che non vuole una relazione seria.

Con me.

Vuole soltanto divertirsi.

Mi sento ancora più confuso quando mi fermo davanti alla porta della sua stanza e busso.

"Avanti," risponde lei. Sembra più allegra del solito, forse perché non sa chi c'è dall'altra parte.

Abbasso la maniglia e apro la porta, per poi entrare. È sdraiata al centro del letto matrimoniale, e mi guarda sconvolta.

"Ehi," esclama sorpresa.

"Ciao." Continua a fissarmi, e mi costringo a sembrare indifferente. "Pensavo di lavorare al nostro progetto." Lancio un'occhiata ai libri sparsi ovunque. "Ma se sei occupata, possiamo farlo un'altra volta."

Mi sto pentendo di essere venuto, e inizio a pensare che proporle di andare a letto insieme sia stato un errore madornale. Volevo soltanto smettere di pensare a lei, non alimentare ancora di più la mia ossessione.

Sono rimasto fregato.

"No, tranquillo. Dammi un secondo per sistemarmi e ci mettiamo al lavoro."

Quando salta giù dal letto, la guardo per intero. Indossa dei leggings aderenti e una felpa larga rosa del corso di danza della Western che le lascia scoperta una spalla. Ha i capelli raccolti in una crocchia disordinata.

La sua bellezza mi fa stare male. Non importa se è vestita bene o male. O se non indossa nulla. È la ragazza più attraente che abbia mai visto.

Dannazione. Devo andarmene prima di dire o fare qualcosa di cui potrei pentirmi.

Mi sento nudo.

Vulnerabile.

Come se qualcuno stia per strapparmi la pelle e guardare i muscoli scoperti.

Non credo di essere mai stato così emozionato. Sto per scoppiare, per coprirmi di ridicolo. Finirò per dirle quanto tengo a lei.

Quanto ho sempre tenuto a lei.

Anche quando la tenevo alla larga, fingendo che mi fosse indifferente.

Riesco quasi a immaginare come reagirebbe. Scoppierebbe a ridere, per poi accarezzarmi scherzosamente la guancia e sorridermi comprensiva.

Povero Ford.

Indietreggio leggermente mentre riordina i libri sulla scrivania. Accanto alla pila c'è il libro che le ho comprato, con l'angolo di una pagina piegato.

"Sai che c'è?" Indico la porta alle mie spalle. "Me ne vado. Sembri impegnata. Scrivimi quando possiamo lavorare al progetto, e ci vedremo in biblioteca."

Mi guarda corrugando la fronte. "Te ne vai? *Ora?*"

"Sì. Mi sono appena ricordato che... ehm... devo fare una cosa." Forse stare un po' da solo mi aiuterà a riprendermi. Di certo non mi farebbe male.

Osserva la busta di plastica che ho in mano. "Cos'è? Qualcosa per il progetto?"

La fisso confuso per un secondo, cercando di capire di cosa stia parlando. Poi seguo il suo sguardo.

Dannazione. Non posso dargliela adesso e fare ancora di più la figura del cretino.

Cosa diavolo mi è passato per la testa?

E va bene, ho pensato con l'uccello invece che con il cervello, e mi sono cacciato nei guai.

"Ah, questa?" Agito un po' la busta. "Non è niente."

Lei colma la distanza che ci separa in un paio di falcate. "Posso aprirla?"

"No, non..."

Prima ancora che possa inventarmi una scusa e darmi alla fuga, lei mi strappa la busta dalla mano e sbircia dentro.

Trasalisco arrossendo.

Infila la mano e tira fuori il contenuto aggrottando le sopracciglia fissandolo in silenzio. Riesco quasi a vedere il suo cervello sforzarsi per cercare di capire.

Uccidetemi. Adesso.

Dico sul serio. Sto malissimo. Il mio cuore sta per uscire dal petto.

Non riesco a sopportare un altro secondo di questa tortura, quindi allungo la mano cercando di prendere il tessuto nero e arancione. Ho una voglia matta di strapparglielo dalle mani e rimetterlo nella busta, per poi scappare via, buttarlo nella spazzatura e cancellare questo momento terribile dalla mia memoria.

Non appena le mie dita sfiorano la stoffa, lei l'allontana, e resto a mani vuote.

Mi fissa. "L'hai comprata per me?"

Cala un silenzio imbarazzante.

Diamine. Mi costringerà davvero a dirlo ad alta voce?

Così potrà gongolare.

A giudicare dalla sua espressione, lo farà eccome.

Mi passo una mano tra i capelli corti, in preda al panico, e faccio spallucce. "Non voglio che indossi le felpe degli altri ragazzi," borbotto.

Come quella di Maverick.

Se vorrà indossare qualcosa con il nome e il numero di qualcuno, dovranno essere i miei, o glielo strapperò di dosso proprio come ho fatto in passato. Mi faccio coraggio, aspettando che scoppi a ridere e mi lanci l'indumento in faccia.

Passa un secondo, poi un altro, ma non succede niente di tutto ciò.

Lo posa sulla scrivania, per poi sfilarsi la felpa. Non indossa il reggiseno. Non me n'ero ancora accorto. Mi si secca la gola mentre fisso i suoi seni piccoli. Sono dannatamente tentato di allungare la mano e massaggiarle i capezzoli. Si inturgidiscono in men che non si dica.

Stringo più volte le dita, cercando di non cedere.

Prende la felpa e se la infila dalla testa, facendo passare le braccia attraverso le maniche e facendola scivolare giù lungo l'addome.

Le sta a pennello. Proprio come immaginavo.

All'improvviso mi sento possessivo, ed è un'emozione che attraversa ogni singola cellula del mio corpo.

"Girati," borbotto con voce roca.

Lei obbedisce facendo un mezzo giro, finché non riesco a intravedere il mio nome stampato sulla sua schiena.

Mi sento così soddisfatto che sono sul punto di scoppiare come un palloncino troppo gonfio.

Mi guarda negli occhi con un'aria sorniona. "Ti piace?"

"Certo che mi piace," ringhio. "Anche se ti immaginavo con la felpa e nient'altro sotto."

Senza dire un'altra parola, fa scivolare le mani sotto l'indumento nero e arancione prima di sfilarsi i leggings giù per i fianchi e le gambe finché non cadono ai suoi piedi. Dopo aver tolto anche le mutandine, si volta.

"Così va meglio?"

Oh sì. Era così che la immaginavo quando ho comprato la mia felpa al negozio del campus. Mi sono toccato fantasticandoci su?

Sì, lo ammetto.

"Molto meglio." Sollevo il mento indicando la sua crocchia disordinata. "Sciogli i capelli."

Lei obbedisce lentamente, lo sguardo fisso sul mio. La lunga cascata di capelli dorati ricade sulle sue spalle e sulla schiena.

Mi viene subito duro per quanto è bella con solo la mia felpa indosso.

Non mi accorgo di essermi avvicinato finché non solleva il mento per guardarmi negli occhi. Non appena le sue labbra si aprono leggermente, la bacio, infilandole la lingua in bocca. La costringo a indietreggiare finché le sue gambe non urtano contro il bordo del letto e non cade sul materasso. Restiamo incollati l'uno all'altra mentre mi sistemo sopra di lei, e avvolge le gambe intorno alla mia vita attirandomi a sé.

Dannazione.

Devo andarci piano, o verrò in men che non si dica.

Di nuovo.

Se continuerò così, finirò per sviluppare un complesso. Non ho mai avuto problemi di eiaculazione precoce. Non voglio farlo, ma mi stacco da lei costringendomi a respirare a fondo per calmarmi.

Mi guarda confusa sollevandosi sui gomiti. "C'è qualcosa che non va?"

"Dammi solo un minuto," borbotto. Mi sento un verginello di ventidue anni che non ha mai toccato una ragazza.

Non funziona, e mi giro dall'altra parte per poi alzarmi in piedi barcollando. Prima ancora che possa chiedermi cosa stia succedendo, afferro l'orlo della mia maglietta e me la sfilo dalla testa. Poi abbasso i pantaloni e i boxer finché non sono completamente nudo. Il suo sguardo si accende di desiderio mentre rimango immobile, permettendole di osservarmi quanto vuole.

Non c'è niente che ami di più dell'essere al centro della sua attenzione, anche se non impedisce al mio uccello di pulsare insistentemente per il bisogno di entrare nel suo sesso stretto. Se fossi stato furbo, mi sarei masturbato prima di venire qui, ma ero troppo impaziente.

Mi sfugge un sibilo mentre avvolgo le dita intorno all'uccello e lo strofino lentamente.

Le pupille di Carina si dilatano mentre mi fissa.

"Allarga le gambe, bellina. Mostrami la tua dolce figa."

Lei obbedisce senza fare domande.

E mi piace da morire.

Le sue piccole labbra rosa sono già bagnate. Vorrei tanto passarci sopra la lingua e leccare ogni singola goccia.

Dannazione. Questi pensieri non mi aiutano di certo.

Non l'ho nemmeno penetrata e sono già sul punto di esplodere.

Continuo a toccarmi, e mi fanno sempre più male i testicoli. Quando si contraggono, sento che sto per venire.

"Solleva la felpa. Voglio vedere le tue bellissime tette."

Avvicina le dita all'orlo, poi lo tira su scoprendo i seni, lasciando che il tessuto si arricci all'altezza della clavicola. Mi avvicino, non riesco a farne a meno, e delle gocce calde di liquido preseminale fuoriescono dalla punta del mio uccello.

Stringo i denti, strofinandolo ancora più velocemente.

Il mio sguardo rimane fisso sul suo mentre vengo copiosamente sul suo ventre.

È una sensazione straordinariamente intensa, che pervade ogni cellula del mio corpo.

Carina allarga le gambe mentre lo sperma finisce sul suo sesso nudo. Vederlo lì è davvero soddisfacente. Ho una voglia matta di raccoglierlo e infilarlo dentro di lei.

Che pensiero selvaggio e oscuro.

Lascio andare il mio membro solo quando esce l'ultima goccia. Lei ansima, e il suo petto si alza e si abbassa ritmicamente.

Dannazione, quant'è bella con la mia felpa arrotolata sopra i seni, il ventre coperto del mio seme, le gambe morbide aperte, come se si stesse offrendo a me. Voglio restare qui, in piedi davanti a lei, e imprimere questa immagine nella mia mente, in modo che duri in eterno.

"Amo vederti così," borbotto. Non riesco a resistere all'impulso di pronunciare queste parole.

Trascino il dito nello sperma caldo finché non ne è coperto. Carina trema mentre lo spingo dentro il suo sesso, lo spingo un paio di volte prima di tirarlo fuori e prenderne dell'altro che storfino sulle piccole labbra finché non ne sono completamente ricoperte. Mi viene di nuovo duro, e ricomincio a strofinarlo.

"Spero proprio che tu abbia intenzione di scoparmi questa volta."

"Non preoccuparti, bellina. Avrai la scopata di cui hai bisogno."

Quando le bacio il clitoride e ci passo sopra la lingua, emette un mugolio di piacere. Faccio scivolare la bocca più in basso, leccandole il sesso bagnato dai nostri fluidi. Non avrei mai immaginato che sarebbe stato così sexy.

Ma con lei lo è.

Continuo a leccarla finché non si contorce sotto di me per il desiderio e l'impazienza. Quando i suoi movimenti si fanno ancora più frenetici, mi stacco quel tanto che basta per dare un colpetto con le dita al suo clitoride.

"Abbi pazienza," ringhio.

Le manca il fiato, e si bagna ancora di più.

"Ti piace, vero?" Non è una domanda che necessita di una risposta. Mi basta guardarla. Voglio solo sentirla ammettere che le piacciono gli schiaffi lì.

I *miei* schiaffi.

Solo i miei.

Arrossisce e socchiude gli occhi. Quando resta in silenzio, colpisco di nuovo il suo clitoride gonfio.

Questa volta le sfugge un gemito, e inarca la schiena.

"Sì," mormora con voce roca.

Vederla in questo stato mi fa impazzire. Non penso di essere mai stato così eccitato in tutta la mia vita. Non solo indossa la felpa con il mio nome, ma è anche coperta dal mio seme. L'ho infilato dentro di lei. E prima che questa serata finisca, ne aggiungerò dell'altro.

Voglio che tutti, *e soprattutto lei,* sappiano che Carina Hutchins appartiene a me.

"Vedi? È stato semplicissimo. E adesso ti scoperò." Stringo le dita intorno al mio uccello. Questa volta, però, non ho alcuna intenzione di toccarmi fino a venire. Quando raggiungerò l'orgasmo, sarò dentro il suo sesso accogliente che si contrae intorno a me, raccogliendo il mio sperma fino all'ultima goccia. "È questo che vuoi? Che desideri?"

"Sai che lo è."

"Hai ragione. Lo so. Ma voglio sentirtelo dire, oppure non ti permetterò di venire."

"Ti prego, Ford. Non costringermi a implorarti."

Queste parole sussurrate sono come un pugno allo stomaco.

Avrei mai immaginato che questa ragazza mi avrebbe implorato di prenderla?

No, nemmeno nelle mie fantasie più sfrenate.

"È proprio quello che voglio, bellina. Voglio che mi implori."

Tira fuori la lingua per inumidirsi le labbra. La sua voce trema leggermente quando sussurra: "Ti prego, scopami. Ho bisogno di venire sul tuo uccello. Capito? Ne ho bisogno. Adesso."

Se non mi facesse così male l'erezione, sorriderei.

"Che brava ragazza. Ora voglio che tu apra le piccole labbra, così potrò vedere esattamente quanto mi desideri. Voglio vedere quel bel buchetto che si apre e mi implora di riempirlo."

Le manca il fiato, e le sue pupille si dilatano.

Proprio quando penso che rifiuterà la mia richiesta, le sue dita scivolano sul suo sesso e allargano le piccole labbra per farmi vedere quanto siano morbide e rosa.

Mi sfugge un gemito tormentato. "Sei dannatamente perfetta." Sono venuto da pochi minuti, ma sono già pronto per il secondo round, e del liquido preseminale esce dalla punta del mio membro.

"Dimmi a chi appartiene la tua figa."

Questa volta non esita affatto.

"A te," mormora. "Appartiene a te. Io appartengo a te."

Ed è davvero così.

"Per tua fortuna, le brave ragazze vengono premiate con un bell'uccello duro."

"Meno male," sospira sollevata.

Allontana le dita dalle piccole labbra bagnate, ma scuoto immediatamente la testa. "No. Tienile aperte per me."

Non protesta nemmeno, e obbedisce.

È dannatamente perfetta.

Ed è mia.

Il suo sesso appartiene a me, e ho intenzione di prendermene cura come si deve. Lo strofinerò, leccherò e bacerò finché ne avrà bisogno. Finché non ci sarà nessun altro che vorrà possederlo.

Forse lei non se n'è ancora resa conto, ma io sì.

Ed è l'unica cosa che conta.

Con la mano avvolta intorno alla mia erezione, la allineo attentamente con il suo sesso fradicio.

"Tienile aperte per me, bellina. Ogni volta che lo tiro fuori, voglio che tu mi tenti a mettertelo di nuovo dentro."

Le sfugge un mugolo mentre infilo la punta dentro di lei.

Solo per un centimetro.

Quel tanto che basta perché la sua vulva morbida copra la cappella.

Quando si contorce sotto di me, le dò un colpetto sul clitoride con la punta delle dita. "Non ti muovere. Decido io cosa farti."

"Ford," si lamenta. "Ti prego. Mettilo tutto dentro. Ne ho bisogno."

"So benissimo di cosa hai bisogno. L'ho sempre saputo."

Ansima mentre la penetro ancora un po' prima di ritirarmi. Lei sgrana gli occhi scuotendo la testa.

"Stai davvero cercando di dirmi come dovrei prenderti?"

Si morde il labbro inferiore. "No."

"Proprio come immaginavo," borbotto prima di allontanarmi leggermente e raddrizzarmi, per poi fissarla.

È dannatamente bella con i capelli biondi aperti a ventaglio sul piumone e la felpa arrotolata all'altezza della gola. Non solo ha le gambe divaricate, ma ha anche le piccole labbra aperte al punto che riesco a vedere quanto siano bagnate e lucide. Mi soffermo a osservare questa immagine mozzafiato. Sono tentato di legarla al letto e tenerla così per sempre.

Il mio sguardo si fissa sul suo clitoride.

È dannatamente bello, come tutto il resto del suo corpo.

Riesco a vederlo pulsare per il desiderio che prova per me.

Grazie al cielo Carina non è così insensibile come vorrebbe farmi credere.

In fondo, mi desidera.

Ha bisogno di me.

Ha bisogno di ciò che soltanto io posso darle.

"Seducimi, bellina. Mostrami esattamente quanto hai bisogno del mio uccello, oppure mi vestirò e me ne andrò, lasciandoti sul letto bagnata e arrapata."

"Non lo faresti mai," risponde trasalendo.

Ha ragione, non lo farei mai.

Non potrei mai allontanarmi da lei.

Ma non c'è bisogno che lo sappia… vero?!

Non deve sapere che sta a lei decidere il mio destino.

"Ti prego," mugugna. È musica per le mie orecchie.

Allarga ancora di più le piccole labbra, scoprendo ulteriormente il sesso.

"È meraviglioso," ringhio. "Mostrami di più."

Muove i fianchi continuando a tenere le gambe completamente aperte. Inarca la schiena sul materasso, chiudendo gli occhi. Ha le guance rosse, e le sfugge un gemito strozzato. Non credo di aver mai visto in vita mia qualcosa di così dannatamente sexy come Carina che si contorce sul letto per me.

Allineo di nuovo la mia erezione con il suo corpo.

Wow… potrei guardarla in questo stato per tutta la notte.

Non appena la punta entra nel suo corpo, apre gli occhi e mi fissa. Le sue pupille sono già dilatate, e coprono le iridi.

"Grazie," sussurra.

"Non potrei mai resisterti, bellina, e lo sai."

Geme di nuovo mentre spingo più e più volte dentro di lei, fino ad arrivare in fondo.

"È questo che voleva la tua figa ingorda? Il mio uccello?"

"Cavolo, sì."

Sentire il suo sesso caldo pulsare intorno a me è fantastico. Non mi va tanto, ma lo tiro del tutto fuori e la osservo avidamente. Ha la vulva gonfia e lucida per il piacere, e continua a tenerla allargata con le dita senza che glielo dica.

"Moriresti senza il mio cazzo, vero?"

"Sì. Non vedi quanto ne ho bisogno?"

"Sì, piccola. Lo vedo. La tua dolce fighetta è completamente bagnata."

Lascia andare le piccole labbra, per poi aprirle di nuovo. Vedere il suo sesso rosa mi eccita più di qualsiasi altra cosa.

Non vorrò mai prendere un'altra ragazza.

Né ne avrò bisogno.

Non riesco a resistere, e abbasso il viso sul suo inguine. Cedo all'impulso di leccarla un po'. Lei, da brava ragazza, continua a tenere le piccole labbra allargate, e le lecco prima di infilare la lingua in mezzo e muoverla dentro di lei.

Le sfugge un altro singhiozzo tormentato.

"Ti prego, Ford. Ho bisogno di venire."

"Non ancora, piccola. Non ho finito con te."

Fa un verso incomprensibile.

Solo dopo averla leccata per bene, le succhio il clitoride, e il suo corpo freme sotto il mio.

Mi stacco quanto basta per ringhiare: "Non osare venire." Poi le do uno schiaffo forte sul monte di Venere.

Fisso il suo sesso aperto. Adoro il fatto di essere l'unico a vederla così.

Solo quando il suo respiro mozzato torna normale e smette di contorcersi, le chiedo: "Ti sei calmata abbastanza da permettermi di continuare a scoparti?"

"Sì."

"Che brava." Infilo di nuovo la lingua in profondità dentro di lei. "Questa dolce fichetta merita tanto amore, e glielo darò tutto."

Sollevo la testa per incrociare il suo sguardo confuso. Sembra essere in preda a un delirio. Non riesco più a resistere un altro secondo e mi raddrizzo. Continuo a tenere le dita avvolte intorno alla mia erezione, e colpisco il suo clitoride con la punta gonfia una, due, tre volte, finché la sua schiena non si inarca sollevandosi dal letto.

"Ti prego, Ford," singhiozza. "*Adesso.*"

Sono vicinissimo all'orgasmo, ma non ho intenzione di arrendermi. Non sarà come le altre volte, quando venivo dopo poche spinte. Voglio prendermi il mio tempo per torturarla.

E per torturare me stesso.

Infilo solo la punta, solo qualche centimetro, per alcuni minuti, e quando alla fine la penetro in profondità, il suo sesso ingordo si contrae intorno al mio uccello. Non riesco a fare a meno di fermarmi e fissarla dall'alto. È davvero sexy in questo momento, premuta contro il materasso dal mio membro, e ho una voglia matta di spingere con forza dentro di lei fino a farle dimenticare il suo stesso nome.

Stringo i denti, sforzandomi di non cedere ai miei istinti più selvaggi. Sto impazzendo per il bisogno impellente di farmela.

Trema quando mi costringo a tirarlo fuori per poi metterglielo di nuovo dentro, e non mi resta che venire insieme a lei. Invece di coprirsi la bocca per soffocare le urla, però, si lascia andare, e i suoi versi eccitati riempiono il silenzio della stanza.

E forse anche dell'appartamento.

E persino del condominio.

Ma non mi importa.

È il suono più bello del mondo.

Geme pronunciando il mio nome diverse volte, come un mantra. Ed è proprio quello che voglio essere per lei.

Un mantra.

Il suo mantra.

Il suo orgasmo rende il mio ancora più intenso, e sono così stordito da riuscire a vedere le stelle. Quando finalmente crollo su di lei, ansimiamo entrambi. Avvolge le braccia intorno al mio collo per tenermi stretto.

E non vorrei essere da nessun'altra parte.

"Sai..." mormoro quando riesco a riprendere fiato. "Forse

dovremmo comprare a Juliette delle cuffie anti-rumore migliori. A quanto pare, le sue non funzionano bene. E sappi, bellina…" continuo sorridendo. "Sappi che ne avrà bisogno."

Carina geme prima di coprirsi il viso con le mani.

Beh, è un po' tardi ormai.

CAPITOLO TRENTUNO

CARINA

Fermo la macchina nel parcheggio del Taco Loco e mi controllo il trucco nello specchietto. Ho il viso raggiante e un luccichio negli occhi.

Si vede che ho appena fatto sesso.

Stamattina, alla fine della lezione, io e Ford siamo tornati a casa. Non riuscivo a togliergli le mani di dosso, e per poco non ci siamo strappati i vestiti a vicenda per farlo in ascensore.

È stato difficilissimo non cedere alla tentazione.

Non so cos'abbia questo ragazzo per farmi comportare così ogni volta che stiamo insieme. Finisco sempre stesa sul letto o piegata a novanta.

Chi avrebbe mai detto che Ford si sarebbe rivelato così audace da questo punto di vista?

E chi avrebbe mai immaginato che l'avrei trovato così eccitante?

La cosa peggiore è quando siamo in classe e lui avvicina le labbra al mio orecchio per poi sussurrarmi le cosacce che ha in serbo per me. Io mi bagno subito e non riesco a pensare ad altro per tutta la durata della lezione.

E quel cretino lo sa benissimo.

Lo fa apposta.

In qualche modo, è riuscito a trovare tutti i miei punti deboli, e ne approfitta ogni volta che può. Nessuno mi ha mai capita così velocemente.

Se lo volesse, potrebbe scrivere un manuale dell'uso per il mio corpo.

Ha scoperto cose che io stessa non pensavo esistessero.

È ufficiale: è la mia droga.

Quando mi muovo leggermente sul sedile in preda all'eccitazione, allontano questi pensieri dalla mia mente.

Sapete come posso farlo ancora più velocemente?

Pensando a Pamela.

E al nostro pranzo.

Devo indagare sui suoi piani per il futuro.

Proprio come sospettavo, riflettere su mia madre mi spegne immediatamente.

Dopo la mattinata passata con Ford, questo è l'ultimo posto dove vorrei trovarmi, ma non posso certo far finta di niente e preoccuparmi di quelle che potrebbero essere le sue intenzioni. Ho bisogno di saperlo dalla diretta interessata, per poi pensare a come comportarmi e interferire se necessario.

Mi raddrizzo costringendomi a scendere dalla BMW prima di entrare nel ristorante. Una volta superate le doppie porte di vetro, mi fermo all'ingresso. Riconosco la ragazza dai capelli corvini in piedi dietro il bancone. Avevamo un corso in comune l'anno scorso.

Si chiama Lola.

Le sorrido. Lei mi riconosce e ricambia. "Ehi, come stai?"

"Bene. È da un po' che non ti vedo in giro per il campus. Sta andando bene il semestre?"

"Sto seguendo un corso da diciotto crediti mentre lavoro qui, quindi non ho una vita sociale."

"Uhm, è terribile… Però ti laureerai in primavera, giusto?"

Un'espressione di sollievo le attraversa il volto per un istante. "Sì. Non vedo l'ora. Sono prontissima ad andare avanti con la mia vita."

La maggior parte delle persone che conosco non ha tanta fretta di finire l'università. Sono troppo occupate a divertirsi e non avere alcuna responsabilità. Beh… per quante ne possono avere dei ventenni. A giudicare da quel poco che mi ha raccontato, non è il caso di Lola.

La guardo un po' più attentamente. Sembra stanca. Ha le occhiaie. Credo che stia lavorando troppo senza mai riposarsi, e mi dispiace per lei. Io lavoro presso lo studio On Pointe per qualche ora alla settimana perché mi piace molto e apprezzo il fatto di avere dei soldi da parte per le piccole spese, ma non potrei mai permettermi l'affitto e la retta universitaria.

"Sei a pranzo con qualcuno?" mi chiede, sviando il discorso sul motivo per cui sono qui.

Guardo con riluttanza il salone dietro di lei. "Sì. Mia madre."

"Oh, credo di averla appena accompagnata al tavolo." Inclina la testa osservandomi con più attenzione. "Siete due gocce d'acqua."

Mi costringo a sorridere. "Ce lo dicono in tanti."

Quando ero piccola, lo prendevo come un complimento, ma adesso non più. Non voglio somigliare a Pamela.

Prende un menù dalla pila sul bancone. "Seguimi. Ti accompagno al tavolo."

Proprio mentre entriamo nel salone con i festoni colorati appesi alle travi di legno, qualcuno entra attraverso le porte di vetro all'ingresso principale. Lola si guarda velocemente alle spalle e assume subito un'espressione imbronciata, irritata.

Sono curiosa di vedere la causa di tutto ciò, quindi mi giro e vedo Asher Stevens, uno dei giocatori di football più famosi della Western. Se i pettegolezzi che girano nel campus sono veri, durante la primavera verrà selezionato da una squadra professionistica. Ha sempre un paio di ragazze a braccetto, e questa volta non è da meno.

Queste due si somigliano moltissimo. Hanno entrambe lunghi capelli biondi, seni grandi e curve strizzate in abiti troppo aderenti.

Lola mostra i denti, e mi sorprendo quando non si spezzano. Si vede che lo odia.

Lui fa un passo in avanti, ma lei gli punta un dito contro. "Resta lì. Torno tra un minuto."

Lui sorride leggermente, e i suoi occhi azzurri brillano. "Come vuoi, tesoro."

Lola stringe gli occhi scuri, e il sorriso di Asher si allarga.

Lei sospira esasperata, poi si avvia velocemente verso il salone facendomi strada e borbottando: "Che deficiente."

"Ti ho sentito," esclama lui.

"Per questo l'ho detto ad alta voce," ribatte urlando per farsi sentire al di sopra della musica tejana che risuona dagli altoparlanti.

Quando siamo abbastanza lontane dal bancone, mi schiarisco la gola. "Quindi tu e Asher siete buoni amici?"

Mi guarda con gli occhi socchiusi. Sorrido, e lei ridacchia. L'atmosfera si fa un po' più leggera.

"Santo cielo, no! È solo un altro donnaiolo arrogante della Western che crede di essere il dono dell'universo al gentil sesso."

"Quindi… ci sei andata a letto?"

Mi dà una gomitata quando la raggiungo. "No, che schifo! Neanche se mi pagassero. È una malattia venerea ambulante che probabilmente si fa di antibiotici. E io tengo molto alle mie parti intime."

Rido in silenzio, e mi tremano le spalle. È tutto vero, ma le ragazze, e le groupie in particolar modo, di solito hanno la reazione opposta al giocatore biondo.

"Wow, Lola, sembri davvero combattuta. Perché non ti decidi una volta per tutte?"

Ridacchia. "Hai ragione. Forse dovrei imparare a tenere le mie opinioni per me. Soprattutto quando sono al lavoro." Rallentiamo quando indica con un cenno del capo una donna seduta da sola a un tavolo per due. "Immagino che quella sia tua madre."

Il mio sguardo si posa su una bella bionda che fissa il cellulare e tocca lo schermo con difficoltà a causa delle unghie lunghe. C'è una borsa Birkin diversa sul tavolo: è di un arancione brillante, palesemente costosa. Pamela indossa un top argentato a maniche lunghe e aderente che lascia leggermente scoperto l'ombelico, pantaloni neri lucidi e tacchi altissimi con la suola rossa. Ha dei boccoli che le ricadono sulla schiena. Credo che porti anche le extension. Il suo trucco è impeccabile, la sua fronte liscia e perfetta.

"Sì."

Con la coda dell'occhio, vedo che i clienti seduti nei paraggi si girano a fissarla per poi sussurrare qualcosa ai loro commensali. Quella donna ormai si rifiuta di vestirsi in modo sobrio. Invece di cercare di passare inosservata e non cercare di attirare l'attenzione, si veste in quel modo ridicolo.

Sospiro. Solo adesso mi rendo conto di aver sbagliato a chiederle di incontrarci qui, ma allo stesso tempo non volevo pranzare con lei nel campus.

Riuscite a immaginare la scena?

Il solo pensiero mi fa venire i brividi.

Non l'ho nemmeno salutata, e me ne sto già pentendo amaramente.

È troppo tardi per girare i tacchi e scappare via? Potrei scriverle che non mi sento bene.

Prima che possa battere in ritirata, però, lei solleva lo sguardo e mi vede, per poi alzare la mano e salutarmi. Porta delle unghie finte rosa impreziosite con delle gemme minuscole che luccicano come diamanti alla luce del sole che entra dalle finestre.

Arrossisco quando alcuni clienti si girano a fissarmi. Non potremmo sembrare più diverse nemmeno se ci provassimo. Io mi mimetizzo, lei è sopra le righe. Per questo pranzo, ho deciso di indossare un cappello nero con il logo della Western calato sugli occhi, una felpa e dei leggings che ho messo dopo la lezione di danza. Non ho avuto il tempo di fare la doccia dopo che Ford se n'era andato, quindi probabilmente odoro di sesso.

Sesso bollente.

E non me ne pento affatto.

"Vi do un paio di minuti per leggere il menù, poi tornerò a prendere le vostre ordinazioni."

"Ti ringrazio."

"Non c'è di che." Abbassa la voce. "Adesso scusami, ma vado dalla malattia venerea ambulante."

Detto ciò, si allontana per poi sparire nell'ingresso del ristorante, mentre io mi costringo a muovermi. Preferirei restare qui a chiacchierare con Lola piuttosto che parlare con mia madre. Per fortuna, prima la faremo finita, prima potrò andarmene. Forse sto esagerando e non devo preoccuparmi. Forse Pamela è cambiata.

È cresciuta.

Ha rivisto le sue priorità.

Del resto, tutto è possibile.

"Ehi, tesoro," mi saluta alzandosi e colmando la distanza tra di noi. Grazie ai tacchi alti, torreggia su di me come una modella che non dovrebbe stare in un posto così ordinario.

Guardo il ragazzo seduto al tavolo vicino con la coda dell'occhio: ha la bocca spalancata e gli occhi sgranati, e la fissa.

Ugh.

Dopo un paio di secondi, mi stacco dal suo abbraccio e ci sediamo. Mi guardo intorno e calo ancora di più il cappellino sugli occhi. Odio gli sguardi che sta attirando.

Non so dove guardare, quindi mi concentro sulla borsa di pelle. "È un nuovo acquisto?"

"Crawford mi ha fatto una sorpresina qualche giorno fa." È raggiante come una mamma che parla del suo bambino, e accarezza l'accessorio amorevolmente. "Non è dolcissimo?"

"È davvero un brav'uomo," dico con serietà.

"Sa davvero come conquistarmi."

Sì. Con le Birkin.

È così ossessionata dagli articoli di lusso che è imbarazzante.

Prima che possa dire altro, Lola arriva al nostro tavolo. Mia madre ordina uno skinny margarita e delle fajitas di pollo, io delle enchiladas al formaggio, dopodiché la cameriera si allontana di nuovo per portarci due bicchieri d'acqua.

"Allora, mamma..."

Arriva un messaggio sul suo telefono, e lei lo prende immediatamente per poi guardare lo schermo sorridendo e rispondere.

"*Mamma?*" ripeto irritata.

Mi guarda posando il cellulare sul tavolo. "Scusa. Era solo una mia vecchia conoscenza che vorrebbe vedermi."

Respiro a fondo, e decido di andare dritta al punto. Sono passati soltanto cinque minuti e sto già impazzendo.

"Allora..." Mi schiarisco la gola, facendomi coraggio. "Vorrei sapere cosa farai ora che tu e Crawford state di nuovo insieme. Tornerai a vivere a casa sua?"

Lei alza le spalle, poi agita una mano. "Prima o poi... ma non ho alcuna fretta."

"Ne avete parlato, almeno?"

"Oh, mi ha detto che dovrei vendere la proprietà in Florida, ma non credo sia una buona idea. Mi piace avere una casa tutta mia. E poi tutti i miei amici sono lì." Mi guarda come se fossi pazza. "Come potrei abbandonarli?"

Aggrotto le sopracciglia pensando a quello che ha detto. "I tuoi amici sono importanti, certo, ma come potrai far funzionare la vostra relazione se non vivrete nello stesso Stato?"

"Tranquilla, troveremo un modo. Per ora, viviamo alla giornata."

Mi viene il mal di pancia. Sembra molto più disincantata di lui per quanto riguarda il loro rapporto.

"Mamma, se non sei del tutto convinta, dovresti dire la verità a Crawford per non prenderlo alla sprovvista."

Proprio come prima.

Per la prima volta da quando mi sono seduta, sembra irritata. Era da tempo che non la vedevo esprimere davvero un'emozione. "Non ho intenzione di chiedere consiglio a una ragazzina," sbotta.

Apro la bocca per ribattere, ma Lola arriva con i nostri bicchieri d'acqua.

"I vostri piatti sono quasi pronti," annuncia. Sembra infastidita.

Mi guardo intorno, e mi rendo conto di quanto si sia riempito il locale, per poi costringermi a sorridere. "Non c'è problema."

Mia madre fissa Lola mentre si allontana verso un altro tavolo. Non finge più di appartenere all'insulsa crème de la crème della società, ma si comporta come una donna ultratrentenne che ha avuto una vita dura e ha passato la maggior parte della sua esistenza a sgobbare.

"Ricordo com'era essere lei." Per un istante sembra impaurita, ma torna subito impassibile. "Non succederà mai più."

Scuoto la testa, sorpresa dall'improvviso cambio di argomento. "Non capisco perché me ne stai parlando. Stavamo discutendo di Crawford."

"Forse non te ne sarai accorta, ma sono la stessa cosa." Tamburella le dita sul tavolo con aria impaziente, poi si sposta leggermente sulla sedia.

"Ah sì? E perché?"

"Finché fa parte della mia vita, non devo preoccuparmi dei soldi. È lui a prendersi cura di me."

Santo cielo.

Vuole fare la mantenuta. Vuole un uomo che esaudisca ogni suo desiderio senza aspettarsi niente in cambio.

Mi sporgo in avanti. Non voglio che gli altri clienti ci sentano, e abbasso la voce: "Ma... Lui pensa che stiate di nuovo insieme. Crede che resterai al suo fianco e lo aiuterai a gestire la casa, che organizzerai delle cene e tutto il resto." Resto in silenzio per un secondo, poi mi costringo ad aggiungere: "Proprio quello che non volevi fare la prima volta."

La sua espressione vulnerabile svanisce, e alza gli occhi al cielo.

Ma vi rendete conto?

Ha il coraggio di alzare gli occhi al cielo come un'adolescente imbronciata a cui stanno facendo una strigliata.

"Nel caso non te ne fossi accorta, quell'uomo è uno stacanovista. Lo vedevo raramente quando eravamo sposati. Non gli andava mai di fare una vacanza o di passare del tempo con me." Si batte il petto. "Voglio un uomo che si concentri su di *me*. Sui *miei* desideri. Non l'ha mai fatto nessuno."

La fisso. Quello che Pamela desidera davvero è un uomo che non abbia nient'altro da fare se non soddisfare ogni suo capriccio e vizio.

Siamo sicuri che sia una donna adulta?

Si comporta come una diciassettenne egoista intrappolata nel corpo di una trentenne.

Ho ventun anni, ma mi sento molto più matura di lei.

Che amarezza.

E come se non bastasse, non credo che ci sia niente che possa dire o fare per cambiare le cose.

È come parlare al muro, e lo so, quindi resto in silenzio.

Lola porta i nostri piatti, poi ci chiede se vogliamo qualcos'altro. Mi costringo a sorridere e scuoto la testa. Sta andando tutto come immaginavo.

"Per non parlare dei vantaggi che hai ottenuto con il nostro matrimonio," continua. "Ti paga gli studi, e guidi una macchina costosa che la maggior parte dei tuoi coetanei possono soltanto sognare." Mi guarda irritata. "Non sai cosa significa sgobbare per pochi spiccioli."

Le sue parole sono come un pugno allo stomaco, perché non ha tutti i torti.

"L'affetto che provo per Crawford non ha niente a che fare con il denaro," sussurro. Deve capire che non sono come lei. Che non vado a trovarlo per i suoi soldi. "È un padre meraviglioso, l'unico che abbia mai conosciuto. È gentile e affidabile."

"Sì, e il suo conto in banca non guasta di certo," ribatte prima di scolarsi il margarita in un solo sorso.

"Non gli voglio bene perché è ricco," rispondo a denti stretti.

"Oh, Carina..." sospira esasperata guardandomi con un'espressione compassionevole. "Dovresti smetterla di mentire a te stessa. C'entrano sempre i soldi. *Sempre.* Sono quelli a muovere il mondo, e Crawford ne ha a palate." Si avvicina, e la sua voce si fa più solenne. Ormai non finge più di essere una principessa viziata. "Se fossi furba, andresti a letto con Ford e faresti in modo di restare incinta. Sarebbe obbligato a sposarti, o almeno a mantenerti per i prossimi vent'anni. E un giorno, tra non molto, erediterò la compagnia multimilionaria del padre. Saresti una sciocca a lasciarti sfuggire un'opportunità del genere."

I suoi piani mi fanno venire il voltastomaco.

È quello che ha fatto lei?

È rimasta incinta per cercare di costringere qualcuno a prendersi cura di lei?

Non ha funzionato, perché mio padre è sparito prima che nascessi.

Sento di stare per vomitare quel poco di enchilada che sono riuscita a mandare giù.

Ormai ho le guance bollenti. "Come puoi dire una cosa del genere? Ford è come un fratello per me," mento con un sussulto.

Lei sbatte le palpebre, come se non capisse la ragione del mio turbamento. "Cosa? Sai benissimo che è un buon partito, quindi perché non te lo accaparri tu? Non dovrebbe essere tanto difficile. Ha sempre avuto un debole per te."

"Non è vero," mormoro. Voglio soltanto mettere fine a questa conversazione sconcertante."

"Fatti furba, Carina. Pensa al tuo futuro, come sto facendo io."

Ho sempre pensato che Pamela ragionasse così, ma sentirglielo dire senza mezzi termini mi fa ribrezzo.

Quando resto in silenzio, lei prende la fajita e le dà un morso in modo aggraziato. "Mangia, tesoro. È davvero deliziosa."

CAPITOLO TRENTADUE

CARINA

"Sei sicuro che non possiamo annullare la cena?" chiedo a Ford mentre imbocca il lungo vialetto che porta a casa di suo padre.

Lui mi lancia un'occhiata confusa, per poi parcheggiare la Corvette e spegnere il motore. Sta piovigginando. Con un movimento rapido, si gira verso di me per poi allungare la mano e sfiorarmi delicatamente la guancia. Nel giro di poche settimane, abbandonarmi al suo tocco è diventato un'abitudine.

Il mio sguardo si posa a malincuore sull'Audi nuova e lucente di Pamela, parcheggiata vicino al garage. Sapere che lo sta usando solo per i suoi regali costosi mi fa venire la nausea. È mortificante rendersi conto che tutte le persone che sussurravano alle sue spalle che era un'approfittatrice avevano ragione.

Lo è davvero.

E non si fa nemmeno scrupoli a comportarsi così.

Un bel giorno, Crawford si toglierà le fette di prosciutto dagli occhi e vedrà Pamela per quello che è veramente, una donna subdola. Si accorgerà che non le è mai importato di lui.

E poi cosa succederà?

Mi sento nervosissima mentre penso ossessivamente al futuro.

Continuerà a volermi nella sua vita?

Non mi importa dei soldi.

La cosa che mi spaventa di più è la possibilità di perdere l'unica persona che c'è sempre stata per me. La figura più presente nella mia vita.

E finirei per perdere Ford.

"Carina?"

È solo quando sento la sua voce in mezzo al torpore che pervade il mio cervello che torno a concentrarmi su di lui. Mi guarda negli occhi per un lungo istante, come se mi stesse leggendo nel pensiero.

Mi costringo a sorridere. "Scusa. Devo essermi distratta un attimo."

"Sembri turbata da qualcosa… Perché non me ne vuoi parlare?"

"Non è niente." Odio mentirgli, ma è più forte di me. Non posso certo rivelargli che mia madre sta usando suo padre. "Sto solo pensando a un esame che devo preparare. Credo che mi ci vorranno un paio d'ore."

"Quindi non posso restare da te stanotte?"

La sua domanda mi fa bagnare per il desiderio.

Il mio sguardo si posa sulla villa, sul prato sferzato dalla pioggia leggera. "A patto che non stiamo troppo tempo qui."

Sorride leggermente. "Va bene."

Suggella la promessa con un bacio, e nel momento in cui le sue labbra si posano sulle mie, mi abbandono al suo tocco, cercando disperatamente di perdermi in esso. Si stacca dopo qualche secondo.

Metto il broncio, sollevando la testa verso l'alto. Ho voglia di prolungare il bacio, e lui mi guarda eccitato.

"Mi occuperò dei tuoi bisogni più tardi, bellina."

Gemo quando lui si volta e scende dalla macchina, poi faccio lo stesso. Ci affrettiamo a raggiungere la villa sotto la pioggia. Il cielo è plumbeo. Speravo che sarebbe stato sereno fino a dopo la cena. Una volta che arriviamo sotto il portico, Ford apre il portone ed entra.

"C'è nessuno?" La sua voce riecheggia tra le pareti del primo piano.

"Siamo in salotto," risponde suo padre.

Non appena arriviamo nel salone a due piani, vedo Crawford e

Pamela accoccolati sul divano. Lei è rannicchiata al suo fianco e gli accarezza la coscia. È agghindata, proprio come l'altro giorno quando siamo andate a pranzo insieme. Non ha neanche un'extension o una ciglia finta fuori posto.

Lancio un'occhiata a Crawford: ha un sorriso a trentadue denti. Guarda mia madre ogni dieci secondi. Non riesce a staccarle gli occhi di dosso. Mi tocca ammettere che non lo vedevo così felice da anni.

Mi si stringe il cuore a pensare che quella donna lo farà soffrire.

Sono tentata di prenderlo da parte e farlo rinsavire. Se pensassi che potrebbe darmi retta, lo farei eccome.

Lo metterei in guardia contro la mia stessa madre.

Purtroppo, però, a giudicare dal suo sguardo innamorato, sarebbe tutto inutile. Ne parlerebbe con lei, e allora dovrei vedermela con una Pamela arrabbiata.

"Siete in anticipo," esclama. "La cena sarà pronta tra un'ora."

Perfetto.

Proprio quello che volevo sentire. Speravo di cenare presto ed andarmene con Ford nel giro di un'ora.

Un tempo, non vedevo l'ora di andare a casa di Crawford il mercoledì sera per stare un po' con lui.

Adesso voglio solo scappare via di qua.

Quando Pamela gli accarezza il petto prima di sporgersi per mordicchiargli la mascella ben rasata, mi viene la nausea.

Ford indica la scalinata che porta al seminterrato. "Carina vuole allenarsi per il saggio. Resteremo nello studio fino all'ora di cena."

Lo guardo riconoscente per aver pensato subito a una scusa, risparmiandomi di assistere alle loro smancerie.

"Sì, sì, va bene," dice Crawford, senza nemmeno degnarci di uno sguardo.

Ford alza gli occhi al cielo, poi mi prende per mano e mi trascina via. Normalmente allontanerei la mano per non far capire a suo padre che andiamo a letto insieme, ma dubito che si sia accorto della nostra presenza. Si concentra soltanto su Pamela.

Non lo capisco, davvero.

Lei lo tratta come una nullità, e lui le trotta dietro come un cucciolo innamorato.

Vorrei dargli un colpo in testa e dirgli di aprire gli occhi. Deve vedere la vera lei, la donna che si nasconde sotto la maschera bella e ritoccata. Pensare queste cose della mia stessa madre mi fa stare malissimo. La mia vita sarebbe molto più semplice se tornasse dove stava prima e smettesse di imbrogliare Crawford. Tutto ciò, però, non succederà mai finché lui continuerà a ricoprirla di regali e finanziare il suo stile di vita lussuoso.

"Mi veniva da vomitare," borbotta Ford mentre giriamo l'angolo e scendiamo la scala che porta al seminterrato.

"Scusa," mormoro imbarazzata.

"Perché ti scusi? Non è colpa tua se i nostri genitori si comportano come due adolescenti arrapati quando stanno insieme."

Mi mordicchio il labbro pensando a cosa rispondere.

È una farsa: mia madre non è follemente innamorata di lui. Si sta solo assicurando il suo amore e la sua obbedienza.

Una volta che arriviamo nello studio, Ford chiude la porta alle sue spalle. La saletta è grande, con il pavimento di legno lucido anti-urto che attutisce i nostri passi. Crawford non aveva certo badato a spese quando aveva aggiunto tanti piccoli dettagli come le pareti a specchio e una sbarra per i miei allenamenti. Sembra lo studio di una ballerina professionista, ed è il mio posto felice.

Di solito, quando entro nello studio luminoso, tutto ciò che mi pesa sull'anima scompare nel nulla e riesco a concentrarmi sulla coreografia a cui sto lavorando, ma questa volta non succede. Sono tesissima.

Per qualche secondo, penso di confessargli tutto.

Ma come potrei farlo?

Invece, mi dirigo verso il piccolo spogliatoio per cambiarmi e indossare dei pantaloncini e un top sportivo. Spero davvero che un'ora di attività fisica intensa mi aiuti a bruciare ogni macigno che mi porto sulle spalle e che mi impedisce di respirare.

O almeno a sopportare il resto della serata senza impazzire e smascherare quella subdola approfittatrice di Pamela.

Quando torno nello studio, Ford è seduto contro una delle pareti a specchio. Il suo sguardo si fissa subito su di me mentre scelgo una playlist.

Proprio mentre risuonano le prime note e prendo posizione al centro della saletta, lui dice: "Obbligo o verità?"

Lo guardo mantenendo la posizione. "Obbligo."

"Balla per me. Nuda."

CAPITOLO TRENTATRÉ

FORD

Mi guarda sorpresa, e per un istante mi chiedo se rifiuterà, ma poi le sue dita si avvicinano alla fascia del suo reggiseno sportivo blu. Lo solleva per poi sfilarselo dalla testa e gettarlo sul pavimento. Fa lo stesso con i pantaloncini e le mutandine, finché non resta completamente nuda.

Dannazione.

Osservo avidamente il suo corpo, le sue curve.

Carina è davvero sexy.

La sogno ogni notte, e ora che è mia non voglio lasciarla andare. Questa relazione sarà pure iniziata perché avevo bisogno di togliermela dalla testa una volta per tutte, ma mi si è ritorta contro.

Adesso devo solo convincerla a fare sul serio. Non mi è certo sfuggita la sua reazione al mio tocco. Si scioglie ogni volta che le metto le mani addosso, quindi dovrò semplicemente affrontare l'argomento quando sarò dentro di lei. Una volta che mi sarò assicurato il suo consenso, potremo andare avanti e smettere di nasconderci.

E staremo insieme.

Continuo a fissarla mentre prende posizione al centro della saletta e la musica risuona dagli altoparlanti. Si alza sulle punte dei piedi, tendendo i muscoli dei polpacci e delle cosce prima di piroettare con grazia. Il suo corpo si flette come un giunco mentre si muove sfruttando l'ampio spazio dello studio. È davvero una poesia in movimento.

Sono ipnotizzato da questo spettacolo.

Quando solleva una gamba, afferrandosi le dita dei piedi e facendo una sorta di spaccata, sento di stare per venire nei pantaloni.

Il mio membro è così dannatamente duro che pulsa facendomi male.

Sembra librarsi nell'aria senza sforzo.

Non lo è affatto. Nel corso degli anni l'ho osservata perfezionare i suoi movimenti attraverso estenuanti ore di allenamento, finché ogni muscolo del suo corpo non si muove a comando.

Inclina la testa all'indietro, inarcando la schiena e allungando gli arti. Se potessi conservare un momento nella mia memoria, sarebbe proprio questo: lei che si spinge al limite senza niente che copra la sua bellezza.

È meravigliosa.

Sono colpito dal modo in cui si contorce in posizioni innaturali. È dannatamente flessibile. A giudicare dal suo sguardo assente, la sua mente è già altrove. Si è persa nella danza, lasciandosi andare sulle note della canzone e usandole per creare qualcosa di bello. La sua espressione si carica di emozioni diverse, come se stesse raccontando una storia profonda e personale.

Sto impazzendo dal desiderio. È come se mi stessero facendo a pezzi per poi rimettermi di nuovo insieme.

Mentre le ultime note risuonano nello studio, si piega mostrando con grazia la schiena mantenendo la posizione. Persino da dove sono seduto, riesco a vederla ansimare.

"Vieni qui," ringhio. Ho la voce roca.

Passano un paio di secondi, poi si muove e solleva la testa quel tanto che basta affinché i suoi occhi grigio-azzurri incontrino i miei. Una scarica di energia attraversa l'aria, e una miriade di emozioni mai provate prima mi pervade all'improvviso.

Anzi, non è vero. Queste emozioni sono rimaste latenti tra di noi a lungo.

Per anni.

Solo adesso, però, sono disposto a dar loro un nome.

Carina colma lo spazio che ci separa in silenzio. Quando è a portata di mano, la prendo per mano e l'attiro a me, facendola mettere a cavalcioni sulle mie ginocchia. Alzo la mano per accarezzarle la schiena nuda, per poi passare al suo sedere rotondo, che strizzo mentre le mie labbra premono contro le sue. Lei apre immediatamente la bocca, e le nostre lingue si intrecciano. E poi, come succede sempre, ogni movimento si fa frenetico.

Disperato.

Come se mi mancasse l'ossigeno e lei fosse l'aria che mi serve per vivere.

Non mi abituerò mai a questa sensazione.

Al bisogno che ho di possederla.

È come una bestia che ho tenuto al guinzaglio per anni finché non ho potuto più farlo. Finché non ho *voluto* più farlo.

Mi stacco abbastanza da mormorare: "Ho bisogno di scoparti."

Le sue dita si posano sulla mia erezione, strofinandola. Sibilo per il piacere.

"E cosa ti impedisce di farlo?"

Niente. Assolutamente niente.

Smetto di pensare lucidamente, e mi lascio guidare dagli istinti. La faccio spostare leggermente per abbassarmi i pantaloni e liberare l'uccello. Lei posa le mani sulle mie spalle mentre allineo il suo sesso contro il mio, e chiudo gli occhi quando finalmente la penetro.

Non c'è niente di meglio al mondo che seppellirmi nella profondità del suo calore.

Geme, e la mia mano scivola dietro la sua nuca. L'attiro più vicina a me finché non ci baciamo di nuovo, e le nostre lingue si intrecciano.

Beatitudine.

Stare con lei è pura beatitudine.

Carina flette i fianchi, muovendosi su e giù sopra di me.

Sono così eccitato che non mi ci vorrà molto per perdere il controllo.

Questa ragazza mi fa impazzire.

Proprio quando i miei testicoli si contraggono e mi sembra di essere sull'orlo dell'orgasmo, la porta dello studio si apre leggermente.

"Ehi, ragazzi..." inizia a dire mio padre.

Carina resta immobile mentre cerco di coprirla il più possibile. Si stacca da me e mi guarda inorridita senza dire una parola. Impallidisce, poi arrossisce.

Giro la testa e guardo mio padre alle sue spalle. Sta stringendo le labbra, e persino da qui riesco a vedere che si è irrigidito.

Cala il silenzio per un paio di secondi imbarazzanti. Mi manca l'aria.

Papà si schiarisce la gola. "La cena è quasi pronta. Ci vediamo di sopra dopo che vi sarete... vestiti."

Poi chiude la porta lentamente, lasciandoci di nuovo da soli.

Carina geme appoggiando la fronte alla mia spalla. "Ti prego, dimmi che non è successo davvero."

"Vorrei poterlo fare."

"Crawford si è arrabbiato."

"Nah, sembrava... sorpreso, tutto qui." E arrabbiato. Mi farà la ramanzina, non c'è alcun dubbio. "Gli parlerò e andrà tutto bene." Le accarezzo la schiena cercando di confortarla. Odio il fatto che l'abbia vista in questo stato. E che lei se ne vergogni.

Mio padre non entra mai nello studio, ma avrei dovuto chiudere la porta. Sono stato imprudente.

Quando lei resta zitta, dico in un tono un po' troppo allegro: "Se vuoi vedere il lato positivo, adesso è tutto allo scoperto."

CAPITOLO TRENTAQUATTRO

FORD

Dato che l'interruzione di mio padre me l'ha fatto tornare flaccido, Carina si alza per vestirsi prima di presentarsi davanti al plotone d'esecuzione dei nostri genitori.

Pur avendola rassicurata che sarebbe andato tutto bene e che avrei risolto tutto parlando con mio padre, mi chiedo se sarà davvero così semplice. Ha sempre insistito affinché mantenessi il mio rapporto con Carina strettamente platonico.

Fraterno.

Ma non è mai stato così.

Mi sono innamorato a prima vista di lei, e niente in tutti questi anni ha mai cambiato le cose.

La prendo per mano mentre saliamo al primo piano. Non sono contento per come è successo, ma è un enorme sollievo non doverci più nascondere.

Lancio un'occhiata alle mie spalle e incrocio il suo sguardo. "Tutto bene?"

Lei alza le spalle arrossendo per l'imbarazzo.

In poco tempo, arriviamo nel soggiorno dove Pamela e mio padre ci stanno aspettando. Adesso, però, non si stanno facendo gli occhi dolci, e credo sia un bene. Non credevo che fosse possibile togliergli quell'espressione melensa dalla faccia.

Evidentemente mi sbagliavo.

Si stanno sussurrando qualcosa. Lo sguardo di mio padre si posa su di noi non appena entriamo, e poi sulle nostre mani intrecciate. Stringe i denti.

"Allora, è pronta la cena?" esclamo sforzandomi di sembrare allegro e sperando di non dover parlare di quello che ha visto.

Non siamo mica dei bambini. Se io e Carina vogliamo andare a letto insieme, sono affari nostri e di nessun altro.

Papà si alza lentamente in piedi, continuando a fissarmi freddamente. "La cena può aspettare. Vorrei parlarti nel mio ufficio. Da solo."

Cingo la vita di Carina con un braccio e l'attiro a me. Si è irrigidita parecchio.

Mi raddrizzo ribattendo: "Dobbiamo proprio?"

Il volto di mio padre si contorce. "Sì, purtroppo."

Sospiro esasperato, e guardo Carina con la coda dell'occhio. Non ha più le guance rosse, e la sua carnagione è tornata del suo solito colore.

"E va bene," dico a denti stretti. "Prego."

Non appena mio padre esce dal soggiorno, lancio un'occhiata a Carina. "Torno subito."

Lei si limita ad annuire velocemente fissando il pavimento con un'espressione addolorata, come se non riuscisse nemmeno a guardarmi.

"Oh, non ti preoccupare per Carina." Pamela tocca il divano accanto a lei. "Faremo una bella chiacchierata tra madre e figlia."

Guardo la mia ex matrigna cercando di capire cosa pensi della situazione. Non sembra turbata come mio padre. Invece di rispondere, continuo a fissare Carina. In questo momento, mi importa soltanto di lei. Non voglio farla stare male, né rovinare la nostra relazione.

Si renderà conto che questo altro non è che un ostacolo, un problemino insignificante.

Pamela continua a guardarci, ma non mi interessa: sollevo il mento di Carina e le muovo il viso finché non è costretta a incontrare il mio sguardo.

"Andrà tutto bene," mormoro per farmi sentire solo da lei.

"Vedremo."

Odio vederla così esitante.

Voglio toglierle quell'espressione dal volto, quindi strofino le labbra contro le sue e mi allontano abbastanza da guardarla negli occhi prima di allontanarmi e seguire mio padre nel suo ufficio, o nella centrale di comando, come mi piace chiamarlo.

Quando finalmente lo raggiungo, lui si è già sistemato dietro l'enorme scrivania in mogano. Indica bruscamente la poltrona in pelle d'epoca fatta a mano che si trova dall'altra parte. Mi siedo. Non vedo l'ora di chiudere questa conversazione e andare avanti.

"Che diavolo stavi facendo nello studio con Carina?" ringhia non appena il mio sedere tocca la poltrona.

"Pensavo fosse ovvio," ribatto senza pensarci.

Mi guarda con un'espressione glaciale. "Non fare il furbo con me. Ne abbiamo già parlato. A dire il vero, sono un po' sorpreso di doverlo fare di nuovo. Non voglio che giochi con i suoi sentimenti."

Le sue parole mi fanno innervosire. "È questo che pensi stia facendo?"

Lui alza gli occhi al cielo. "Andiamo, Ford. Sai benissimo che non avete un futuro."

"E perché mai?"

"Perché state per tornare a essere fratellastri," risponde come se fossi lento di comprendonio. "Io e Pamela abbiamo appena fissato la data del matrimonio. Sarà una cerimonia tranquilla in casa la prossima primavera."

Penso in silenzio a quello che ha detto. "Non credi di stare correndo un po'? Vi siete rimessi insieme soltanto due settimane fa. Non dovresti assicurarti che questa volta non se ne andrà?"

Arrossisce.

Dannazione. Non avrei dovuto dirlo, anche se è vero e lo sappiamo entrambi. Non è la prima volta che la sua ex moglie è tornata per stregarlo dopo averlo abbandonato. Per qualche motivo, ha un debole per quella donna. Lei lo prende e lo molla come se niente fosse, e lui vive per quel minimo di attenzioni che gli dà.

Tutti quelli che conoscono mio padre riescono a vedere la verità.

Tutti, *tranne lui*.

Ed è una cosa snervante.

Finora non gli ho detto niente perché non volevo rischiare di far soffrire Carina.

"Attento a quello che dici," sbotta.

Ci fissiamo, poi mi rilasso sulla poltrona. "Scusa. È che torna da te, poi sparisce e ricompare mesi dopo. Non resta mai a lungo."

Lui si irrigidisce, stringendo i denti. "Questa volta è diverso."

Mi viene da ridere, e riesco a malapena a trattenermi.

Come fa ad essere così ingenuo?

Lavora al Congresso, stringe accordi con politici di entrambi i partiti facilitando l'approvazione delle leggi. I suoi avversari cercano sempre di ingannarlo, ma non ci riescono.

È furbo come una volpe. È intelligente.

Ma quando si tratta di Pamela, è l'esatto opposto.

E niente di quello che dico riuscirà mai a fargli cambiare idea. Sarebbe inutile, e sprecherei soltanto il fiato.

"Se lo dici tu..." mormoro.

"Lo dico io." Si sporge in avanti e congiunge le mani contro la scrivania. "E non siamo qui per parlare del mio rapporto con Pamela, ma per discutere del tuo errore di giudizio con sua figlia." Resta in silenzio per un istante, poi abbassa la voce. *"La mia figliastra."*

"Carina non è la tua figliastra, non in questo momento."

"Quella ragazza è come una figlia per me da quando è entrata nella nostra famiglia. Non importa se è il sangue a legarci o no." Mi punta un dito contro. "E tu lo sai."

"Hai ragione," ammetto. "Lo so." Mio padre è un brav'uomo. Tratta Carina come ha sempre trattato me. Come se fosse sangue del suo sangue.

"E allora che diavolo stai facendo con lei?"

Le mie spalle si afflosciano per la gravità della domanda e la sua espressione confusa.

"Tengo a lei," sbotto. "L'ho sempre fatto. Voglio stare con lei."

Lui si allontana leggermente dalla scrivania appoggiandosi allo schienale della poltrona e osservandomi come se fossi un insetto schiacciato sul suo parabrezza.

Proprio quando il suo sguardo intenso inizia a farmi sentire a disagio, mi domanda: "Sai cosa penso?" Non mi dà nemmeno il tempo di rispondere. "Che desideri Carina solo perché è inaccessibile. Se vi dessi la mia benedizione, perderesti subito interesse e la lasceresti, rovinando la nostra famiglia."

Le sue parole mi prendono alla sprovvista.

È questo che mio padre pensa di me?

Crede che sia un idiota immaturo che vuole solo quello che non può avere?

"Non è vero," ringhio.

"Come fai a saperlo? Quand'è stata l'ultima volta che hai avuto una relazione che è durata più di qualche notte passata a letto?"

Arrossisco. "Hai mai pensato che non mi sono mai impegnato con una ragazza perché non potevo avere quella che volevo davvero? Quella per cui ho sempre provato qualcosa?"

La sua espressione rimane imperscrutabile. Pensavo che mettere a nudo la mia anima l'avrebbe addolcito, ma mi sbagliavo di grosso.

"Chiudila qui, Ford. Prima che distrugga questa famiglia."

Ma è impazzito?

"L'ho già fatto in passato, ed è stato il peggior errore che abbia mai commesso. Non succederà di nuovo."

Lui sbatte i pugni sulla scrivania e la sua voce si inasprisce, riecheggiando sulle pareti. "Smettila di essere così dannatamente egoista. Pensa a qualcun altro oltre che a te stesso, per una volta."

Mi alzo in piedi. "Basta così."

Lo guardo intensamente, e mi rendo conto che mi tremano le mani.

Sono mai stato così arrabbiato?

Con mio padre?

No.

Mentre mi avvio verso la porta dell'ufficio, mi dice: "Ti rendi conto che i miei avversari politici marceranno sulla relazione tra mio figlio e la sorellastra?"

Mi blocco, pensando a una risposta, ma non mi viene in mente niente.

Non so cosa dire.

Esco con le spalle ingobbite. Voglio soltanto andarmene da questa casa.

CAPITOLO TRENTACINQUE

CARINA

Ford segue suo padre lanciando un'ultima occhiata riluttante alle sue spalle, e resto sola con Pamela. Qualche secondo dopo, la porta dell'ufficio si chiude.

Guardo il portone d'ingresso della casa. Non so che darei per andarmene via, piuttosto che stare qui con mia madre.

Dopo un istante di silenzio, esordisce: "Santo cielo, Carina, è davvero pazzo di te. Ben fatto." La sua risata gutturale mi fa trasalire. "E a pranzo fingevi di essere superiore a queste cose."

Mi volto verso di lei. È incredibile che mi consideri una persona manipolatrice come lei, che creda che userei qualcuno per denaro e per avere un futuro sicuro.

"Non è come pensi," rispondo seccamente.

Inclina la testa guardandomi negli occhi. "Non ti sto certo giudicando. L'altro giorno ti avevo detto che avresti dovuto volgere la situazione a tuo favore, e sono felice che alla fine tu abbia seguito il mio consiglio." Lancia un'occhiata verso l'ufficio. "Era evidente che Ford provasse qualcosa per te. Sei stata furba a respingerlo e fargliela sudare. Ha avuto tutto il tempo di sfogarsi andando a letto con chicchessia, e adesso è pronto a sistemarsi."

Mi si stringe il petto, e non riesco a respirare. "No."

Lei sorride leggermente. "Noi due siamo siamo più simili di quanto tu sia disposta ad ammettere."

"Ti prego, smettila," sussurro. Sentirle dire queste cose mi fa venire il voltastomaco.

Non sono affatto come Pamela.

Ho bisogno di un momento per pensare, quindi mi avvicino alle ampie vetrate che danno sulle collinette verdi sul retro della villa. Il cielo è ancora più scuro, la pioggia più intensa, e colpisce il vetro.

"Assicurati di tenertelo stretto, Carina. Un giorno, tutto questo sarà tuo. Non potrei essere più fiera di te."

Le sue parole sono come una pugnalata al cuore. Non ha mai detto niente di tutto ciò per i miei successi nella danza o all'università, ma ora che ho accalappiato l'erede di Crawford Hamilton, si commuove e si compiace.

Mi viene la nausea, e sono sul punto di vomitare sul divano color crema.

Un rumore di scarpe con la suola di gomma sul legno duro annuncia l'arrivo di qualcuno. "Signora, la cena è servita."

"Grazie. Ci siederemo a tavola tra un minuto."

Proprio mentre l'anziana domestica si volta per andarsene, mia madre dice: "Dolly, saresti così gentile da prepararmi un altro martini? Extra dry, questa volta."

"Certo."

"Carina?" mi chiede quando resto zitta. "Vuoi un drink da bere durante la cena? Abbiamo tante cose da festeggiare stasera."

Mi costringo a sorridere leggermente, per poi scuotere la testa. Sto morendo dentro, e spero che Dolly non abbia sentito il resto della conversazione.

Lo sguardo della domestica si addolcisce un po' mentre ci guardiamo, ed esce dal soggiorno in silenzio, proprio come quando era entrata.

Non appena si allontana abbastanza, mia madre dice sospirando: "Dopo anni passati a servire e riverire i clienti, è bello vedere il mondo da un'altra prospettiva."

Lancio un'occhiata fugace verso la cucina. "Mamma..."

"Che c'è?" esclama irritata. "Sto solo dicendo la verità. Che male c'è?"

Mi passo una mano sul viso. Non so cosa dirle.

"Sai, Carina… Ci sono delle volte in cui mi sembra di capire che non apprezzi tutti i sacrifici che ho fatto per farci arrivare a questo punto. Pensi che adesso avresti il tuo studio di danza personale o gli oggetti di lusso a cui ti sei abituata se non fosse stato per me? Stai avendo una vita facile, e non ti manca nulla." Stringe gli occhi. "Forse dovresti riflettere su *queste cose*, invece di giudicarmi perché credi di essere migliore di me. Noi due non siamo nate in questo ambiente."

Per quanto sia tentata di fissare il paesaggio fuori dalla finestra ignorando questa conversazione, non ci riesco, e la guardo attentamente. Con quelle extension bionde, gli zigomi rifatti, le iniezioni di botox, le borse di lusso e gli abiti alla moda, è quasi irriconoscibile. Non somiglia più alla donna che mi ha dato alla luce.

Un tempo, eravamo unite.

Due sopravvissute avvinghiate l'una all'altra con la speranza di una vita migliore. Ora che ce l'abbiamo fatta senza problemi, la sua personalità è cambiata radicalmente. È diventata come quei clienti di cui si lamentava con me dopo una lunga giornata di lavoro.

Io stessa sono cambiata, naturalmente.

Tuttavia, a differenza di mia madre non penso che questo stile di vita mi sia dovuto. Sono grata a Crawford per tutto quello che mi fà, ma al contempo so benissimo che in futuro dovrò cavarmela da sola, senza di lui.

Lei, invece, non ha alcuna intenzione di farlo.

"Ti sbagli. Apprezzo tutto quello che hai fatto, i tuoi sacrifici, le lunghe notti al ristorante e i doppi turni che hai svolto per arrivare a fine mese."

Tira in su con il naso. "Beh, a giudicare da come ti comporti, non si direbbe. Non è un segreto che gli amici e il personale di Crawford mi considerino una nullità. Non ho bisogno che me lo dica anche tu."

Mi tremano le spalle mentre mi costringo a muovermi e a sedermi sulla poltrona blu. "Scusa. Non intendevo quello. È solo che…" Mi interrompo, pensando a come formulare la frase senza farla arrabbiare. "Sai quanto tengo a Crawford. È davvero buono con noi. Non vorrei mai che lui o Ford pensassero che li sto usando per i loro soldi."

"Sai che ne hanno tantissimi, vero? Più di quanti gliene servano?"

"Non importa," sbotto, in preda alla frustrazione.

Lei stringe le labbra.

Quando non dice altro, mi costringo a parlare, sapendo che devo togliermi quel peso di dosso. Certo, potrebbe rivelarsi inutile, ma perlomeno mi sentirò meglio.

"Ti voglio bene, mamma, davvero... Ma non voglio che tu faccia soffrire Crawford. Se non hai intenzione di restare ed essere la compagna che merita, allora dovresti chiuderla qui. Non fargli passare di nuovo l'inferno."

Aggrotta le sopracciglia. "L'ultima cosa di cui ho bisogno è una ramanzina da parte tua, Carina."

"Non è una ramanzina. Voglio solo che pensi a come le tue decisioni si ripercuotono su di lui."

Invece di rispondere, si alza immediatamente in piedi. "La cena si sta raffreddando."

Detto ciò, esce dal soggiorno, lasciandomi sola con i miei pensieri.

CAPITOLO TRENTASEI

FORD

Le parole terribili di papà mi ronzano in testa mentre torniamo al campus. Fa male sapere che secondo lui sono interessato a Carina solo perché l'ha resa inaccessibile. Non è affatto così.

La cena di stasera è stata silenziosa e imbarazzante, proprio come questo viaggio in macchina. Carina spingeva il cibo nel piatto e Pamela teneva il broncio, mormorando di tanto in tanto. Mio padre, seduto a capotavola, aveva un'espressione serissima. Si sentiva solo il rumore delle posate sui piatti di porcellana.

Col senno di poi, avrei dovuto dar retta a Carina quando mi aveva chiesto se potevamo saltare la cena. Ci saremmo risparmiati tutto questo.

Durante l'andata era già sceso il crepuscolo e piovigginava. Ora, guidiamo sotto la pioggia torrenziale. È come se il cielo si fosse squarciato su di noi. Al posto della musica, c'è un silenzio soffocante che appesantisce l'atmosfera sempre di più a ogni chilometro.

Lancio un'occhiata a Carina. Ha le spalle ingobbite e guarda fuori dal finestrino. Ha detto a malapena due parole da quando ce ne siamo andati, e non so cosa le passi per la mente.

Di solito, mi basta guardarla per rendermene conto. Una fugace espressione di sollievo aveva attraversato il suo volto quando avevo detto ai nostri genitori che ce ne saremmo andati prima del dessert. È stata l'unica emozione che sono riuscito a suscitare in lei.

Sono dannatamente tentato di allungare la mano e toccarla, ma non so se lei lo gradirebbe. Avevamo fatto così tanti progressi nelle ultime due settimane, e adesso è andato tutto a rotoli. È come se stessimo facendo il gioco dell'oca e fossimo tornati al punto di partenza all'improvviso.

È terribile.

Non riesco a tollerare un altro istante di silenzio, e sbotto: "Vogliamo parlare di quello che è successo, o hai intenzione di continuare a ignorarmi?"

Per poco il mio tono patetico non mi fa trasalire.

Sembro un povero imbecille.

Lei si raddrizza sul morbido sedile di pelle, per poi voltarsi lentamente verso di me. "Non ti sto ignorando."

Stringo le dita intorno al volante finché le nocche non diventano bianche. "Ah no?"

"Scusa. Sto solo cercando di elaborare il tutto."

"Cosa c'è da elaborare? Ci ha beccato a fare sesso. Non è una tragedia." Sono nervoso, e mi si chiude lo stomaco.

Lei sospira tremando e abbassa la voce. "Crawford è arrabbiatissimo con noi."

"Te l'ho detto prima. Se ne farà una ragione. Non ingigantire la cosa." Vorrei non essere così indelicato, ma non mi piace la direzione che sta prendendo questa conversazione. So già che non andrà a finire bene. Mi sento come se ci fosse un oceano a separarci.

E lo detesto.

Se solo potessimo tornare quelli che eravamo prima di superare quella porta…

"L'ultima cosa che voglio è causare problemi tra te e tuo padre." Resta in silenzio per un secondo, poi aggiunge sottovoce: "Non ne vale la pena."

Non ne vale la pena?

Che diavolo significa?

Le lancio un'occhiata veloce, cercando di capire cosa stia pensando, ma invano, e mi concentro sulla strada che si dipana davanti a noi, cercando un posto in cui parcheggiare. Ho un nodo allo stomaco enorme.

Quando passiamo davanti a un alimentari, entro nel parcheggio e spengo il motore per poi girarmi verso di lei. La pioggia continua a battere sul tettuccio della macchina, riempiendo il silenzio.

Carina sgrana gli occhi. "Cosa stai facendo?"

"Mi fermo, così possiamo parlare."

Distoglie lo sguardo inumidendosi le labbra. "Non riuscivi ad aspettare fino a casa?"

"No. E poi, non sono sicuro che tu non scapperai dalla macchina prima che inizi a parlare."

Il senso di colpa che intravedo nei suoi occhi mi dice tutto quello che devo sapere, e mi fa innervosire.

Siamo più di così.

E *io* merito più di così.

Abbassa la voce. "Ford..."

"Dimmi cosa intendevi quando hai detto che non ne valeva la pena."

Distoglie lo sguardo, affranta. "Doveva essere soltanto sesso. Era quello che avevamo deciso all'inizio."

Faccio scivolare le dita sotto il suo mento, per poi girarle il viso finché non ha altra scelta che guardarmi negli occhi. "Credo che sappiamo entrambi che non è mai stato *soltanto* sesso. Puoi illuderti che non sia così, ma io non me la bevo."

"Non rendere tutto più difficile del necessario."

Spalanco gli occhi e la bocca. "Ah, è questo che sto facendo? *Sto rendendo tutto più difficile?*"

"Sì." Cala il silenzio per un lungo, angosciante momento. E poi un altro. Sento ogni secondo battere con forza nelle mie vene. "Credo che il nostro accordo sia arrivato al capolinea."

Le sue parole mi fanno a pezzi.

E non c'è alcun modo per rimettermi insieme.

Respiro a fondo cercando di elaborare il tutto. Devo mantenere la calma, e trovare un approccio diverso.

"Se sei preoccupata per i nostri genitori, se ne faranno una ragione." Mi sforzo di non alzare la voce, ma è difficile. Sono dannatamente tentato di farla rinsavire, di abbracciarla per tenerla al sicuro. Voglio baciarla fino a farla soccombere alla mia volontà, finché non capirà che vale la pena combattere per quello che c'è tra di noi da anni, qualunque cosa sia.

Che vale la pena combattere per me.

La pensa davvero diversamente?

Come può restare seduta lì e dirmi che questa nostra relazione non significa nulla?

Dannazione, quello che abbiamo è differente.

È… *speciale.*

Mentirebbe se mi guardasse negli occhi e mi dicesse che non è affatto così.

"No. Non credo che se ne faranno una ragione," sussurra. "Sarebbe meglio per chiunque se la chiudessimo qui e andassimo avanti."

Come diavolo potrei farlo?

Un momento…

Mi raddrizzo, voltandomi del tutto verso di lei.

"È questo che ti ha detto Pamela? Che non dovremmo stare insieme? Che è sbagliato? O che la gente sparlerà di noi?" Le faccio una domanda dopo l'altra, senza nemmeno darle il tempo di rispondere a una di esse. Sto solo cercando di capire cosa sia cambiato in lei. Perché si sta comportando così?

Impallidisce. "Crawford è davvero buono con me, e non voglio ferirlo."

"La nostra relazione non lo ferirà, tranquilla."

"E se danneggiasse le sue possibilità di essere rieletto? Adora la politica. Riusciresti davvero a perdonarti se gli impedissi di realizzare questo sogno? Io no."

Stringo le labbra, frustrato. "Saresti comunque decisa a chiuderla qui se non ci andasse di mezzo la sua carriera?"

Lei distoglie lo sguardo, e fissa il parcheggio fuori dal finestrino.

Più tempo passa, più forte il mio cuore batte finché non sembra sul punto di scoppiare.

"Devi sapere che questa storia non era mai stata destinata a durare. Doveva solo essere…"

"Divertente?"

Non riesco a credere che me lo stia dicendo davvero.

Non me l'aspettavo. Soprattutto dopo essere stati beccati.

Pensavo che si sarebbe sentita in imbarazzo, e che dopo alcuni giorni ne avremmo riso insieme. E invece, è come se stesse cercando di…

"Sì."

Sono dannatamente tentato di continuare a ribattere, ma a che pro?

Forse sta soltanto cercando di essere diretta per quanto riguarda i suoi sentimenti, e la nostra non è mai stata una relazione seria. Voleva soltanto il sesso.

Mi affloscio sul sedile ripensando ossessivamente a tutto ciò. Mi sento un idiota per aver pensato che potesse essere qualcosa di più. Che facessimo sul serio. Che fosse soltanto l'inizio di qualcosa di duraturo.

È orribile rendersi conto che lo pensavo soltanto io.

Non abbiamo più nulla di cui parlare, quindi mi giro e riaccendo il motore prima di uscire dal parcheggio e tornare sulla strada.

Proprio come prima, restiamo entrambi in silenzio.

CAPITOLO TRENTASETTE

CARINA

Fisso distrattamente il soffitto sospirando. Quando la sveglia suona con un fastidioso tintinnio, mi giro, afferro il telefono da sopra il comodino e tocco lo schermo per poi tornare alla posizione di prima.

Dovrei alzarmi. La lezione di danza inizierà tra quaranta minuti, ma non mi va né di vestirmi né di uscire dalla mia stanza da quando ho chiuso con Ford.

Facciamo di tutto per evitarci da più di una settimana. Non mi sono mai sentita così male, nemmeno quando mi ha allontanata all'improvviso ai tempi del liceo. Al posto del mio cuore c'è un'enorme voragine. Non capisco come sia possibile che mi manchi così tanto. È come se mi fossi tagliata un arto condannandomi a sopportare il dolore fantasma per il resto della mia vita.

Ogni cosa mi ricorda lui.

Il suo profumo sui miei cuscini.

La danza.

Il libro che mi ha lasciato sul letto.

La felpa che mi ha comprato, appoggiata sullo schienale della sedia.

Che cosa ridicola.

Sono andata a letto con tanti ragazzi, ho avuto parecchie relazioni. La maggior parte non durava molto, oppure io non ero interessata a qualcosa di serio. Quando finivano, mi sentivo sollevata. I miei partner non erano mai importanti.

Non significavano nulla per me.

Ma…

Non sento lo stesso per Ford.

E io che pensavo di aver eretto un muro intorno al mio cuore.

Niente potrebbe essere più falso.

Afferro un cuscino morbido e lo premo contro il viso, poi urlo a squarciagola finché non ho più voce in corpo.

La porta della mia camera si spalanca e una voce profonda esclama: "Tutto bene?"

Allontano il cuscino. È Ryder.

Ha le sopracciglia aggrottate e l'espressione preoccupata. Si guarda intorno nella stanza come se cercasse il motivo del mio urlo. Quando non lo trova, il suo sguardo, ancora più apprensivo, cade su di me.

Perfetto. Probabilmente pensa che sia impazzita.

E forse ha ragione.

"Sì, sto bene. Scusa," borbotto. Mi sento una deficiente. "Non volevo svegliarti."

Lui sposta il peso da un piede all'altro restando sulla porta. Credo che si senta a disagio, come se si rendesse conto soltanto adesso che sto soffrendo. "Non mi hai svegliato." Indica il corridoio alle sue spalle. "Juliette sta facendo la doccia, altrimenti sarebbe venuta qui."

Sollevo un sopracciglio cercando di sdrammatizzare. "E tu non sei con lei?"

Basta questo a farlo sorridere un po'. "Prima lo ero."

"A giudicare da quello che ho sentito, l'hai tenuta sveglia tutta la notte," mormoro.

Alza le spalle. "Lo ammetto, sono colpevole."

"Allora sono io quella che dovrebbe comprare delle cuffie anti-rumore, non credi?"

"Posso prestartene un paio, se ti servono."

Alzo gli occhi al cielo. "Dico solo che siete disgustosamente felici insieme."

"Ti ringrazio."

La mia espressione si addolcisce, e aggiungo: "Ed è una cosa bella da vedere. Sta finalmente uscendo dal suo guscio e si sta divertendo, invece di passare ogni secondo della sua vita con il naso tra i libri. Mi sorprende che sia arrivata all'ultimo anno senza esaurirsi."

Lui si fa serio, poi si appoggia allo stipite della porta incrociando le braccia muscolose sul petto. "Juliette è sempre stata determinata. Anche prima che a Natalie venisse diagnosticato il cancro."

La mia voce si addolcisce. "Per anni ho cercato di farla rilassare, ma lei non voleva darmi retta. Sei stato tu ad aiutarla." Sorrido. "Sei perfetto per lei."

È contentissimo. "Ti ringrazio, Carina. Credo sia la cosa più bella che tu mi abbia mai detto."

Forse ha ragione.

"Non farci l'abitudine."

"Certo che no." Cala il silenzio per un istante. "Quindi di solito urli coprendoti il viso con un cuscino? Rilasci le tossine o qualcosa del genere?"

"Sì, più o meno."

Lui si muove leggermente, poi distoglie lo sguardo e si schiarisce la gola. "C'è... C'è qualcosa di cui vuoi parlare?" mi domanda esitante.

Sbatto le palpebre e lo fisso finché non torna a guardarmi. "Lo stiamo facendo davvero... adesso?"

Mi rivolge un sorriso sbilenco. "Certo, perché no?! Immagino che riguardi Ford."

"Perché lo pensi?" ribatto invece di farmi coraggio e ammettere la verità.

Solleva un sopracciglio. "Perché vi vedo, Carina. C'è qualcosa tra di voi, da quando vi conosco. Era solo questione di tempo prima che succedesse qualcosa. Mi sorprende che ci sia voluto così tanto."

Sospiro pensando a quello che ha detto. "È una situazione... complicata."

"Forse non te ne sarai accorta, ma la vita è complicata."

È vero.

Resto in silenzio. Non so se voglio discuterne con lui. Continua: "Ne hai parlato con Ford come la donna matura che sei?"

Ahia.

"Più o meno." Mi mordo il labbro inferiore, per poi costringermi ad aggiungere: "Abbiamo deciso che sarebbe stato meglio smettere di vederci."

"Davvero? Che strano. È stata un'idea di Ford?" Fa una pausa pregna di significato. "O tua?"

Mi sento subito a disagio davanti al suo sguardo intenso. "Mia."

Mi osserva per un lungo istante, come se cercasse di leggermi nel pensiero. Non mi piace. "Non so cosa dirti, Carina. Le persone felici delle proprie scelte non urlano in quel modo."

Santo cielo. Si è appena fidanzato ed è già diventato un esperto di relazioni?

"Come ti ho detto, è una situazione complicata. Ford ti ha detto che i nostri genitori stanno per risposarsi? O che la nostra relazione potrebbe danneggiare la campagna elettorale di Crawford?"

Sono due motivi validi per lasciarsi, ma non gli rivelo il terzo.

Quello che mi turba di più.

Scuote la testa. "No. Non abbiamo parlato molto ultimamente. Tiene il muso tutto il giorno, e rovina l'umore a tutti. In pista fa schifo, e se non si darà una raddrizzata, resterà in panchina per un bel po'.

Mi si stringe il cuore.

Odio il fatto che stia così male.

E che sia tutta colpa mia.

Quando ho accettato di andare a letto con lui, non pensavo che la nostra relazione si sarebbe evoluta così velocemente.

Avrei dovuto immaginarlo, dopo quello che era successo al liceo.

Purtroppo, Ford non è l'unico che sto evitando. Non parlo con Crawford da un bel po'. Di solito ci scambiamo messaggi ogni giorno. Lui mi ha contattata, ma io ho sempre risposto a monosillabi. Mi imbarazza il fatto che ci abbia beccati. Basta il ricordo a farmi arrossire.

Non ho la più pallida idea di come salvare il nostro rapporto. Ho pensato di passare da casa sua per parlare, ma ho troppa paura. Continuo a trovare scuse per non farlo, e i giorni passano.

"Mi dispiace per Ford. Sono certa che si riprenderà. Probabilmente non sta così per me."

Ryder inarca le sopracciglia sconcertato, inclinando la testa. "Lo pensi davvero?"

Non lo so. Non so più nulla ormai.

Ho bisogno di chiudere questa conversazione, quindi mi affretto a dire: "Ti ringrazio per essere venuto a controllarmi, ma devo sbrigarmi, altrimenti farò tardi." Mi rifiuto di parlare di quanto sia diventata orribile la mia vita con il nuovo ragazzo della mia migliore amica.

Fa spallucce allontanandosi dalla porta. "Va bene. Sono certo che Jules ci sarà se vorrai parlarne con lei più tardi." Continua a guardarmi, abbassando la voce. "È preoccupata per te."

Juliette è una brava amica, la migliore che si possa desiderare, e mi mancherà quando le nostre strade si separeranno l'anno prossimo. Cerco di non pensarci per non deprimermi ancora di più.

Mi costringo a sorridergli leggermente. "Non ce n'è bisogno. Va tutto bene."

"Se lo dici tu."

Proprio mentre sta per uscire nel corridoio, esclamo: "Grazie ancora."

Lancia un'occhiata alle sue spalle. "Non c'è problema. Ci sei sempre stata per Jules. Sono qui se mai avrai bisogno di un'opinione maschile."

Mi sorprendo quando le sue parole mi commuovono. "Me ne ricorderò."

Detto ciò, se ne va ed entra nella camera della mia migliore amica.

Sto male, ma non potrei essere più felice per Ryder e Juliette, per il fatto che abbiamo avuto il loro lieto fine. Assistere all'evoluzione della loro relazione è stato più appagante di tutti i romanzi rosa della mia collezione, persino di quelli piccanti che leggo con il vibratore in mano.

Ora che mi sono finalmente decisa, allontano le coperte e scendo dal letto. Quindici minuti dopo, sono pronta per la lezione di danza. Ho raccolto i capelli in una crocchia e mi sono scolata una tazza grande di caffè bollente insieme a una barretta proteica.

Juliette mi abbraccia di corsa quando sto per uscire, e mi dice che parleremo in serata. Forse sfogarmi e sentire la sua opinione è proprio quello che mi serve. Subito dopo aver chiuso la porta, sollevo lo sguardo e mi ritrovo davanti all'unico ragazzo a cui ho pensato per tutto questo tempo.

Mi blocco.

Non riesco a respirare.

Si ferma anche lui.

Ci fissiamo per un lungo istante. Non riesco a fare a meno di fissarlo con desiderio. Sento il bisogno impellente di allungare la mano e sfiorare i suo zigomi perfetti, mentre il mio cuore batte all'impazzata. Non mi ci vorrebbe molto per colmare la distanza che ci separa.

Tuttavia, essa è troppo grande e impossibile da annullare con delle semplici parole, con un tocco.

Solo allora mi rendo conto che nessuno di noi due ha proferito parola.

Nel corridoio c'è un silenzio di tomba.

È una situazione imbarazzante.

È passata davvero una settimana da quando abbiamo smesso di trascorrere ogni momento libero insieme, da quando si infilava nel mio letto ogni notte?

Mi manca il modo in cui mi stringeva tra le sue braccia.

Il modo mi prendeva, riempiendomi completamente.

Il modo in cui stringeva i denti cercando di controllarsi.

O il modo in cui mi guardava negli occhi mentre spingeva. Il mondo intero svaniva in quei momenti di connessione profonda, finché non restavamo soltanto noi. Non ho mai provato niente di simile con nessun altro.

Non dovrebbe sorprendermi che sia successo con Ford.

Che non abbia fatto altro che pensare a lui per tutto questo tempo.

Scaccio via questi pensieri prima che possano fare altri danni. Sono già sul punto di impazzire.

Mi ci vorrebbe poco per esaurirmi del tutto.

Continua a fissarmi. "Stai andando a lezione?"

"Uhm, sì." Sposto il peso da un piede all'altro stringendo il giubbotto argentato come se in qualche modo riuscisse a proteggermi.

"Vuoi un passaggio?"

Assolutamente no.

Stare sola con lui anche solo per dieci minuti sarebbe una follia. Sono tante cose, ma non stupida.

"Sì, grazie."

Per poco non trasalisco.

Fa spallucce. "Figurati."

Osservo le sue spalle larghe e muscolose. Non molto tempo fa, le sfioravo delicatamente prima di leccare e assaporare ogni singolo centimetro della sua pelle.

Mi inumidisco le labbra, e lui le fissa. Le sue pupille si dilatano, coprendo del tutto le iridi dorate. Si allontana all'improvviso sparendo dal corridoio, mentre io sospiro tremando. Sento le farfalle nello stomaco, e mi costringo a seguirlo.

È stato un errore.

Uno dei tanti che ho commesso per quanto riguarda Ford.

Mi sto pentendo di aver accettato la sua offerta. Avrei dovuto fingere di aver dimenticato qualcosa per tornare nel mio appartamento al sicuro e aspettare che se ne andasse.

Certo, sarei arrivata in ritardo a lezione, ma adesso sono costretta a stare con lui fino al campus. Saranno dieci minuti d'inferno.

Beh, non che la mia vita non lo sia stata in questi giorni.

Per fortuna, l'ascensore arriva al terzo piano non appena lo raggiungo.

Ford mi lancia un'occhiata mentre impedisce alla porta di chiudersi.

Entro e mi sistemo subito nell'angolo, il più lontano possibile da lui. Mi segue, per poi premere bruscamente il pulsante per scendere al piano terra. Le porte si chiudono, bloccandoci all'interno della cabina.

In pochi secondi, l'atmosfera diventa claustrofobica.

Mi lancia un'occhiata, poi inizia a fissarmi, e inizio a sudare e tremare davanti al suo sguardo intenso. Proprio quando l'ascensore inizia a scendere, lo ferma, e una campanella rumorosa inizia a suonare.

Sgrano gli occhi mentre premo ancora di più il mio corpo contro la parete. "Cosa stai facendo?"

"Obbligo o verità?"

Sbatto le palpebre per la sorpresa. "Cosa?"

Inclina la testa serrando gli occhi. Nonostante la distanza che ci separa, sento le ondate di rabbia che si irradiano dal suo corpo. Sono così forti che per poco non mi soffocano.

"Mi hai sentito benissimo. Obbligo o verità?"

Distolgo lo sguardo, per poi mordicchiarmi il labbro.

Non ho alcuna intenzione di scegliere la verità.

Ho paura di quello che mi chiederebbe.

Non riesco a mentire, e mi rifiuto di farlo soffrire ancora di più.

Ma l'obbligo in un certo senso mi spaventa ancora di più. Ho un disperato bisogno di sentire le sue mani sul mio corpo. È passata soltanto una settimana, ma sembra un'eternità.

"Obbligo," sussurro senza pensarci. Devo soltanto rimanere forte. Posso resistere per un paio di minuti… o almeno credo.

Lui colma la distanza che ci separa finché non sono costretta a sollevare il mento per guardarlo negli occhi. "Baciami."

Oddio.

"Pensi davvero che sia una buona idea?"

"Santo cielo, no." Inclina la testa. "Ma se non provi niente per me, allora non dovrebbe importare, vero? È soltanto un bacio."

Lo crede davvero?

Pensa davvero che non provi niente per lui?

Magari. Sarebbe tutto molto più semplice.

"Sai che tengo a te," ammetto mio malgrado.

Mi rivolge un sorriso beffardo. "Ah sì?"

"Certo. Sarà sempre così." Devo trovare un modo per cavarmi da questo impiccio.

Si avvicina, poi si china su di me finché il suo viso non è a pochi centimetri dal mio. Nei suoi occhi c'è un guizzo intenso, e cerco in tutti i modi di non sprofondare nelle sue iridi dorate così cariche di emozioni. Sono dannatamente tentata di alzare una mano e accarezzare la sua barbetta incolta, i suoi zigomi affilati, ma invece di cedere stringo i pugni lasciando le braccia penzoloni lungo i fianchi.

"Perché siamo imparentati?" Parla in un tono tagliente, sofferente. Non sa che non sono in grado di proteggermi da lui.

"Sì."

"Non è quello che voglio da te, Carina."

"È tutto quello che ti posso dare."

"Forse sì, forse no," dice impertinente.

Allunga una mano e l'avvolge intorno alla mia nuca per poi attirarmi a sé. Sento il calore del suo respiro sulle mie labbra socchiuse mentre l'aria intorno a noi si carica di un'energia che mi fa rabbrividire e rizzare i peli delicati sulle braccia.

In quel momento, capisco che devo scappare da qui. Non potrò resistergli ancora a lungo.

"Il tempo passa," ringhia, con una voce che sembra provenire dal fondo dell'oceano. "E sta per finire."

La campanella continua a suonare mentre il mio sguardo rimane fisso sul suo. Non riesco a distoglierlo. Prima che me ne renda conto, le mie dita si aggrovigliano nel tessuto della sua felpa, e lo attiro ancora più vicino finché non c'è più niente tra di noi. Il calore che emana è a dir poco inebriante. Non appena mi alzo sulla punta dei piedi, la mia bocca preme contro la sua. Stranamente, non risponde al bacio, e faccio scivolare timidamente la lingua sulla giuntura.

Mi sono mai dovuta impegnare per attirare l'attenzione di Ford?

Il desiderio pervade il mio corpo mentre cerco in modo più insistente di fargli aprire le labbra una, due, tre volte.

Lui continua a resistere, e mi stacco quel tanto che basta per guardarlo negli occhi, per poi mordicchiargli il labbro e tirare. Lui sibila immediatamente, aprendo la bocca e gemendo mentre le nostre lingue si intrecciato. Il suo alito al profumo di menta e il suo sapore inebriano i miei sensi.

Mi sono mancati tantissimo.

Mi è mancato *lui*.

Poso i palmi delle mani sui suoi pettorali, poi li faccio scivolare più sopra, attorno al suo collo muscoloso, mentre lui mi palpa e strizza il sedere stringendomi così forte che sento la sua erezione contro la parte bassa del mio ventre.

Basta questo a farmi bagnare.

Le nostre labbra si scontrano più volte, le nostre lingue si intrecciano e i nostri denti raschiano gli uni contro gli altri. Ho una fame assurda di lui, e sento che non riuscirò mai più a soddisfarla.

Proprio quando sembra che stia per mangiarmi, oppure il contrario, le sue mani si allontanano dal mio fondoschiena. Si stacca da me indietreggiando.

Mi appoggio alla parete dell'ascensore ansimando, cercando di restare in piedi malgrado gli ormoni impazziti e il desiderio che attraversa ogni singola cellula del mio corpo.

Mi guarda agitato mentre si pulisce gli angoli della bocca con il pollice e l'indice, dopodiché preme il pulsante continuando a fissarmi. La campanella smette di suonare, la cabina sobbalza e arriva al piano terra in silenzio mentre il mio cuore batte all'impazzata fino a farmi male.

Il suo sapore pervade i miei sensi, e il mio cervello va in tilt.

Devo dire qualcosa.

Qualcosa che cambierà il corso della nostra relazione.

Ma non so cosa.

Resto in silenzio.

Sembra deluso soltanto per un istante, poi torna a fissarmi con un'aria indifferente prima di guardare dritto davanti a sé, come se non ci fossi nemmeno.

Non pensavo che fosse possibile, ma il mio cuore si spezza ancora di più in un milione di pezzi che non riuscirò mai più a rimettere insieme.

Avvolgo le braccia intorno al ventre, cercando di non farmi vedere sofferente, cercando di evitare che veda quanto questo ultimo contatto mi abbia distrutto emotivamente.

So soltanto che non sarò mai più la stessa.

Adesso posso dividere la mia vita in due periodi ben distinti: *prima* e *dopo* Ford.

E non so come farò a vivere senza di lui.

CAPITOLO TRENTOTTO

CARINA

È pieno giorno quando entro nel vialetto e parcheggio la BMW accanto al portone. Tiro un sospiro di sollievo quando non vedo l'Audi di mia madre. Ci sono altre tre macchine: dato che siamo a metà settimana, immagino che siano dei collaboratori di Crawford, che lo stanno aiutando a elaborare una strategia per la campagna elettorale. Di solito sono cinque o sei, e gli stanno sempre intorno…

A meno che non ci sia Pamela.

Spengo il motore, prendo la borsa da asporto e scendo dall'auto per poi salire i gradini di pietra. Durante i primi sei mesi vissuti lì, avevo continuato a suonare al campanello finché Crawford non mi aveva detto che non era necessario, dal momento che era anche casa mia. Mi ha sempre fatto sentire la benvenuta qui.

Abbasso la maniglia argentata in preda al nervosismo, ed entro nell'enorme ingresso. Per quanto sia stato decorato da dei professionisti anni fa, ha un non so che di accogliente che mi fa sentire subito a casa.

È la prima volta che ci vediamo dall'*incidente*, come ho iniziato a chiamarlo.

Immagino che avremo una conversazione imbarazzante, com'è ovvio dopo quello che è successo, ma non posso indugiare ancora. Dobbiamo parlarne e rimediare. Non parlare con Crawford ha aperto una voragine nella mia vita, proprio come è successo con suo figlio. E se non posso salvare la mia relazione con Ford, devo almeno riconciliarmi con suo padre.

E poi devo assicurarmi che abbiano fatto la pace. Posso farmi carico di quello che è accaduto, e sono disposta a tutto pur di salvare il loro rapporto.

Sento delle voci che cercano di sovrastarsi a vicenda provenire dall'ufficio di Crawford. Avrei dovuto immaginare che sarebbe stato impegnato.

Forse questa visita improvvisata non è stata una buona idea, dopotutto, e l'ultima cosa che voglio è interrompere il suo lavoro. Lascerò il cibo in cucina per quando avrà un po' di tempo libero.

Proprio mentre sto per avviarmi verso la parte posteriore della casa, una voce profonda mi costringe a fermarmi.

"Carina?"

Lancio un'occhiata alle mie spalle, e vedo Crawford in piedi sulla soglia dell'ufficio.

"Cosa ci fai qui?" Prima ancora che possa rispondere, mi guarda con un'aria preoccupata. "Va tutto bene? Non vieni mai durante il giorno."

Mi costringo a sorridere. "Scusa. Avrei dovuto chiamare per accertarmi che non fossi impegnato.

Il suo sguardo si posa sulla borsa da asporto che ho in mano. "Hai portato il pranzo."

"Sì. Posso lasciarlo in cucina per dopo." Lancio un'occhiata all'ufficio affollato dietro di lui. "Ce n'è abbastanza per almeno cinque persone. Potresti fare un pranzo di lavoro."

"Che pensiero gentile." Guarda l'ora sul Rolex argentato al suo polso sinistro. "Siamo al lavoro da due ore ormai, e credo sia il momento perfetto per fare una bella pausa. Possono andare a mangiare fuori, mentre noi ci godremo il cibo..." Si blocca per annusare il profumo proveniente dalla borso. "Cinese, se non sbaglio."

Sorrido leggermente. "Esatto. Involtini primavera, ravioli di maiale, riso fritto di pollo e pollo kung pao. Ce n'è abbastanza per tutti, e non mi dispiace condividerlo con i tuoi collaboratori."

Lui agita la mano. "Nah, possono mangiare per conto loro nel pomeriggio."

Dieci minuti dopo, siamo seduti in cucina, al tavolo di vetro davanti al giardino sul retro, un panorama che riesce sempre a calmarmi quando qualcosa mi turba.

O forse è soltanto questa casa.

Ormai è diventata un posto sicuro per me, e non mi ero mai sentita così prima di incontrare Crawford.

Prendiamo un po' di tutto prima di iniziare a mangiare. Tuttavia, proprio come l'ultima volta che siamo stati qui a cena, non ho fame. Pensavo che l'aroma invitante del mio cibo d'asporto preferito mi avrebbe fatto venire l'acquolina in bocca.

Dovrei avere una fame da lupo, dopo una lezione di danza di due ore.

E invece mi sento leggermente a disagio.

Crawford indica il mio piatto con la forchetta. "Hai portato tutto questo cibo e non ha mangiato niente. C'è qualcosa di cui vuoi parlare?"

Sospiro e spingo via il piatto per poi posare lo sguardo sulle mie mani. Ho deciso di venire qui per chiarire con lui, per dirgli che qualunque cosa ci fosse tra me e Ford è finita ormai.

E il solo pensiero mi fa stare male.

Ma sto facendo quel che è meglio per la nostra famiglia… vero?

È quello che conta.

Prima o poi, io e Ford potremo riappacificarci e dimenticare di essere stati insieme. Dopotutto, la nostra relazione non è durata chissà quanto. La ricorderemo come un fugace momento di follia, e finiremo per riderci su.

Un giorno, in un futuro *molto* lontano.

E continueremo a essere una famiglia.

Quando resto in silenzio cercando un modo per avviare il discorso, lui mi domanda: "Hai parlato con tua madre?" Non mi lascia nemmeno il tempo di rispondere, e abbassa la voce. "È per questo che sei così mogia?"

Le sue parole mi confondono.

"Mia madre?" Non le parlo da quella sera nel soggiorno. Non pensavo che avesse altro da dirmi. "No. È successo qualcosa?"

Distoglie lo sguardo, e le sue spalle, che normalmente sono così forti, si afflosciano. "Pamela ha deciso che non voleva più risposarsi."

Spalanco gli occhi e la bocca. "Stai scherzando?" gli domando, anche se dubito che lo farebbe per una cosa del genere.

"No." Posa la forchetta sul piatto e si raddrizza sulla sedia, come se cercasse di sembrare coraggioso. "Speravo che avrebbe cambiato idea, ma ha prenotato una crociera last minute e se n'è andata stamattina.

Sono sconvolta.

Non riesco a credere che l'abbia fatto.

Anzi… ci credo eccome.

Non riesco a fare a meno di chiedermi se io abbia a che fare con questa sua decisione. Mi sento in colpa guardando Crawford.

Del resto, però, è così che si comporta mia madre. Mi sento segretamente sollevata per quello che è successo, ma è evidente che lui sta soffrendo. Crawford ha sempre visto il meglio in lei.

Anche quando non avrebbe dovuto farlo.

"Mi dispiace."

Riesco a resistere alla tentazione di dirgli che starà meglio senza di lei.

Mi rivolge un sorriso forzato che non si estende ai suoi occhi, poi alza le spalle: "Avrei dovuto aspettarmelo. Se c'è una cosa che non piace a tua madre, è avere dei vincoli. Vuole andarsene quando ne sente il bisogno, e io non posso farlo al momento."

"Non scusa certo il suo comportamento," borbotto senza pensarci.

"Lo so," sospira pesantemente. "Ma non possiamo scegliere chi amiamo, non credi?"

La mia paura più grande si annida come un mostro nell'oscurità in fondo al mio cervello, e la domanda esce dalla mia bocca prima che riesca a fermarla.

"Non sono come lei, vero?"

Sbatte le palpebre, cercando di capire a cosa mi riferisca. "Come Pamela?"

Annuisco. In un certo senso temo la sua risposta. Sarei devastata se scoprissi che lo pensa davvero.

Quando resta in silenzio guardandomi negli occhi, ammetto sottovoce: "Non voglio esserlo."

Lui mi guarda con un'espressione comprensiva, e allunga la mano per posarla sulla mia. "Solo per quanto riguarda gli aspetti positivi, Carina. Tua madre ha un carattere frizzante, proprio come te. Ed è l'anima della festa." Mi fa l'occhiolino. "Proprio come te. Ha lavorato duramente per anni per darti un tetto sopra la testa, e spesso faceva gli straordinari per non farti mancare niente."

Mi sento in colpa, ha ragione. A volte indossava delle scarpe scomode a lavoro pur di farmi andare a lezione di danza o comprarmi un costume per un saggio.

"È uno dei motivi per cui mi sono innamorato. So benissimo che al giorno d'oggi le donne non hanno bisogno di qualcuno che si prenda cura di loro, ma io volevo rendere la sua vita più facile. Migliore. E per un po' siamo stati davvero felici." Assume un'espressione nostalgica. "Non pensavo fosse possibile, dopo la morte di Sandra. Negli anni, però, ho imparato che a volte le relazioni o le persone restano nella tua vita per poco tempo, e non durano per sempre. Devi approfittarne finché puoi. Non bisogna mai dare niente per scontato." Torna a concentrarsi su di me, per poi chinarsi in avanti e guardarmi negli occhi. "Ma tu, mia cara, resterai nella mia vita per tanto tempo. Sarò sempre tuo padre."

Non mi accorgo di essermi commossa finché una lacrima non riga la mia guancia. Scatto in piedi e giro intorno al tavolo per abbracciarlo, premendo il viso contro il suo petto e continuando a piangere.

Non riesco a fermarmi. Non ricordo nemmeno l'ultima volta che è successo. Continua a stringermi forte, come se non volesse mai lasciarmi andare.

"Mi dispiace, Carina," mormora. "Forse avrei dovuto dirti tutto ciò tanto tempo fa. Pensavo che sapessi già come mi sentivo."

"Prometti che sarà sempre così, a prescindere da lei?"

Ho bisogno che lo dica.

Almeno una volta.

Ad alta voce.

"Sì. Sei mia figlia, e niente lo cambierà mai. *Niente.*"

Mi asciugo le lacrime per poi staccarmi e sistemarmi sulla sedia accanto a lui. "Temevo che avresti cambiato idea dopo avermi beccato con Ford."

Scuote la testa. "Assolutamente no. Certo, forse sono rimasto scioccato da quello che ho visto, ma niente di più. Ero solo sorpreso." Sospira. "Non volevo che Ford si approfittasse di te, né che ti costringesse a fare qualcosa per cui non ti sentivi pronta."

"Non l'ha mai fatto," ammetto.

"Dopo aver scoperto che sgattaiolavi in camera sua ogni notte e restavi a dormire lì, ho messo fine a tutto ciò. Ero davvero deluso da lui."

"Aspetta… cosa?" Sbatto le palpebre, confusa. "Vuoi dire durante l'ultimo anno del liceo?"

"Sì. Sono entrato in camera sua una mattina e ti ho trovata abbracciata a lui. L'ho preso da parte e gli ho detto chiaramente che non avreste dovuto andare a letto insieme." I suoi occhi color whisky incrociano i miei con un'espressione dubbiosa. "Eri troppo giovane. Troppo sensibile. Persino all'epoca riuscivo a vedere quanto fossi infatuata di lui." Cala il silenzio per un istante, poi mi chiede dolcemente: "Ho preso la decisione giusta, vero?"

Ripenso a quel periodo, a quanto io e Ford fossimo diventati uniti, al mio cuore spezzato quando lui mi aveva respinto. Questa rivelazione cambia tutto nella nostra storia. Non l'aveva fatto perché si era stancato di me, ma perché suo padre gliel'aveva ordinato.

"Lo amo," ammetto.

"Lo immaginavo," dice annuendo lentamente. "E non credo che Ford abbia mai smesso di amarti. Me l'aveva detto con insistenza, e io gli avevo risposto che era troppo giovane per dire una cosa del genere. Soprattutto perché io e tua madre eravamo sposati, e noi quattro eravamo una famiglia."

Mi si stringe il cuore. Ford ha sempre tenuto a me.

Persino quando mi provocava e mi faceva innervosire.

E faceva allontanare i ragazzi con cui uscivo.

"Ha fatto in modo di vivere accanto a te per tenerti d'occhio e assicurarsi che stessi bene."

E io che pensavo fosse soltanto sfortuna. Mi sento un'idiota per non essermi accorta di quello che ho avuto davanti agli occhi per tutto questo tempo.

"L'ho ferito," sussurro, più a me stessa che a Crawford. "L'ho allontanato. Non so se mi perdonerà, dopo il modo in cui ho messo fine alla nostra relazione."

La sua espressione si fa comprensiva. "C'è solo un modo per scoprirlo, no?"

Annuisco e scatto in piedi. So benissimo cosa devo fare.

Il suo sguardo rimane incollato al mio mentre allunga la mano per stringere la mia. "Volevo proteggerti come se fossi mia figlia, perché nel mio cuore lo eri." Si corregge immediatamente. "Lo *sei*."

"Non ho mai conosciuto il mio padre biologico. Se n'è andato non appena mia madre ha scoperto di essere incinta. Per quanto mi riguarda, sei tu mio padre, Crawford. Ci sei sempre stato per me. *Sempre*."

"È così che dovrebbe essere in una famiglia, non solo nella buona sorte, ma anche in quella cattiva. E noi siamo una famiglia, Carina. Lo saremo sempre."

"Sì." Il nodo che stringeva il mio cuore si allenta un po', e respiro a fondo, forse per la prima volta dopo anni. Quando lascia andare la mia mano, mi avvio verso la porta, ma poi mi fermo. "Non voglio fare niente che possa danneggiare la tua carriera."

Sorride. "Mi importa di più che tu e Ford siate felici. E se finirete per stare insieme, allora ne affronteremo le conseguenze insieme, uniti. Come una famiglia."

Basta questo a far crollare ogni mio dubbio, ogni mia riserva. Mi precipito ad abbracciarlo, e lo stringo forte, come se non volessi mai lasciarlo andare.

"Ti voglio bene, Crawford."

"Anch'io."

Mi dà una pacca sulla schiena, poi si stacca. "Adesso vai a sistemare le cose con mio figlio."

CAPITOLO TRENTANOVE

FORD

"Hamilton!" urla il coach. "Datti una svegliata e concentrati sulla partita, o ti mando in panchina!"

Proprio mentre lancio un'occhiata allo staff tecnico, qualcuno si schianta contro di me e cado a terra. Mi manca il fiato non appena urto contro il ghiaccio, e mi lacrimano gli occhi mentre cerco di respirare. Sollevo lo sguardo, e vedo il volto sorridente di Garret Akeman.

Che imbecille.

"Avresti dovuto guardare dove mettevi i piedi, Hamilton. Oppure non te l'hanno insegnato all'asilo?"

Mi ci vuole un attimo per rimettermi in piedi. "Sei uno stronzo," ansimo.

Ride. Evidentemente pensa che stia scherzando.

Sono serissimo. È un vero stronzo.

Anzi, per quanto mi riguarda, è il re degli stronzi.

Approfitta di qualsiasi occasione per mettere in cattiva luce un compagno di squadra, pur di fare bella figura davanti al coach Philips.

Mi avvicino. Sono più che pronto a litigare con lui. Cosa diavolo ho da perdere, a questo punto?

Non molto. La mia vita è implosa.

Proprio mentre sto per prenderlo a pugni, però, Hayes e Colby si parano velocemente davanti a me spruzzando del ghiaccio per la foga, mi afferrano per le spalle e mi costringono a indietreggiare.

"Sparisci, Akeman," esclama Colby, sputando il paradenti. Di solito è il membro più tranquillo della squadra, ma non quando si tratta di Garret. Giochiamo con lui da quattro anni, e non ne possiamo più.

"Deficiente," borbotta Hayes.

Garret agita una mano e pattina verso il suo lato della pista, lungo la linea della difesa.

Colby lo guarda, poi scuote la testa. "Quando pensi che non potrebbe diventare più stronzo di così, fa anche di peggio."

"Già," ribatto continuando a fissarlo.

Hayes mi osserva attentamente. "Che ti diavolo ti succede? Non è da te farti spingere a terra." Fa un cenno del capo in direzione di Akeman. "E menchemeno da lui."

"Non è niente," mormoro. Non voglio ammettere di avere un problema. Non riesco a giocare bene da quando Carina mi ha lasciato. Non riesco a concentrarmi. Su nulla.

E non mi è mai successo.

Adesso che è tutto finito, mi sento un idiota per pensato che fosse qualcosa di più del semplice sesso.

Per lei era proprio quello.

Un ragazzo con cui andare a letto, tra un fidanzato e l'altro.

Colby solleva un sopracciglio, mentre Hayes alza gli occhi al cielo dietro la visiera.

"Sì, certo," dice Colby.

"Immagino che abbia a che fare con Carina," mi incalza Hayes guardandomi da vicino.

Lo guardo in cagnesco, poi borbotto: "Lei non c'entra niente. Ho solo un sacco di cose per la testa."

"Sì, certo," ripete Colby ridacchiando. "E invece penso che qualunque cosa sia, abbia a che fare con lei."

"È abbastanza ovvio che è successo qualcosa tra di voi," aggiunge Hayes.

Stringo le labbra. Mi rifiuto di rispondere. Mi sento già un perdente, e non c'è bisogno che lo pensino anche i miei compagni di squadra.

Colby fa un cenno del capo verso gli spalti. "È per questo che è qui?"

Ah! Pensa davvero che abboccherei a una provocazione così banale?

Hayes segue il suo sguardo, poi sorride e agita la mano.

Devo controllarmi per non girare subito la testa e osservare il palaghiaccio. So già chi vedrò.

Ed è un altro pugno nello stomaco.

Per quanto sia difficile, sono stato alla larga da lei, sebbene non desiderassi fare altro che bussare con forza alla sua porta e irrompere nel suo appartamento. Ho una voglia matta di baciarla fino a farle ammettere che quello che c'era tra di noi era qualcosa di più del semplice sesso.

Doveva solo essere qualcosa di divertente...

Anche solo pensare a quel commento buttato lì mi fa innervosire. Quello che avevamo non è *mai* stato soltanto qualcosa di divertente.

Fin dall'inizio, è sempre stato qualcosa di più.

Quella ragazza era tutto il mio mondo.

Entrare nel calore accogliente del suo corpo era come tornare a casa.

E pensare che non mi sentirò mai più così mi spezza il cuore.

"Avete intenzione di giocare a hockey, o volete continuare a perdere tempo?!" urla il coach dalla sua postazione accanto a tre dei suoi assistenti, nei pressi della panchina.

Non rispondiamo, ma ci separiamo prendendo posizione.

Non vogliamo mica che ci punisca.

Mentre aspetto che ricominci l'allenamento, noto un luccichio argenteo con la coda dell'occhio, e mi volto in quella direzione. Nel momento in cui la vedo seduta in tribuna, ogni mio muscolo si irrigidisce.

I nostri sguardi si incrociano per un istante.

E poi un altro.

Torno in me quando Hayes e Madden si contendono il dischetto.

Madden lo passa subito a Colby, che corre verso la porta. Affondo le lame nel ghiaccio con un paio di secondi di ritardo e impreco sottovoce mentre mi concentro sul gioco che si sta svolgendo intorno a me invece che sulla ragazza che occupa ogni mio pensiero, sia di giorno che di notte.

Non riesco a sfuggirle.

Non importa quanto ci provi.

Ryder e Bridger sfilano con i bastoni in avanti, aspettando di vedere cosa farà dopo. Colby passa il dischetto a Hayes, che lo spinge al centro prima di essere travolto e passarlo di nuovo a me. Ryder prende velocità mentre corro verso la rete, fingendo di passare il disco ad Hayes prima di mirare tra le gambe del portiere e tirare.

Wolf si inginocchia e lo prende con una mano guantata, poi sorride pigramente. "Bel tentativo, cretino. La prossima volta ti andrà meglio."

Giro intorno alla porta e torno al mio lato della pista. La mezz'ora successiva non è tanto diversa. Per quanto cerchi di non farmi distrarre da Carina, sono dolorosamente consapevole della sua presenza.

Ma, d'altronde, è sempre stato così.

Anche quando ho provato a tenerla alla larga e andare avanti al liceo, non ci sono riuscito.

Quando l'allenamento finisce, sono sudatissimo. Entro nello spogliatoio e faccio la doccia con calma. Mentre mi lascio andare sotto il getto d'acqua calda, mi viene in mente che potrebbe essere qui per vedere un altro ragazzo, e mi irrigidisco. Se così fosse, giuro che tirerò il collo a quel deficiente.

Fin dal primo giorno all'università, ho fatto capire ai miei compagni di squadra che non dovevano toccarla, e nemmeno guardarla. Se a un certo punto lei se n'è accorta, non mi ha mai detto niente al riguardo.

Finisco di farmi la doccia e mi vesto velocemente, uso il deodorante e indosso delle ciabatte. Ora che l'allenamento è finito e sono tutti più rilassati, i miei compagni ridono e scherzano, ma io riesco a pensare soltanto a Carina sugli spalti.

Continuo a esitare.

Dopo il modo in cui mi ha lasciato, di cosa dovremmo parlare?

Di nulla.

Ho quasi *paura* di sentire cos'ha da dirmi.

Qualunque cosa sia, non può essere nulla di buono.

Per poco non mi sfugge una risata amara.

Quante volte ancora può farmi stare male?

È *questo* che vorrei sapere.

Riggs, Wolf e Maverick si issano i borsoni in spalla prima di avviarsi verso la porta.

Mav si gira a guardarmi. "Vieni?"

"Sì, tra un minuto."

Wolf alza le spalle. "Come vuoi. E non ti preoccupare per Carina. Le terrò compagnia mentre tu ti fai crescere le palle."

Quando gli mostro il dito medio, lui ridacchia ed esce dallo spogliatoio. Maverick lo segue scuotendo la testa, come se fossi troppo patetico per meritare un commento da parte sua.

E la cosa mi ferisce, dato che è più piccolo di me.

Quando non posso più temporeggiare e la saletta si è svuotata, prendo il borsone e mi dirigo verso la porta. Non appena varco la soglia, osservo attentamente gli spalti, ma non vi trovo nessuno.

Mi si stringe il cuore.

Allora era davvero qui per un altro ragazzo.

Mi passo una mano tra i capelli umidi, cercando di capire se mi sento sollevato o deluso dal fatto che non si sia nemmeno degnata di aspettare.

O peggio, che se ne sia andata con un mio compagno.

"Ehi."

Mi giro, e mi accorgo che Carina è a un solo metro di distanza da me. La osservo avidamente, e mi eccito immediatamente. Ha un aspetto meraviglioso: indossa un piumino argentato stretto all'altezza della vita, un cappellino bianco lavorato a maglia con un pompon e dei leggings neri che abbracciano ogni sua stupenda curva.

Mi sento come se fosse passata un'eternità dall'ultima volta che siamo stati così vicini, abbastanza da farmi assaporare il suo profumo di fiori.

Ripenso a quei minuti nell'ascensore, a quando mi ero offerto di accompagnarla a lezione. Avevo pensato stupidamente di poterla convincere con un bacio che mi voleva la metà di quanto la desiderassi io.

Purtroppo, però, la cosa mi si era ritorta contro.

Mi inumidisco il labbro inferiore, come se riuscissi ancora a sentire il suo sapore.

Dannazione.

Voglio soltanto avvicinarmi e prenderla tra le braccia, tenendola stretta e al sicuro. Voglio che mi appartenga per sempre.

Indietreggio velocemente, perché so che non succederà. Mi ha lasciato, e non è interessata a me.

Qualunque cosa debba dirmi, dovrebbe dirla in fretta, così potrò finalmente andare avanti con la mia vita. Mio padre non ne sarà felice, ma per un po' dovremo interrompere le cene settimanali a casa sua. Non riuscirò a starle vicino finché non avrò imparato a tenere sotto controllo il desiderio che provo per lei.

E potrei non riuscirci affatto.

Molto probabilmente, questo dolore non se ne andrà mai, non del tutto. È come se qualcuno mi avesse aperto il petto a mani nude per poi strapparmi il cuore, gettarlo ai miei piedi e calpestarlo.

La cosa peggiore è che forse non avrò mai più un cuore. L'ho dato a qualcuno che non lo voleva, e adesso non potrò più riaverlo indietro.

Invece di ricambiare il saluto e cercare di restare calmo, mi comporto da stronzo.

"Che ci fai qui?" Trasalisco per il tono glaciale della mia voce.

Lei sposta il peso da un piede all'altro, poi inspira tremando ed espira. "Speravo che potessimo parlare."

È impazzita?

Stringo gli occhi sorridendo leggermente. "Cosa ci è rimasto da dire?"

Arrossisce mordendosi il labbro inferiore. "Tante cose."

Incrocio le braccia sul petto. "Ah sì? Cioè?"

"Devo farti una domanda."

Una domanda?

A che razza di gioco sta giocando?

"E va bene. Spara."

"Obbligo o verità?"

Sbatto le palpebre per la sorpresa. Non credo di aver sentito bene. Gliel'ho sempre chiesto io.

Era un modo per farle fare quello che volevo.

Come baciarmi.

Toccarmi.

Ballare nuda per me.

Tutte cose che non le chiedevo direttamente perché avevo troppa paura. Il gioco era soltanto una facciata.

Quando resto in silenzio, lei ripete sussurrando: "Obbligo o verità?"

"Obbligo."

Si raddrizza sollevando il mento. "Baciami."

Resto immobile, sconvolto.

Passa un secondo.

Poi un altro.

"Non mi costringere a rendere la sfida ancora più difficile," mormora.

Solo allora mi accorgo di essere terrorizzato. Temo che non riuscirò più a fermarmi dopo aver sfiorato le sue labbra. Perché, in fondo, lei è sempre stata destinata a essere mia.

"Ford?" Pronuncia il mio nome con voce roca, come se fosse spaventata quanto me.

Basta questo incoraggiamento a farmi reagire. Colmo la distanza che ci separa, poi allungo una mano e le sollevo il mento. "C'è un problema: una volta che inizierò, non riuscirò più a fermarmi."

"Non lo farai mai." Mi guarda negli occhi. "Non voglio che ti fermi."

Le sue parole mi travolgono come uno tsunami che minaccia di trascinarmi sul fondo dell'oceano. La mia voce si fa più roca, mentre le mie dita stringono ancora di più il suo mento delicato. "Capisci quello che dico, Carina? Se ti baciassi, apparterresti a me. *Saresti mia.*"

Ho bisogno di possederla.

"È proprio quello che voglio. Ti amo, e mi dispiace per averti allontanato. Non…"

Non riesco a resistere un altro secondo, e premo le labbra contro le sue, impedendole di continuare a parlare. Non importa più nulla, ora che ha detto di amarmi.

Il suo sapore inebria i miei sensi, facendomelo venire duro.

Come sempre.

Baciarla mi fa perdere la cognizione dello spazio e del tempo, e quando alla fine mi stacco, ansimiamo entrambi. Sento il bisogno impellente di metterle le mani addosso, e premo la fronte contro la sua, guardandola in quei suoi meravigliosi occhi grigio-azzurri in cui non mi dispiacerebbe affatto annegare.

"Dici sul serio? Mi ami davvero?"

"Sì. E se devo essere del tutto sincera, ti amo da un po' di tempo." Resta in silenzio, come se stesse scandagliando le emozioni che vede nel mio sguardo. "Prima ho parlato con Crawford. Ha detto che ci aveva trovati a letto insieme durante l'ultimo anno del liceo. E poi ne avevate discusso."

Mi rilasso. Finalmente la verità è venuta a galla. "Mi dispiace. Forse avrei dovuto parlartene, ma mi aveva fatto sentire davvero in colpa, come stessi approfittando di te o della situazione che si era creata tra noi."

Sembra triste, per un istante. "Non l'hai mai fatto. All'epoca, la nostra relazione era più emotiva che fisica. Non avevamo mai fatto niente."

Ha ragione. Ci limitavamo a baciarci e toccarci.

Anche se io volevo andare oltre.

Lo volevo tantissimo.

Desideravo farla mia nel modo peggiore. E se mio padre non fosse intervenuto, ci sarei riuscito.

Prima o poi.

"Avevo cercato di dirglielo, ma lui non mi aveva creduto,"

mormoro. "E di sicuro non voleva fare niente che potesse turbare Pamela."

Ho di nuovo bisogno di tenerla stretta, e l'attiro tra le mie braccia per poi appoggiare il mento sulla sua testa. Ho quasi paura di rovinare la pace che abbiamo appena ritrovato.

"Dovremo dirglielo, sai? Non posso avere altri segreti. Se vogliamo dare una possibilità al nostro rapporto, dovremo uscire allo scoperto. Non ho intenzione di nascondermi." Faccio una pausa, poi aggiungo: "Né di essere il tuo sporco segretuccio."

Si stacca quel tanto che basta per guardarmi negli occhi. "Mi dispiace per averti fatto sentire così."

Annuisco. "Nessuno dei due ha fatto le cose nel modo giusto. Abbiamo sbagliato entrambi, ma questa è la nostra opportunità per rimediare."

"Hai ragione. Crawford ti ha detto che Pamela se n'è andata?"

Spalanco gli occhi per la sorpresa. "Dici sul serio?"

"Sì."

La guardo negli occhi, cercando di capire cosa ne pensi. "E ti senti sollevata per questo?"

Per un momento, sembra che si senta in colpa. "Per quanto sia brutto da dire, sì. Crawford merita una donna che gli stia accanto, che si comporti da vera partner. E quella donna, non è mia madre."

La bacio di nuovo, preso dal desiderio di assaporare ancora le sue labbra. "Mi sei mancata tantissimo."

"Anche tu. Più di quanto credevo fosse possibile. Mi dispiace di averti allontanato e ferito."

"Va tutto bene, bellina. Finché capirai che il tuo posto è qui, tra le mie braccia, è valsa la pena di affrontare tutti questi problemi."

"Nel profondo della mia anima so che sono sempre stata destinata a stare con te."

Le mordicchio il labbro inferiore. "Bene. Andiamocene. Penso che tu mi debba un bel po' di sesso riparatore."

Le sfugge una risatina strozzata. "Ah sì?"

"Sì."

"E cos'hai in mente esattamente?"

Sorrido pensandoci su. Anche se siamo soli, la stringo a me e le sussurro la risposta all'orecchio. Lei si allontana quanto basta per guardarmi negli occhi mentre le sue pupille si dilatano, inghiottendo le iridi grigio-azzurre.

"Beh, credo di poterlo fare."

Le stringo la mano e torniamo di corsa a casa sua.

Per la prima volta in una settimana, tutto nella mia vita sembra essere tornato al suo posto, ed è grazie alla ragazza al mio fianco.

Quella a cui non permetterò mai più di scappare.

CAPITOLO QUARANTA

CARINA

Ford mi cinge la vita con le braccia, tenendomi stretta a sé come se non volesse mai lasciarmi andare, e ne sono felice. Sono passate alcune settimane da quando ci siamo ritrovati, e ci sembra già di stare insieme da sempre. Pensavo che gli altri ci avrebbero guardati incuriositi, o avrebbero commentato il fatto che un tempo eravamo imparentati, ma non è successo. È come se tutti sapessero che saremmo finiti insieme ancor prima di noi.

Mi bacia il collo mentre avvicino il bicchiere di soda al limone alle labbra. I Wildcats hanno portato a casa un'altra vittoria, e tutto il campus si è riunito allo Slap Shotz per festeggiare.

Il locale è affollatissimo, e si può stare solo in piedi, quindi il karaoke è iniziato da un pezzo. Le persone sul palco cantano a squarciagola. Alcune sono terribili e lo sanno benissimo, scherzandoci su. Altre, però, sono davvero brave e il bar diventa così silenzioso da non far volare nemmeno una mosca.

Juliette mi fa un cenno dall'altro lato del tavolo, mormorando la parola 'bagno''. Annuisco, poi mi giro verso Ford.

"Vado alla toilette, poi mi fermo al bancone a prendere un altro bicchiere di soda."

La sua presa si stringe sul mio fianco. "Non stare via a lungo, o dovrò venire a cercarti." Un brivido corre lungo la schiena, e sorrido. "Stai davvero cercando di minacciarmi col sesso?"

Ride. "Lo faccio sempre, bellina."

Mi alzo, ma lui mi tira giù per le dita, facendomi scivolare sulle sue ginocchia. Preme le labbra contro le mie, e la sua lingua scivola sulla giuntura per poi infilarsi nella mia bocca. Mi abbandono al bacio, ma qualcuno mi tocca la spalla.

Mi stacco, e vedo Juliette in piedi accanto a noi. Sorride.

"Pronta?"

Mi lecco le labbra per sentire il sapore di Ford. Lui fissa la mia lingua, e le sue pupille si dilatano, coprendo le iridi dorate. So già cosa succederà quando torneremo a casa mia.

E non vedo l'ora.

Juliette lancia un'occhiata al mio nuovo fidanzato, che si rilassa sulla sedia continuando a fissarmi. "Forse dovreste passare la notte a casa tua ogni tanto. Vorrei dormire, per una volta. Siete ancora troppo rumorosi."

Le do un colpetto sul braccio mentre lui sorride. Mi chiedo se sia fiero del fatto che riesce a farmi urlare così tanto.

Ma cosa dico?!

Certo che lo è.

Soprattutto adesso che riesce a durare per più di una dozzina di spinte. A volte mi fa venire due volte prima di arrivare anche lui all'orgasmo.

Juliette mi cinge le spalle con un braccio mentre ci facciamo strada tra la folla in direzione del bagno. C'è una fila abbastanza lunga. Chiacchieriamo degli esami che ci aspettano il mese prossimo, e delle imminenti vacanze di Natale.

Quest'anno sta passando velocemente, e presto arriverà il giorno della laurea.

Successivamente andiamo al bancone e ordiniamo un altro giro di drink. Qualcuno mi stringe il braccio mentre pago. Mi giro, e vedo Fallyn insieme alla sua amica Britt. Non le vedevo da un po'. Ci abbracciamo e iniziamo a chiacchierare.

"E ora, l'ultima canzone della serata!" esclama Sully dall'altro lato del bar.

Sto per riprendere a parlare quando Wolf si alza e sale sul palco.

Lancio un'occhiata a Juliette e inarco le sopracciglia. "L'hai mai visto salire lassù?"

Lei scuote la testa. Sembra sorpresa quanto me da quello che sta succedendo. Anche le altre due ragazze restano in silenzio, e lo fissiamo mentre sceglie una canzone prima di prendere in mano il microfono. Passa in rassegna il pubblico, come se cercasse qualcuno in particolare.

Ma chi?

Che io sappia, non ha mai avuto una fidanzata. Le groupie si gettano sempre ai suoi piedi, ma più lui le tiene alla larga, più loro reclamano la sua attenzione.

Non appena sento le prime note allegre, riconosco la canzone.

'Mr. Brightside' dei Killers.

Wolf avvicina il microfono alle labbra mentre il suo sguardo si posa su qualcuno.

Mi guardo intorno e mi accorgo che sta fissando Fallyn.

Anche nell'oscurità del bar, sarebbe impossibile non notare il suo viso pallido mentre lui la osserva dal palco. È come se non riuscisse a distogliere lo sguardo.

La voce di Wolf è profonda e roca, e mi fa rabbrividire.

Alcune settimane fa, avevo chiesto a Fallyn se conoscesse Wolf, e lei aveva detto di no, ma il modo in cui lui si concentra su di lei la tradisce.

"Non so cosa stia succedendo, ma è davvero sexy," mormora Juliette.

Mi costringo a guardare altrove, e le lancio un'occhiata per poi annuire. Mi sento come se avessi bisogno di fare una doccia fredda.

Anzi, di trovare il mio uomo e andarci a letto insieme.

Ed è proprio quello che farò.

Non appena la canzone finisce, mi volto verso Fallyn, pronta a tempestarla di domande, ma è sparita. Wolf fissa l'uscita sul retro del locale mentre la folla applaudisce e gli chiede il bis.

Ha un'aria accigliata mentre scende dal palco e si fa strada tra la gente. Non perde nemmeno tempo a guardare le ragazze che gridano il suo nome.

Io e Juliette salutiamo Britt, che va a cercare Fallyn, poi prendiamo i nostri drink e torniamo al tavolo. Non appena poso i bicchieri, Ford mi tira di nuovo sulle sue ginocchia.

"Sei pronta per andare?" mi chiede. Il suo respiro caldo solletica la pelle sensibile vicino al mio orecchio.

Annuisco, per poi accoccolarmi più vicino a lui e baciarlo. "Sì."

Mi stringe da dietro e si alza. "Bene, perché mi sono stufato di condividerti per questa sera. Ti voglio tutta per me."

Sospiro soddisfatta, perché mi sento anch'io così.

Voglio Ford tutto per me.

E se mi andrà bene, sarà sempre mio.

EPILOGO

FORD

ue anni dopo...

Chiudo la porta dell'appartamento con un piede mentre allento la cravatta. Di solito, visito i cantieri, controllo i progetti e parlo con gli operai per assicurarmi della continuazione dei lavori. Oggi pomeriggio, però, ho incontrato un potenziale cliente, quindi dovevo indossare qualcosa di consono: giacca, camicia e cravatta.

E poi Carina adora vedermi vestito di tutto punto.

Pensa che mi faccia somigliare a un modello.

Per poco non scoppio a ridere.

Le piace soprattutto quando mi tolgo la cintura di pelle, la stringo intorno ai suoi polsi e la lego alla testata del letto, prima di spogliarla e bendarla con la costosa cravatta di seta.

Le permetto soltanto di sentirle.

Mi basta pensare a lei legata e alla mia mercé per eccitarmi.

"Dove sei, bellina?" la chiamo dal corridoio. Ho bisogno della mia donna. Adesso.

"In cucina," esclama.

Mi dirigo verso la saletta spaziosa e la trovo piegata mentre mette qualcosa in forno. Il mio sguardo si posa immediatamente sul suo sedere a forma di cuore.

Carina ha il fondoschiena migliore del mondo.

Ci sta perfettamente nella mia mano.

Ed è tonico come ai tempi dell'università. Lavora dodici ore al giorno nello studio di danza che ha aperto l'anno scorso. Ha unito la sua passione alla sua specializzazione.

Nelle sere in cui non lavoro come coach del liceo locale, la raggiungo per guardarla ballare. Ovviamente, abbiamo fatto l'amore in ogni stanza dello studio.

Diverse volte.

Si gira per salutarmi, e sorride. "Ehi, tesoro."

"Ehi, tu." Stringo lo stipite della porta, sporgendomi in avanti.

Mi guarda. "Ti ho già detto quanto mi eccita vederti indossare un completo?"

Sorrido. "No, non credo."

"Bugiardo." Inclina la testa. "A volte penso che lo indossi solo per far sì che te lo strappi di dosso.

Ha ragione. Adoro quando fa la monella.

Mi stacco dalla porta ed entro in cucina, seguendola intorno all'isola di marmo. "Credo che ti piaccia di più quando ti lego al letto."

"È vero." La sua voce si fa affannosa mentre indietreggia leggermente e sono costretto ad accelerare. Amo acchiapparla.

"Lo so. Adoro legarti. Ogni volta che sfioravo la cintura o la cravatta, pensavo a te nuda. È tutto il giorno che ce l'ho duro."

Mi guarda con un'espressione comprensiva. "Oh, povero piccolo. Che cosa terribile."

Le rivolgo un sorriso sbilenco. "Credo proprio che sia gonfio e abbia bisogno delle tue cure speciali."

"Forse riuscirai a convincermi a occuparmene."

"Ah sì? Allora potresti rifiutare?"

Quando urta il sedere contro il bancone e non sa più dove scappare, sorrido e premo il suo corpo snello contro il mio. Solleva il mento verso l'alto, come se volesse offrirmi la sua bocca. Le lecco le labbra prima di mordicchiare quello inferiore, che è più carnoso. Adoro quando sono gonfie per i miei baci.

O per avermelo succhiato.

Come lo fa lei, non lo fa nessuno. Mi piace infilare le dita tra i suoi lunghi capelli biondi e guardarla mentre lo prende in bocca. Soprattutto quando tiene lo sguardo fisso sul mio.

Le cingo la vita con le mani per poi issarla sul bancone scintillante. Mi sistemo tra le sue gambe divaricate prima di sfilarle la felpa e gettarla sul pavimento piastrellato, per poi fare lo stesso con il reggiseno. Il mio sguardo si posa subito sui suoi seni nudi e morbidi.

Sono dannatamente perfetti.

Ci faccio scivolare sopra i palmi delle mani prima di giocare con i capezzoli, stringendoli fino a farli inturgidire. Le sfugge un mugolio mentre le sue pupille si dilatano per il piacere. Dopo averla provocata abbastanza, le sfilo i leggings lungo i fianchi e le cosce, assicurandomi di toglierle anche il perizoma, in modo che rimanga completamente nuda.

Mi raddrizzo e faccio un passo indietro per guardarla bene.

È così bella.

Il mio uccello pulsa già nei boxer. Probabilmente avrei dovuto masturbarmi prima di lasciare il cantiere.

Stiamo insieme da due anni e, il più delle volte, succede sempre la stessa. Mi eccita come nessun'altra ha mai fatto.

O ha potuto fare.

"Sei così meravigliosa, bellina."

"Anche tu non sei malaccio," mormora.

"Ora allarga le gambe, così posso vedere bene quello che mi appartiene."

Senza nemmeno esitare, lei si sposta all'indietro appoggiando le piante dei piedi al bancone prima di aprire le gambe in modo impressionante. Riesco a vedere ogni suo centimetro dalla mia posizione.

Un gemito tormentato rimbomba nel profondo del mio petto.

Vorrei sapere come diavolo ho fatto a essere così fortunato.

Me lo chiedo ogni giorno.

Non riesco a resistere un secondo di più, e colmo la distanza tra noi prima di allungare la mano e far scorrere il mio dito su e giù, costringendola a sollevare i fianchi nel tentativo di avvicinarsi.

Carina ha sempre avuto un'indole libidinosa, e questo suo tratto non è mai cambiato.

Per fortuna.

Non ha mai paura di dirmi esattamente ciò che vuole o di cui ha bisogno.

È un'altra cosa che amo di lei.

È morbida e calda, continuo ad accarezzarla finché non si contorce. Solo allora infilo un dito dentro. Il mio sguardo rimane inchiodato sul suo inguine. Mi piace il modo in cui il suo corpo risponde ai miei stimoli. Adoro le sue piccole labbra lucide, il movimento dei suoi fianchi con cui mi implora silenziosamente di continuare a darle piacere.

Quando decido di averla tormentata abbastanza, mi chino fino a trovarmi all'altezza del suo cuore. Mentre il mio dito entra ed esce lentamente dal suo sesso, le lecco il clitoride dolcemente, proprio come piace a lei.

Non ci vuole molto prima che venga contorcendosi intorno a me mentre assaporo ogni suo fluido. Solo quando i suoi muscoli si rilassano e le sue grida si affievoliscono, la bacio lì sotto e mi raddrizzo.

Ha un'aria stordita.

E mi piace.

Adoro il fatto che sia stato io a ridurla in questo stato.

E che sarò sempre e solo io a farle quest'effetto.

"Sei pronta per essere scopata, bellina?"

"Dipende. Mi legherai al letto?"

Sorrido. "Ovvio."

Quando mi spingo tra le sue cosce divaricate, lei le avvolge intorno alla mia vita. Poso le mani sul suo sedere, trascinandola fino al bordo del bancone e sollevandola, dopodiché andiamo verso la camera da letto. Mugola quando il mio uccello duro sfrega il suo sesso bagnato e teso.

Quando arriviamo sull'uscio, geme: "Amo quando vai alle riunioni."

Mi scappa una risatina roca, pur essendo sul punto di venire nei pantaloni. "E io amo te."

Le sue braccia si stringono intorno al mio collo mentre mi bacia sulle labbra. "Anch'io ti amo."

La faccio sdraiare con delicatezza al centro del letto matrimoniale. Si solleva sui gomiti mentre mi guarda slacciare la cintura di pelle marrone. Le sue pupille si dilatano e le manca il fiato quando tiro via la fibbia d'argento per sfilarla dai passanti. Apre le gambe senza dire una parola, invitandomi a penetrarla, facendomi vedere il paradiso che mi aspetta. Il mio viso era sepolto lì in mezzo alcuni minuti fa, ma non mi importa.

Non credo che mi sazierò mai di lei.

Devo solo ringraziare il cielo che non sarò costretto a farlo.

Carina è mia.

Sarà sempre mia.

Lo è stata fin dal primo istante.

Ora, se volete scusarci, vado a fare l'amore con la mia futura sposa.

E sì, probabilmente la farò urlare un altro po' di volte prima di arrivare all'orgasmo.

Tra noi le cose sono così e basta.

E non vorrei mai che cambiassero.

* * *

Grazie mille per aver letto 'Non ti amerò mai'! Avete ancora voglia di leggere di Carina e Ford? Iscrivetevi alla mia newsletter per un epilogo bonus in omaggio!
La serie Western Wildcats Hockey continua con 'Non sarai mai mia'.
Preordinate subito la vostra copia!
Voltate pagina per leggere l'estratto di un'altra storia d'amore nata sulla pista da
hockey…

Wolf Westerville.

Un tempo il mio mondo ruotava intorno a lui. Credevo scioccamente che avrei vissuto tutte le mie prime volte con lui. Quando è successo l'impensabile, i miei sogni sono andati in frantumi.

Sono passati cinque anni. Ora frequentiamo lo stesso college e Wolf è la superstar dei Western Wildcats, e probabilmente giocherà nella NHL. Sto solo cercando di sopravvivere all'ultimo anno e mezzo di college, facendo del mio meglio per tenermi alla larga da lui.

Ma Wolf ha deciso di riavvicinarsi a me. Per quanto mi riguarda, può ficcarsi quell'idea là dove non batte il sole.

Se preferisce, posso farlo io per lui.

Forse non se ne rende conto, ma la mia vita sta andando in pezzi. I miei genitori hanno perso tutto e non posso permettermi di pagare la retta del secondo semestre. Devo trovare una soluzione.

Subito.

Altrimenti sarò costretta ad abbandonare il college e a tornare a casa.

Non voglio che accada, quindi ho deciso di vendere l'unica cosa preziosa che mi rimane.

La mia verginità.

Preordinate Non sarai mai mia!

TI ODIERÒ PER SEMPRE

JULIETTE

"Mi sono davvero divertito stasera," dice Aaron fissandomi in un modo così intenso da farmi venire voglia di indietreggiare immediatamente.

Mi sforzo di sorridere. "Anch'io."

Non è esattamente una bugia. Mi sono divertita, ma niente di più. Proprio come quando studiamo insieme in biblioteca o prendiamo un caffè al Roasted Bean prima di andare a lezione.

Lui distoglie lo sguardo e infila le mani nelle tasche dei bermuda perfettamente stirati. "Spero che ripeteremo questa esperienza." Fa una breve pausa, poi aggiunge: "A breve."

Beh, non credo proprio.

Aaron è simpatico.

Molto simpatico.

Davvero simpatico.

Ma tra noi non è scoccata la scintilla.

Non sento quel formicolio latente che si prova stando accanto alla propria anima gemella o anche solo guardandola, quell'energia irresistibile che elettrizza l'aria fino a togliere il fiato.

Per quanto desideri il contrario, tra me e Aaron non c'è niente di tutto ciò.

C'è solo una persona…

No.

Respiro a fondo, cercando di non pensarci.

Non sono attratta da quel tipo.

Mi irrita.

Mi innervosisce.

Mi dà fastidio.

Credetemi, potrei scrivere un romanzo sui sentimenti negativi che mi suscita.

Torno alla realtà e mi accorgo che Aaron sta aspettando pazientemente una risposta.

Ah, già. Vuole uscire di nuovo con me.

Apro la bocca per rifiutarlo gentilmente, ma le parole mi restano intrappolate in gola. L'ultima cosa che voglio è illuderlo, ma non voglio nemmeno ferirlo. Devo trovare una via di mezzo. Questo semestre abbiamo diverse lezioni preparatorie di medicina in comune, e Aaron mi passa gli appunti quando non posso andarci, facendo in modo che io stia al passo.

Usa dei post-it colorati e li sistema in ordine di importanza.

Stasera, in ogni caso, ho imparato che non dovrei uscire con qualcuno che vedo tutti i giorni.

Come direbbe la mia coinquilina Carina, non sputare nel piatto in cui mangi.

Ha ragione.

Si avvicina. "Se sei d'accordo, vorrei portare la nostra relazione al livello successivo. Tu mi piaci, Juliette." Distoglie brevemente lo sguardo, poi i suoi occhi del colore del fango tornano a incrociare i miei in modo intenso ed eccitato. "Forse sto correndo un po', ma credo che io e te potremmo essere una vera e propria supercoppia. Abbiamo aspirazioni simili. Entrambi siamo decisi a continuare gli studi di medicina e a diventare dottori. Non ho mai incontrato nessun'altra persona che si inserisca così perfettamente nel mio piano quinquennale e decennale. È come se fossimo fatti per stare insieme."

Spalanco gli occhi, e mi sfugge un suono incomprensibile.

Sta correndo un po'?

Piano quinquennale e decennale?

Siamo usciti insieme solo tre volte, e non credo che succederà di nuovo.

Mi inumidisco le labbra secche. Devo essere sincera con lui. Devo dirgli che qualunque cosa pensi ci sia tra noi, non potrà mai diventare qualcosa di più. "Aaron..."

Lui si avvicina leggermente rianimandosi. "Sì?"

È così speranzoso.

Uffa.

Perché è così difficile?

Purtroppo è *davvero* un bravo ragazzo. E poi ha detto la verità, abbiamo molti interessi in comune. Ed è per questo che mi sono convinta a dargli un'altra possibilità. E poi, un'altra ancora.

Nella nostra università ci sono un sacco di ragazzi interessati soltanto ad andare a letto con una ragazza dopo l'altra, a volte anche nel giro di poche ore. Loro non hanno piani quinquennali o decennali che includono una persona in particolare. Non ne hanno nemmeno uno giornaliero.

Quindi, se per puro caso ci si imbatte in un ragazzo che non si comporta così, occorre approfondire la questione conoscendolo un po' di più, per poi rifiutarlo lasciando che se lo prenda qualcun altro.

"Anch'io mi sono divertita," dico con cautela.

"Bene." Tira un sospiro di sollievo e abbassa le spalle.

Aaron è allampanato, con gambe e braccia lunghe e snelle, proprio come i corridori. È completamente diverso dalla maggior parte dei giocatori di football e hockey che girano per il campus con i muscoli in bella vista come se fossero un dono dal cielo per il gentil sesso.

Bleah. Sono ovunque.

Lo fisso. Ha un'espressione seria, e mi sforzo di convincermi una volta per tutte che è proprio il tipo di ragazzo da cui sono attratta.

In fondo, purtroppo, so che non è vero.

Carina mi direbbe che le peggiori bugie sono quelle che raccontiamo a noi stessi.

Dovrebbe smetterla di psicanalizzarmi.

Lui mi prende il viso tra le mani, che tremano visibilmente. Mi sforzo di rimanere immobile e di non sfuggire al suo tocco all'ultimo momento. E questo vi dice tutto ciò che dovete sapere su questa situazione.

Socchiude gli occhi. "Sto per baciarti, Juliette," mormora. "Spero che per te vada bene."

Perfetto. Ha ufficialmente rovinato l'atmosfera.

A differenza sua, tengo gli occhi aperti mentre si avvicina al rallentatore. Mi preparo all'impatto invece di allontanarmi.

Forse mi sbaglio.

Forse mi sorprenderà baciandomi, facendomi dimenticare il mondo che ci circonda.

Mi sfiora la bocca esitando. Le sue labbra sono secche e rugose. Bacia come un uccellino, e non è una bella sensazione.

Mi rendo conto che devo necessariamente respingerlo. Non posso permettere che succeda di nuovo.

Poso le mani sul suo petto per spingerlo via, ma proprio in quel momento qualcuno si schiarisce la gola e Aaron sobbalza all'indietro come se avesse appena preso una scossa.

Guardo il ragazzo alto, biondo e muscoloso fermo accanto a noi.

Ryder McAdams.

Mi manca il fiato, ma solo per un secondo.

I suoi occhi blu scuro fissi su di me mi impediscono di muovermi. Riprendo a respirare solo quando il suo sguardo penetrante si sposta su Aaron, e mi accorgo subito che ci sono altri cinque enormi giocatori di hockey nel corridoio che porta al mio appartamento.

Ford Hamilton, Wolf Westerville, Colby McNichols, Riggs Stranton e Hayes Van Doren sono studenti atleti dell'ultimo anno che giocano per i Western Wildcats. Le loro fan li seguono ovunque vadano, ma in questo momento sono stranamente soli.

Non sarà mica la fine del mondo?

Colby mi sorride incrociando il mio sguardo. "Ehi, McKinnon. Qualcuno qui ha avuto un appuntamento galante." È biondo come Ryder ed esageratamente bello.

Le sue fossette fanno svenire tutte le ragazze che gli stanno intorno, a eccezione della sottoscritta.

Arrossisco, e ho le guance bollenti. L'ultima cosa di cui ho bisogno è che vada a spifferare tutto a mio fratello, che mi farebbe il terzo grado.

No, grazie.

Sono più grande di lui di quindici mesi, ma a quanto pare non importa. Maverick è un fratello davvero protettivo, proprio come nostro padre gli ha insegnato ad essere, soprattutto da quando mi ha raggiunto alla Western.

Prima ancora che possa ribattere, si dirigono allegramente verso l'appartamento accanto al mio, che Ford condivide con Wolf e Madden. Ryder e altri cinque dei suoi compagni abitano a un paio di isolati dal campus, in quella che gli studenti chiamano la 'casa dell'-hockey', che da almeno trent'anni è occupata dai giocatori di hockey dell'università. Gli inquilini attuali scelgono personalmente coloro che vivranno lì dopo di loro.

Che stupidaggine.

Per fortuna mio fratello vive fuori dal campus, in quella casa. È l'unico studente del terzo anno a cui è stato esteso questo invito, grazie all'intercessione di Ryder. Sono amici dai tempi delle elementari. Non credo che riuscirei a sopportare di vivere nel suo stesso condominio. Si intromette già abbastanza così.

Mi vengono i brividi quando mi accorgo che Ryder non ha seguito i suoi amici. Anzi, continua a fissare Aaron, che sembra sul punto di farsela addosso.

Lo capisco.

Ryder McAdams ha un aspetto minaccioso.

Soprattutto quando ti fissa come sta facendo in questo momento.

Povero Aaron. In confronto a lui, sembra un liceale magrolino che non ha ancora finito di svilupparsi.

Che situazione imbarazzante.

Il povero ragazzo si schiarisce la gola, poi mormora: "D-Dovrei andare."

Un attimo dopo, si riavvicina a me esitando, ma Ryder incrocia le braccia muscolose sul suo petto massiccio e Aaron si blocca impallidendo.

"Uhm…" Scoppia a ridere, ma è evidente che si sente a disagio. "Che ne dici di un abbraccio?"

Ryder stringe gli occhi, e Aaron deglutisce rumorosamente.

Alla fine allunga una mano sudata e la posa sulla mia per poi stringerla con decisione e allontanarsi frettolosamente verso l'ascensore.

Preme il pulsante freneticamente diverse volte, girandosi a più riprese verso di noi con un'aria diffidente. Il campanello suona e lui sparisce nell'ascensore e dalla nostra vista.

Non appena le porte si chiudono, lancio un'occhiataccia a Ryder. "Perché l'hai fatto?"

Lui inarca un sopracciglio folto. Basta questo a farmi stringere i denti.

"Cos'avrei fatto? Non ho detto una parola."

È vero, ma…

Non aveva nessun motivo per intimidirlo.

"Sei rimasto immobile e l'hai fatto sentire a disagio."

Perché me la sto prendendo tanto?

Non volevo mica baciare Aaron, anzi, dovrei ringraziare Ryder per averci interrotti nel momento giusto.

Mi viene da ridere, perché non succederà *mai*.

"E come, di grazia? Restando immobile e aspettando pazientemente che ci presentassi?" Continua a fissarmi inclinando la testa e grattandosi la barbetta. "Che strano."

Stringo i denti, poi inizio a cercare le chiavi nella borsa. Apro frettolosamente la porta del mio appartamento con più violenza del dovuto e facendo rumore. Entro e mi giro a guardare Ryder un'ultima volta prima di sbattergli la porta in faccia.

Ti odierò per sempre

TI ODIO... PERCHÉ TI AMO!

"Ehi! Pensavo tornassi prima!" Cooper, uno dei miei coinquilini, mi fa un sorrisetto mentre entro nell'appartamento. A cavalcioni sulle sue ginocchia c'è una ragazza mezza nuda. "Abbiamo dovuto iniziare senza di te." Alza le spalle come se per lui fosse stato un sacrificio. "Era inevitabile."

Sbuffo guardando il salotto della casa che abbiamo preso in affitto a pochi isolati dal campus. Anche se siamo in quattro sul contratto, metà della squadra resta spesso a dormire da noi e a giudicare dalle bottiglie di birra sparse in giro, è da un po' che succede. Sto seriamente pensando di far pagare l'affitto ad alcuni di questi scrocconi.

Pensandoci, però, se fossi costretto a vivere in un buco di dormitorio sarei anch'io alla ricerca disperata di un'alternativa. Dopo il liceo, ho giocato per due anni nelle squadre giovanili prima di iniziare a gareggiare, compiuti i vent'anni, come matricola. Invece di vivere in un dormitorio sono passato direttamente all'appartamento in affitto. Mai e poi mai avrei condiviso la stanza con dei diciottenni a caso che non avevano mai vissuto lontano da casa. E poi, non volevo assolutamente avere un supervisore che mi stesse col fiato sul collo dicendomi cosa potessi e cosa non potessi fare.

Sarebbe divertente come staccarsi del nastro adesivo dalle palle.

Che non è per niente divertente, anzi. Il nonnismo fa schifo. Per vostra informazione, non si stacca il nastro adesivo dalle palle: si taglia via attentamente e con mano ferma, maledicendo il resto della squadra.

Gli altri due inquilini, Luke Anderson e Sawyer Stevens, sono ingobbiti sul bordo del divano, impegnati in una partita intensa di Hockey League. I loro movimenti sul joystick sono velocissimi, e il loro sguardo è incollato sullo schermo HD da settanta pollici attaccato al muro.

Scuoto la testa. Ogni volta che giocano è come se in palio ci fosse il campionato nazionale.

Alzo un sopracciglio mentre la ragazza sulle ginocchia di Cooper si gira, toglie il reggiseno e lo lancia sul pavimento. Non pare le importi avere degli spettatori. Il sorriso pigro di Cooper si allarga mentre le tocca i capezzoli.

Mi piacerebbe dire che questa scena non si ripete tutte le domeniche sere, ma mentirei. Di solito è anche peggio di così.

Sawyer mette in difficoltà Luke con le sue impressionanti abilità da giocatore e mi dice: "Prenditi una birra. Puoi prendere il posto di Luke dopo che l'avrò fatto piangere un'altra volta."

"Vai a farti fottere," borbotta Luke.

Guardo il punteggio. Sawyer gli sta facendo il culo, e Luke lo sa.

"Certo," sogghigna. "Forse. Ti avverto però: non sei proprio il mio tipo. Mi piacciono i corpi un po' meno scheletrici."

Serro le labbra in una smorfia facendo cadere il borsone a terra.

"Ehi, hai visto che cavolata ha scritto il coach?" mi chiede Cooper con il viso affondato nel seno della ragazza.

Brontolo. Spero di non essermi perso nulla di importante mentre ero fuori città per il weekend. Sono già sotto contratto con i Milwaukee Mavericks e io e mio padre siamo volati fin lì apposta per incontrare lo staff tecnico. Ho potuto persino uscire con alcuni dei difensori. Sabato ho passato una serata assurda e la prossima stagione sportiva sarà una figata.

"No, non l'ho visto" dico. "Che succede?"

"Sono cambiati gli orari degli allenamenti," risponde Cooper continuando a toccare la ragazza. "Ora sono alle sei in punto del mattino e alle sette di sera."

Cosa?! Inizia già con due allenamenti al giorno?

"Pensi che ci stia prendendo in giro?" Me lo aspetterei dal coach Lang. Secondo me non ha nient'altro di meglio da fare che sognare nuovi modi per torturarci. Quel tizio è proprio un rompiscatole.

Certo, dopotutto siamo al college proprio per questo.

Però, le sei del mattino è un orario schifoso... Già non dormo abbastanza tra studio e allenamenti di hockey, e siamo solo a settembre. Con questo nuovo orario dovrò uscire di casa alle cinque per arrivare al palazzetto, prepararmi e presentarmi in pista entro le sei. Mi coricherò esausto alle undici di sera.

Sawyer alza le spalle e non sembra particolarmente turbato dai nuovi orari.

Cooper smette di succhiare il capezzolo della ragazza e mi fissa con lo sguardo perso. "Non puoi chiedere a tuo padre di farlo ragionare?"

Luke borbotta: "È già tanto se riesco ad arrivare in tempo all'allenamento delle sette."

"No." Scuoto la testa. Farei di tutto per loro, eccetto correre da mio padre per cose che riguardano l'hockey. Lui e il coach si conoscono da tempo, da quanto giocavano entrambi per i Detroit Redwings. E così io conosco quell'uomo da sempre. Mi ha aiutato ad allacciare il mio primo paio di Bauers. Pensate che abbia un occhio di riguardo per me?

Magari.

In realtà, è ancor più severo con me *proprio* a causa del nostro rapporto personale. Sono convinto che Lang si comporti in questo modo per prevenire sospetti di favoritismo.

Missione compiuta.

Nessuno lo accuserebbe mai di fare favoritismi.

"Quindi preparati ad alzarti con le galline, bro!" Cooper torna a concentrarsi sulla bocca della ragazza.

Luke li guarda per un istante e poi urla: "Ehi, avete intenzione di andarvene in camera o ci state regalando uno spettacolo gratuito?"

Cooper ignora la domanda senza nemmeno riprendere fiato.

Luke scuote la testa, deciso a concentrarsi sulla rivincita, o quanto meno a tentare di calciare l'avatar di Sawyer. "Immagino dunque sia il caso di fare dei popcorn."

Prendo il borsone e me lo carico sulla spalla. Voglio andare di sopra per un po'. Mi piace stare con questi ragazzi, ma non ora.

"Ciao, Brody." Una ragazza bionda mi abbraccia e preme il seno contro il mio petto. "Speravo arrivassi."

Beh, è casa mia, quindi è altamente probabile che mi vedesse.

Fisso i suoi grandi occhi verdi.

"Ehi." Ha un viso familiare. Cerco di associare il volto a un nome, ma non mi viene in mente niente.

Non dovrei essere andato a letto con lei, per lo meno non ultimamente.

Ho inventato un metodo per interagire con le ragazze, e l'ho perfezionato nel corso degli ultimi tre anni. È semplice ma infallibile. Non mi faccio mai la stessa ragazza più di tre volte in sei mesi, così evito di entrare nella categoria confusa dell'uscita senza impegno o degli scopamici. Al momento, non sono alla ricerca di una relazione, nemmeno occasionale.

Sono alla Whitmore per laurearmi e prepararmi a giocare come professionista. Mi impegno a diventare più robusto, più veloce e più forte. La Hockey League non è fatta per le femminucce, se non ce la fai, ti ritrovi fuori in un batter d'occhio. E non permetterò che mi succeda, ho lavorato troppo duramente per mandare tutto all'aria.

E non voglio nemmeno distrarmi.

La bionda fa scivolare audacemente la mano dal mio petto al pacco e lo stringe per farmi capire che fa sul serio.

So per certo che se le chiedessi di inginocchiarsi e succhiarmelo davanti agli altri obbedirebbe immediatamente. Dopotutto la ragazza sulle ginocchia di Cooper indossa soltanto un perizoma.

Durante il primo anno nelle giovanili, quando una ragazza mi offriva una cosa senza impegno, pensavo di aver vinto tutto. Venivo in cinque minuti ed ero subito pronto per il secondo round. Cinque anni dopo, non le guardo nemmeno queste ragazze pronte ad andare a letto con me subito dopo avermi conosciuto: è successo fin troppe volte perché lo consideri una novità.

Che tristezza.

Al liceo avrei fatto di tutto per un'opportunità del genere.

Adesso non più.

È come mangiare abitualmente bistecca e aragoste. I primi due giorni le trovi deliziose, forse anche la prima settimana. Non riesci a fare a meno di divorarle e di leccarti le dita, ma prima o poi, non sanno più di niente.

Molti ragazzi, di qualsiasi età, darebbero la loro palla sinistra per essere al mio posto.

Per avere l'imbarazzo della scelta. Per avere delle ragazze.

Io, invece, ce l'ho floscio..

Anzi, è floscio nella *sua* mano.

Il sesso è diventato un modo per rilassarmi quando sono stressato. Altro che yoga. E poi ho ventitré anni, sono nel pieno della mia vita sessuale. Quando le ragazze vogliono aprire le gambe per me dovrei essere al settimo cielo, non annoiato. E soprattutto, non dovrei pensare a ciò che mi aspetta negli allenamenti.

Allontano le sue dita e scuoto la testa. "Scusa, ho da fare."

Devo studiare. Devo leggere quaranta pagine entro domani mattina.

La bionda assume un'espressione imbronciata e sbatte le ciglia cariche di mascara.

"Allora dopo?" mormora con voce infantile.

Cavolo. Questo sì che mi fa spegnere…

Perché le ragazze lo fanno?

Sul serio, è una domanda legittima. Perché lo fanno? È paragonabile a delle unghie che stridono sulla lavagna. Sono tentato di ribattere con una voce ridicola e sdolcinata.

Ma non lo faccio.

Non sono così stronzo.

E poi potrebbe piacerle.

Allora sarei fregato. Ci immagino mentre ci sussurriamo smancerie con voci infantili tutta la notte e per poco non mi vengono i brividi.

"Forse," rispondo con aria vaga. A dire la verità, quella vocetta da bambina ha distrutto qualsiasi possibilità di un secondo incontro. Ma sono abbastanza intelligente da non dirglielo. Molto probabilmente troverà un altro giocatore di hockey a cui attaccarsi e mi dimenticherà. Siamo sinceri, è per quello che è qui.

Andare a letto con un giocatore di hockey.

Giusto per essere sicuro di quello che faccio, la guardo dalla testa ai piedi.

A parte la voce infantile ha un corpo da urlo.

Un corpo da urlo che non mi eccita affatto.

Il che è un problema.

Ho una mezza voglia di portarla di sopra soltanto per provare a me stesso che sta funzionando tutto come si deve. Ma non lo farò.

Non faccio in tempo a salire il primo gradino che Cooper si stacca dalla ragazza. "Ehi! Dove diavolo stai andando, McKinnon?" Agita una mano indicando la stanza. "Non vedi che abbiamo ospiti?"

"Pensaci tu," dico salendo le scale.

"Beh, se insisti…" farfuglia tutto contento.

La mia stanza è alla fine del corridoio, lontana dal rumore del primo piano. Come regola generale, a nessuno che non sia uno degli inquilini è permesso salire al secondo piano. Tiro fuori la mia chiave, apro la porta ed entro.

Lancio il borsone nell'angolo, poi apro il libro di finanza manageriale. Pensavo di riuscire a leggere qualche pagina durante il weekend, ma io e mio padre siamo stati impegnati tutto il tempo. Abbiamo incontrato gente della società di Milwaukee, siamo andati a una festa della squadra, abbiamo visitato alcuni appartamenti vicino al lago, giusto per farci un'idea del posto. Avevo intenzione di studiare sul volo di ritorno, ma una volta raggiunta l'altitudine di crociera mi sono addormentato.

Tre ore dopo, qualcuno bussa alla porta della mia stanza. Normalmente la cosa mi farebbe incavolare, ma dopo trenta pagine la mia vista si era già appannata e stavo cercando di non addormentarmi. Il libro, poi, è di una noia assoluta, il che proprio non aiuta.

"È aperto!" grido, aspettandomi di sentire Cooper che cerca di convincermi a tornare giù.

Quando è ubriaco, vuole che anche gli altri lo siano. Non ho mai visto nessun altro bere così tanto alcool, il che è impressionante e allo stesso tempo terrificante. Eppure, in qualche modo, riesce sempre a presentarsi agli allenamenti mattutini lucido e attento come se non si fosse ubriacato sei ore prima. Dovrebbero studiarlo alla facoltà di biologia, perché non è normale.

Quando bevo come lui, la mattina dopo in pista mi sento come un puledro appena nato che non riesce a stare in piedi.

Non è un bello spettacolo. Ecco perché non lo faccio. Ci sono già passato. Ma andiamo avanti.

La porta si spalanca e ricompare la bionda con la voce da bambina. E non è sola. Ha portato un'amica.

Interessato, alzo le sopracciglia guardandole entrare nella stanza.

Nel corso delle tre ore in cui non l'ho vista, la bionda è rimasta mezza nuda. La moretta che è con lei, anche. Indossano dei reggiseni di pizzo, perizomi striminziti e si tengono per mano.

Il mio sguardo si posa su di loro, sono eccitato.

Come potrebbe essere altrimenti?

Hanno la pancia piatta e tonica. I fianchi larghi. I loro seni ciondolano invitanti mentre le due si dirigono verso il letto dove sono sdraiato.

Dovrei avercelo di marmo. Sono tre settimane che non vado a letto con qualcuna. Una cosa quasi inaudita. Non sono mai stato in astinenza per così tanto tempo.

Niente.

Nemmeno una reazione.

La domanda allora mi sorge spontanea: che diavolo mi succede?

Forse è colpa dello stress e degli allenamenti. Anche se sono già sotto contratto con quelli di Milwaukee e non devo preoccuparmi delle chiamate di fine anno della Hockey League, sono ancora sotto pressione per le partite di questa stagione.

I campionati nazionali non si vincono da soli.

Mi preoccuperei di avere la disfunzione erettile se non esistesse una ragazza che me lo fa venire duro ogni volta che la vedo. Ironia della sorte, lei non vuole avere niente a che fare con me. Mi caverebbe gli occhi se provassi anche solo a toccarla.

Anzi, mi basta guardare nella sua direzione per ricevere un ringhio di ritorno.

Forse questo genere di ragazze è esattamente quello che mi serve per liberarmi dallo stress. Di certo non mi farebbe male.

Ho deciso: chiudo il libro di finanza e lo lancio sul pavimento dove atterra con un tonfo. Incrocio le braccia dietro la testa e faccio un sorriso allettante alle ragazze.

Il resto, diciamolo, è storia.

Ti odio... perché ti amo!

ANCHE DI JENNIFER SUCEVIC

Serie Western Wildcats Hockey

Ti odierò per sempre

Non ti amerò mai

Non sarai mai mia

Ti odio… perché ti amo!

The Campus

Campus Player: Da nemici ad amanti

Campus Lover: Edizione Italiana

Campus Hottie (The Campus Vol. 3)

L'AUTORE

Jennifer Sucevic è un'autrice bestseller di USA Today che ha già pubblicato 24 romanzi per adulti. Le sue opere sono state tradotte in tedesco, olandese, italiano, portoghese, ebraico e francese. Ha una laurea triennale in storia e una laurea magistrale in psicologia dell'educazione presso l'University of Wisconsin-Milwaukee. Jen ha iniziato a lavorare come consulente scolastica prima di trasferirsi con la sua famiglia e di dedicarsi alla sua passione per la scrittura. Quando non è impegnata a scrivere o a sognare protagonisti da urlo di cui innamorarsi, potete trovarla in sella a una bici o sulla spiaggia. Vive nel Michigan con la sua famiglia.

Se desiderate ricevere regolarmente degli aggiornamenti sulle nuove uscite,
iscrivetevi alla sua newsletter qui-
Jennifer Sucevic Newsletter

Oppure contattate Jen via email sul suo sito o tramite Facebook.
sucevicjennifer@gmail.com
https://www.facebook.com/jennifer.sucevic
Volete unirvi al suo gruppo di lettura
Cliccate qui
J Sucevic's Book Boyfriends | Facebook

Link dei profili social -

https://www.tiktok.com/@jennifersucevicauthor
www.jennifersucevic.com

https://www.instagram.com/jennifersucevicauthor
https://www.facebook.com/jennifer.sucevic
Amazon.com: Jennifer Sucevic: Books, Biography, Blog, Audiobooks, Kindle
Jennifer Sucevic Books - BookBub

www.ingramcontent.com/pod-product-compliance
Lightning Source LLC
Chambersburg PA
CBHW032346310726
48973CB00007B/1883